DistelLiteraturVerlag

Jean-Bernard Pouy, 1946 in Paris geboren. Nach dem Studium der Kunstgeschichte u.a. Lehrer, Journalist, Lektor und Drehbuchautor. Seit 1983 veröffentlichte er zahlreiche Kriminalromane, viele davon in der «Série Noire» bei Gallimard. Seine Romane wurden mit zahlreichen Preisen ausgezeichnet.

Jean-Bernard Pouy
H4Blues

Aus dem Französischen
von Stefan Linster

DistelLiteraturVerlag

Ouvrage publié avec le concours du
Ministère français chargé de la culture –
Centre national du livre

Dieses Buch erscheint mit Hilfe des
Ministère français chargé de la culture –
Centre national du livre

Deutsche Erstausgabe
Copyright © 2004 by Distel Literaturverlag
Sonnengasse 11, 74072 Heilbronn
Die Originalausgabe erschien 2003
unter dem Titel «H4Blues»
bei Éditions Gallimard (Paris)
Copyright © Éditions Gallimard 2003
Umschlagentwurf: Jürgen Knauer, Heilbronn
Druck und Bindung: Fritz Steinmeier, Nördlingen
ISBN 3-923208-73-1

Für nichts.

Estragon: Ich bin verdammt!
Vladimir: Warst du weit?
Estragon: Bis zum Rand des Abhangs.
                        SAMUEL BECKETT
                        Warten auf Godot

Danken möchte ich Alain Durnerin wegen der Palmen, Dominique Noguez und dem Beaubourg-Katalog *(L'Art du Mouvement)* in Sachen Experimentalfilm.

So was kann man wirklich eine Pechsträhne, eine richtige *Série noire* nennen.

Im Flurspiegel mustere ich Detail für Detail, mit dem Blick eines Schlachters, die Gestalt eines Typen, der in derselben Woche seinen Job verloren hat, dem seine Karre geklaut wurde (am Abend zuvor) und der sich gerade fertig macht, um auf die Beerdigung seines ältesten Kumpels zu gehen. Doch der Typ vor mir – dessen Visage von saublöden Postkarten aus Ceylon oder Kerala eingerahmt wird, die aus den letzten peinlichen Urlaubsreisen seines Sohnes stammen – wirkt nicht gerade besonders angeschlagen wegen all dieser schlimmen Vorkommnisse, die ja auch im Vergleich zu Ruanda nicht wirklich schlimm sind. Er kommt mir sogar ziemlich elegant vor, dieser Typ, in seiner feinen schwarzen Leinenjacke, die mich ein bißchen nach Fünfziger-Jahre-Film aussehen läßt, so wie in *Mademoiselle Docteur,* à la James Mason, den Oberkörper nach rechts geneigt wegen des Beins. Na ja, Bein...

Der Stumpf brennt ein wenig, ist normal, seit zwanzig Jahren jeden Morgen das gleiche. Zwanzig Jahre. Und immer noch nicht daran gewöhnt. Mental ja, aber physisch nicht. Bei einer Stelze weniger vermeiden Sie es auf

Abendgesellschaften, daß man Ihnen mit dem Rätsel der Sphinx kommt, das ist immerhin schon mal was.

An diesem Morgen hatte ich mich besonders um ein gepflegtes Äußeres bemüht und mein Holzbein angelegt, ist für den Friedhof eher angemessen als meine Plastikprothese. Eigenartigerweise wirkt das Ding aus Holz mit dem schwarzen Gummiklotz am Ende, der wie ein dickes Lakritzbonbon aus der Hose hervorschaut, würdevoller, sieht mehr nach Pirat aus, diese Veteranen-Note macht Eindruck, zumal wir, also Lionel und ich, schon ein paar Kämpfchen ausgetragen haben. Ernste und groteske.

Esther pennt noch. Ich habe ihr das Frühstück vorbereitet, die Butter wird nicht mehr hart sein, die Milch nicht allzu eisig, sie braucht bloß noch das Wasser für den Tee aufzusetzen, so ist er eben, der liebe, gute Ehemann. Selbst wenn er von nun an arbeitslos ist. Um so besser. Umstrukturierungen haben manchmal auch ihr Gutes. Sie feuern mich zwar, doch mit einer kleinen Rücklage, die mich ganz leidlich bis zur Rente bringen wird, solange ich keinen Blödsinn mache, wie ein neues Paar Rollerskates kaufen oder den Altai zu Fuß überqueren. Und außerdem, dreißig Jahre Korrekturen, das langt jetzt auch, das Verlagswesen kann ruhig ohne mich krepieren. So nach und nach läßt man durch das viele Korrigieren resigniert die Arme sinken. Die Maschinen machen die Arbeit an unserer Stelle. Mit meinen gut und gerne sechsundfünfzig Jahren habe ich mehr und mehr das Verlangen, nur noch eine einzige Sache zu korrigieren: die Welt. Die ethischen Fehler sind wie orthographische oder grammatikalische. Oder eher noch wie Fehler bei der Zeichensetzung. Die Leute können nicht mehr richtig atmen und sich die Zeit nehmen, die eigenen Gedanken zu entwickeln, es fehlt uns an Kommata, Semikola und Doppelpunkten. Und die Welt, die sieht mir ganz danach aus, als würde sie nur den Schlußpunkt kennen.

Ein letzter Blick in den Spiegel. In Ordnung. Papa Nicolas ist tadellos. Zwar deklassiert, dekonstruiert, demoliert, aber präsentabel.

Wie üblich brauchte ich zwei Minuten zehn Sekunden, um die drei Stockwerke hinunterzusteigen, mit meiner Plastikprothese schaffe ich sie in nicht ganz zwei Minuten, seit zwanzig Jahren brauche ich also ungefähr zwei Minuten, wohingegen ich sie vorher, mit meinen zwei Stelzen, locker in dreiunddreißig Sekunden hinuntergestiegen bin. Nicolas, der Einbeinige aus dem Dritten. Der Kerl, dessen Schritte im Treppenhaus man stets erkennt.

Und dann habe ich auf den Bus gewartet. Was will der Blödmann, der mir die Karre geklaut hat, überhaupt mit dieser verrotteten Kiste anfangen, vor allem mit der Lenkradschaltung und der fehlenden Kupplung? Der dürfte schon an der ersten Kreuzung liegengeblieben sein, als er, statt zu schalten, auf die Bremse trat. Vielleicht hatten die Flics den Schlitten ja auch bereits an der Ausfahrt irgendeines Kreisverkehrs aufgefunden, den Kofferraum von einem reifenfressenden Fünfzehntonner plattgemacht. Nun ja, dann könnten sie ihn eben behalten, den R5. Von jetzt an Taxi oder Bus. Die Métro nicht, zu viele Treppen. Ich habe einen empfindlichen Stumpf. Wenn Esther ruhiger geworden wäre, nicht mehr so nervig, und wenn sich dieser Zombie von Bertrand weiterhin in vorhersehbaren Bahnen bewegen würde, könnten wir vielleicht die Wohnung abstoßen, um endlich im Perche* das vollkommen ebenerdige Häuschen zu kaufen, das ohne oberes Stockwerk, verdammt noch mal, in der Nähe vom friedlichen, glitzernden Fluß.

Der 67er – Direktverbindung Clamart. Und dann der Friedhof. Die großen Bäume hinter den hohen Mauern.

---
* Einige Namen und Begriffe werden am Ende des Buches erklärt *(Anm. d. Übers.)*.

Mitten in der Banlieue die große stille Wüste der Seele, das Grün des Laubwerks und das Grauweiß der Gräber. Den Kies mit einem einzigen Bein zertrampeln, Steinchen mit meinem ganz persönlichen Dampfhammer aus Gummi zermalmen und zu der Ansicht gelangen, daß es in der Gegend an Palmen fehlt. Lionel, schlagartig fiel es mir ein, mochte Palmen sehr. Keiner der Hinterbliebenen hat daran gedacht, den letzten Ruhestätten ihrer teuren Dahingegangenen mit Palmen Schutz zu bieten. Obwohl es doch welche gibt, die sich dem Pariser Klima anpassen würden, man müßte sie im Winter bloß in Stroh packen, so kompliziert ist das doch nicht, das kann man doch an Allerheiligen tun, wenn die Chrysanthemen Demos veranstalten.

Den Weg zum Grab habe ich schnell gefunden, es waren schon Leute da, ein kleiner nachdenklicher Trupp, zusammengeschart bei einer Kapelle mit rostiger Gittertür. Hinkend habe ich mich zur Witwe durchgeschlängelt. Der zweiten Ehefrau meines alten Kumpels. Ich war ihr schon mal vor zwei oder drei Jahren begegnet, ein hübsches Mädchen und viel jünger als Lionel, dem damals so um die Fünfzig die Wechseljahre schwer zu schaffen machten: mit dem Rettungsring, der sich um den Wanst breitmacht, den weißen Haaren, der runzeligen Haut überm Knie – aber mit dem stets nachweisbaren höllischen Charme den Gänschen gegenüber. Auch seine beiden Kinder waren da, die aus erster Ehe, etwa im selben Alter wie mein eigener Sohn. Die anderen Trauernden kannte ich nicht.

Irgendein Typ verlas mit dumpfer Stimme einen Text. Ich habe so ungefähr verstanden, daß es dabei um den Film ging, dürfte irgendein Repräsentant der Cinemathek oder so was in der Art gewesen sein. Beerdigungen mag ich nicht. Früher endeten sie wenigstens mit Schlemmereien, inzwischen aber nur noch mit hohlen Lobhudeleien. Ich bin etwas beiseite getreten. Andere haben das Wort ergriffen, von wegen unser Weg- und Kampfgefährte, blablabla, dann haben die Raben vom Bestattungsinstitut den Sarg in die Grube hinuntergelassen, und einer nach dem anderen hat eine Handvoll trockener Erde in das Loch geworfen und schließlich der Witwe und den Kindern die Hand gedrückt oder die Wangen geküßt. Das übliche von der Gewohnheit inszenierte Theater, dem jeder schon mal beigewohnt hat, die Aufführung, zu der alle eines Tages als Star werden gehen müssen. Der arme Lionel, der ein so paradoxes wie aufregendes Leben geführt hatte, beendete es in einer stinkkonventionellen Zeremonie. Aber gut. So ist das immer. Mit Ausnahme von Victor Hugo und Édith Piaf wüßte ich niemanden, der sich mit einem erhabenen und volkstümlichen Brimborium begraben lassen könnte. Oder vielleicht noch gewisse Frontkämpfer jener in Blut und Asche versinkenden Länder, in denen die Klageweiber der Zeit die Stirn bieten.

Mein Herz war wie aus Stein. Normal, ich konnte mich nicht erinnern, schon einmal geweint zu haben, ich hatte nicht mal ein Gefühl dafür, wie so was sein kann, als Gefühl meine ich. Weder beim Tod meiner Alten. Noch im Kino. Niemals. Obwohl die Drüsen ja funktionieren. Eine gute Zwiebel, und schon läuft es mordsmäßig. Nein. Ich verdränge. Eines Tages wird's von ganz allein losgehen. Eines Tages.

Der Bewegung folgend, fand ich mich schließlich in der Kondolenzreihe wieder. Ich habe meine Handvoll Erde geworfen und... na also, es fiel mir wieder ein... Véroniques Hand ergriffen.

«Véro, du weißt ja, daß...»

Was kann man bei so einer Party schon sagen? Da gibt es keine Regeln, das geht nur nach Feeling. Irgendein Typ hinter mir hat mich doch glatt geschubst, ich habe mich umgedreht, um diesem Blödmann zu sagen, er solle mal ein bißchen achtgeben auf die Behinderten, aber dann sah ich die dunkle Brille, erkannte die präzisen und die tastenden

Bewegungen der Blinden und vor allem die kantige Fresse mit dem spitzen Kinn dieses großen Knallkopfs von Lescot – prämierter Jahrgangsbester in Latein von der Tertia bis zur Prima. Lescot. Blind! Verdammt. Ich habe gewartet, bis er ein paar Meter weitergegangen war, um ihn dann am Ärmel zu greifen.

«Salut, Lescot. Ich bin's, Bornand. Nicolas Bornand.»

«Bornand... Bornand... Entschuldige bitte, aber wo ich die Gesichter jetzt... Warst nicht du das, der Italienisch gemacht hat?»

«Genau, bei Petrolacci.»

«Salut. Scheiße, wirklich blöd, der arme Lionel. Aber das ist halt so in unserem Alter, da werden wir uns immer öfter auf den Friedhöfen rumtreiben... Hast du noch andere von der Penne gesehen?»

«Eigentlich nicht... Soll ich noch mal nachschauen?»

«Nein, nein, ist nicht nötig...»

Es stimmte, daß ich nicht richtig aufgepaßt hatte. Die Ehemaligen des Lycée, *Mit der Zeit geht alles den Bach runter...* wie dieser andere Idiot sang, der tatsächlich eine Äffin adoptiert hatte. Daß ich die Brücken zu Lionel nicht abgebrochen hatte, war reiner Zufall. Na ja, auch wieder nicht so ganz. Weil er meine Schwester damals aufs Kreuz hatte legen wollen, kam er zu uns ins Haus und lieh mir sein Solex, damit ich eine Runde drehen sollte, während er herumschäkerte. Das schafft Bande, solche Kuhhandel, und viel später, an der Uni, haben wir sogar mehrere Freundinnen miteinander geteilt. Die eigenartige Zeit des nachpubertären Machismo, jene Jahre, in denen man das schlechte Gewissen der moralischen Verfehlungen noch nicht kennt.

«Ist nicht nötig», wiederholte er.

«Wie ist das gekommen? Also, ich meine, äh... das mit, äh...»

«Vor sechs Jahren. Meine Autobatterie ist explodiert. Angeblich passiert so ein Malheur wirklich selten. Die

Säure, und der ganze Mist... Aber, na ja, weißt du, man gewöhnt sich dran... Ist jetzt sechs Jahre her, aber ich hab das Gefühl, es wär schon immer so.»

Ich hatte keine Lust, ihm von meinem Bein und von der Karre zu erzählen, die an einem Sommerabend über mich drüber gefahren war. Rendezvous der Krüppel. Das Defilee zweier Behinderter vor der Leiche ihres Kumpels. War wohl wirklich einer dieser Tage... Gleichzeitig fand ich, daß ich noch Glück hatte im Vergleich zu ihm. Für meine Augen würde ich jedenfalls leichthin meine beiden Beine und einen Arm hergeben.

Eine Frau kam an und nahm Lescot beim Ellenbogen. Sie hat mich gegrüßt, ihre goldenen Ohrringe funkelten, man sah nur noch sie. Sie stellte sich als seine «Feste» vor und fügte hinzu, sie müßten jetzt gehen. Lescot hingegen schien es gar nicht so eilig zu haben, dennoch sind sie den Weg mit dem Versprechen hinunter gegangen, man werde sich bald mal wiedersehen – eine von den Floskeln zu einem Euro fuffzig. Ich fühlte mich unbehaglich, und das war noch ein Euphemismus. Sie würde es ihm sagen, das mit meiner Stelze. Wahrscheinlich würde das dieser ödipialen Reinkarnation, die plötzlich aus meiner schulischen Vergangenheit aufgetaucht war, ein bißchen Balsam auf die Seele träufeln.

Die kleine Gruppe ist dann auseinandergegangen. Ich wollte gerade so langsam wieder aufbrechen, fest entschlossen, vor mich hin zu träumen, alles wieder durchzukäuen, eben all die Dinge zu tun, die man am Ausgang aller mit Toten bedeckten Äcker so tut, auf die das pathetische Brimborium nur so herunterprasselt. Doch da hat sich Véronique, die Witwe, aus dem Knäuel ihrer Nächsten gelöst und mich eingeholt, um sich bei mir unterzuhaken – war offenbar so üblich auf Friedhöfen. Sie nahm ihren Hut ab. Ihre schönen Augen. Immer noch keine einzige Falte. Eine blonde Schönheit. In Trauer.

«Nicolas. Es ist entsetzlich.»
«Kopf hoch, Véro... Benötigen Sie denn irgend etwas?»
Schon war mir danach, mich zu verdrücken, davonzurennen.
«Nein, aber ich danke Ihnen. Die Familie ist ja da. Man könnte meinen, man wär in irgendeinem Aznavour-Lied.»
Sie lächelte.
«Doch ich wollte Ihnen etwas sagen. Es hat zwar keine Bedeutung, ist aber irgendwie sonderbar. Vor fünf Tagen, nur eine Stunde vor seinem Herzschlag, hat Lionel mir eine Nachricht auf dem Anrufbeantworter hinterlassen. Irgendwas Unverständliches. Mein Anrufbeantworter ist halb kaputt oder das Band muß verschmutzt sein oder was weiß ich... Das einzige, was ich verstanden hab, war irgendwas wie: Man müßte mit Nico drüber reden, der sicherlich wüßte...»
«Sind Sie da sicher?»
«Absolut. Ich kann's nicht beweisen, ich habe das Band gelöscht, ich konnte ja nicht ahnen... aber ich bin mir ganz sicher.»
Die anderen folgten fünf bis sechs Meter hinter uns. Da war ich nun auf der Beerdigung eines alten Kumpels, und dessen wunderschöne Witwe machte mich mit irgendwelchen absonderlichen Mutmaßungen konfus. Lionel... mit dem hatte ich schon sechs Monate lang keinen Kontakt mehr gehabt.
«Hat er wirklich Nico gesagt?»
«Bestimmt. Pico war's nicht, da bin ich sicher. Ich sag das nur, weil er einen Typ kennt, der Picaud heißt. In dem Moment hab ich nicht drauf geachtet, aber später ist mir das komisch vorgekommen, vor allem wo Lionel nie zu solchen Partys ging, ich meine zu solchen wie die, auf der er gestorben ist. Eigentlich verabscheute er Konzeptkunst, Installationen und so was... Er hatte mir nichts davon erzählt,

hat mir nicht mal Bescheid gesagt, ich begreif nicht, was er da wollte...»

«Mhm... aber jetzt mal nichts überstürzen. Sicher kannte er noch irgendwelche anderen Nicolas außer mir.»

«In seinen Papieren, seinem Terminkalender, seinem Adreßbuch und so habe ich bloß einen einzigen gefunden: dich.»

Da haben wir's, dachte ich. Jetzt verheddert sie sich in den Dus und Sies. Normal. Witwe und seit kurzem monomanisch. Eine Trauerarbeit, die mit einer milden Paranoia beginnt.

Lionels Kinder und die Angehörigen haben uns daraufhin eingeholt. Präzises Timing. Véronique hat mir einen jener flehentlichen Blicke zugeworfen, wie man sie in den Filmen à la Gilles Grangier zu sehen bekommt, nebst einer Witwe in Hut und Kostüm, feuchten Augen unterm Schleier und dem Dekolleté, aus dem weiße Tauben entweichen.

«Nicolas, ich bitte Sie. Kommen Sie morgen zu mir, so gegen fünfzehn Uhr. Es ist wirklich wichtig. Geht das?»

«Ich denke, ja.»

Sie hat mir noch den Arm gedrückt und sich von denen ihrer Familie, diesen aufmerksamen und entschiedenen, mitziehen lassen. Sie gingen zu schnell für mich, und bald sah ich sie in einem rechtwinkelig abbiegenden Gang verschwinden. Also habe ich mir Zeit gelassen, mein Kopf war ein wenig leer, zuviel Grün überall, und dann haben sich auch wieder die letzten Tage aufgedrängt, der Job, die Karre und alles andere. Blödheiten eben.

Ganz langsam bin ich zurück nach Hause. Ich war entschlossen, ein Bad zu nehmen, einen Pyjama anzuziehen, ein Leffe Radieuse zu trinken, nach dem man immer so dämlich rumalbert, und mir irgendeinen totalen Schwachsinn im Fernsehen anzuschauen, um mich auf andere Gedanken zu bringen.

Doch bei mir zu Hause hatte jeder beschlossen, in den Overdrive zu schalten. Esther erinnerte an eine Sprungfeder. Sie hatte gerade die Zusage für die Teilnahme an dem Hypnologenseminar in Kanada erhalten, sie würde zu ihrer Cousine nach Montréal fahren, wirst sehen, mein Schatz, das geht schnell vorüber, aber klar doch, was bin ich blöd, du kannst doch mitkommen, jetzt wo du... Leicht betreten hat sie nicht mehr weitergeredet. Ich sagte zu ihr, ich könne nicht, zumindest nicht sofort, ich müsse erst mal die ganzen administrativen Probleme meines neuen Lebens regeln, und außerdem müsse ja auch noch jemand hier bleiben wegen der Eigentümerversammlung, weil wir ansonsten, wenn wir nicht aufpassen würden, wieder mal eine Fassadenerneuerung auf die Schnauze kriegen würden. Du brauchst nicht vulgär zu werden, hat sie geantwortet. Ich bin nicht vulgär, habe ich gebrüllt, ich hab nur grade meinen besten Kumpel beerdigt, also entschuldige bitte, wenn ich heute abend, so auf Anhieb, nicht die geringste Lust hab, mir die Karibus anglotzen zu gehen. Und außerdem, so ein richtig gutes Hypno-Seminar, habe ich hinzugefügt, ist doch ein Seminar, bei dem du drei Monate durchpennen wirst, also, was soll ich dann währenddessen dort oben machen, mir mit Ahornsirup die Birne zudröhnen? Mit dir kann man nie was besprechen, schloß sie, während sie die Tür öffnen ging, an der es seit einer Weile klingelte. Der Herr Sohn. Bertrand. Mit seiner Wäsche. Dieser große Trottel bereitet sich auf die Elitehochschule *Sciences-Po* vor und ist nicht mal imstande, in einem Waschsalon vorbeizugehen. Wahrscheinlich zu volkstümlich für ihn. Er hat mich auf die Wangen geküßt, in etwa so, wie man Aussätzige küßt, und ist dann, als er erfuhr, was seiner Mutter widerfahren ist, in großes Gejohle einfältiger Genugtuung ausgebrochen. Kanada! Die großen Weiten! Die Vereinigten Staaten ohne die Härte der Vereinigten Staaten. Der einundfünfzigste Staat. Ein reiches Land. Voller Entwicklungsmöglichkeiten. Eine nette Möglichkeit, dachte ich, wäre doch, wenn er mitsamt seiner Mutter abdüsen und zwei Jahre länger dort drüben bei den Charlebois bleiben würde.

Dann habe ich mein Bad genommen. Im Warmen dachte ich an Lescot – verdammt, was für ein Pech, blind –, an Lionel – verflucht, kein Glück, abgekratzt –, an meinen Sohn – Mist, ausgerechnet mir mußte das zustoßen. Obwohl er früher doch ganz in Ordnung gewesen war. Ein bißchen lästig, aber aufgeschlossen. Doch kaum an der juristischen Fakultät ging der Scheiß los. Er ist ganz einfach auf die andere Seite übergewechselt. Kein Fascho, nein, eher einer von der Sorte Gaullismo-Gaullist, Libero-Liberalist und der ganze Veitstanz. Die evidente und obligatorische Umstrukturierung. Der Köpfe und der Brieftaschen. Mit seinen Freundinnen verhielt sich's genauso. Sehr hübsche Mädchen. Und das war's auch schon. Er ist zwar unabhängig, hockt aber ständig zu Hause rum, um uns Lektionen zu erteilen, was wir zu tun und zu lassen haben. Um *mir* Lektionen zu erteilen, mir, dem zurückgebliebenen Ex-Achtundsechziger – drei Gründe, sich aufzuregen: das Präfix «Ex», das Halbpräfix «rück» und das Partizip «geblieben». Drei Gründe, um ein Bier zu trinken und alle Polemik sein zu lassen. Den Feind überzeugen paßt einfach nicht mehr zu meinem Alter. Wird ihm auch noch vergehen.

Schließlich hat er erst fünfundzwanzig Jahre auf dem Buckel. Mit dreißig wird er sich ein paar Backpfeifen im Mentalen einfangen, die ihn ins Grübeln bringen werden. Mit fünfunddreißig gibt es dann ein paar Dinge, die dafür sorgen werden, daß er alles in die Luft jagen möchte. Und mit vierzig wird er etwas menschlicher werden, weil er dann seine Wahl treffen muß: entweder die Schnauze halten und an seiner Rente bauen oder aber sich entschließen, zu so was Ähnlichem wie sein Woodstocker von Vater zu werden: jemand, der eben nicht die «richtigen» Entscheidungen trifft, der dauernd voll was auf den Kürbis bekommt, der sich aber trotzdem noch ein wenig rührt und dabei denkt, daß das alles nicht so schlimm ist im Vergleich zu Haiti. Ich warte auf den Tag, an dem er es wie in *Warlock* macht, wenn Henry Fonda sich nach einer Stunde Film gehen läßt und seinen einzigen Kumpel einen *cripple* schimpft. Krüppel! Auf diesen Tag warte ich voller Ungeduld, um ihm mal gründlich die Meinung zu sagen. Das Problem ist nur, daß es die Mama gibt. Esther. Kuscheliger als Lacans Couch. Schwer auseinanderzudividieren.

Ich hingegen, ich ziehe es vor, in einem schön heißen Bad die Zehen zu spreizen, mir ganz sachte die Nudel zu befummeln und mich an Lionel zu erinnern, der sich inzwischen, was Spaghettis angeht, mit den Wurzeln ihrer Zerealien ziemlich gut auskennen dürfte. Wie gewöhnlich meinen einzigen Fuß auf dem Wannenrand betrachtend, ein immer noch genauso unbegreifliches wie faszinierendes Schauspiel. Und mit einem von Lionels Büchern in der Hand, das ich oben im Regal wiedergefunden habe, das Ding hatte er sechs oder sieben Jahre zuvor geschrieben, eine Sammlung von Artikeln, die ich mich rigoros geweigert hatte zu lesen, weil es allein schon im ersten Abschnitt zwei Rechtschreibfehler gab.

(...) Das Wissen darüber, daß eine ganze Anzahl von Menschen ihre Zeit damit verbringt, dieses Gewächs mit gleichsam aufgeplatztem Schopf zu sezieren, erfüllt mein Herz mit Begeisterung. Die Palme, diese teure Palme, dieser teure botanische Orang-Utan. Im Dictionnaire de Trévoux, das 1704 und 1771 von den Jesuiten herausgegeben wurde, findet sich jene mit einmal einleuchtende Verdeutlichung: «... in Amerika gibt es eine Palmenart, die einer ganzen Nation, welche an der Mündung des Flusses Orinoco liegt, als Haus und als Grabstätte dient und ihr alles liefert, was sie zum Leben benötigt. Aus der Kokospalme gewinnt man Wein: Dieser Likör ist süß, reinigt den Körper und ergibt

ein recht wohltuendes Getränk. Dieser Wein heißt in den dortigen Gefilden Ouracha *oder* Roura Soura. *Wird er destilliert, steigt er zu Kopfe und zeitigt eigenartige Wirkungen...» Ein wahres Gedicht, das ebenso gut auf* Lapis *von James Whitney (9 Min., 16 mm, Farbe, Ton, Kalifornien 1963) zutrifft, ein absolutes Meisterwerk und Haiku à la Bashô, ein stilles und komplexes verinnerlichtes Mandala, das den Zuschauer in eine Meditation zwischen der Punktualität des Individuums und der Konfiguration des Kollektivs, zwischen dem* EINEN *und dem* GANZEN *versetzt. Ermüdung des Auges, Vibration konsekutiver Bilder, negative Räume – alles ist hier vorhanden. Hunderte von Ausgangspunkten, die durch ihre Kurzlebigkeit und ihre flüchtigen Bahnen zu ebenso vielen, ja zu Tausenden vielfarbener Punkte werden. Kino eben, endlich als meditative Basis verstanden und nicht mehr nur als Sprungbrett für das passive Kitten kopierter Realität. Und vor allem: eine ganze Reihe Jahre reiner Handarbeit, wogegen heute, mit einer guten Software, zehn Minuten genügen würden. Darin liegt die Größe dieses Films, dieser immerwährenden Palme, der etwas sehr Einfaches und Erleuchtendes zum Ausdruck bringt: In einem Handwerk, das der Perfektion wegen paraonide Züge aufweist, liegt mehr Arbeit und Geduld als in einem Artefakt aus Resopal.* Lapis, *ein Werk, das den gesamten Hawks zu ersetzen vermag. (...)*

In: Lionel Liétard, *Die Experimental-Palme*. Edition Offset-Text, Paris 1991, Seite 8.

Am nächsten Morgen habe ich eine gewisse Zeit gebraucht, um die für meinen neuen gesellschaftlichen Status erforderlichen Papiere auszufüllen. Fotokopien machen, bei der Gewerkschaft anrufen, den Vermittler, den der Personaldirektor des Ladens bestimmt hat, um einen Termin bitten. Vermittler, von wegen! Liquidator, das ja! Ich kenne ihn, er gleicht eher einem Bürokraten von Georges Courteline als einem ebenso sozialen wie furchtlosen Killer, dem der Katastrophenfilme, mit kalten blauen Augen und Maßanzug.

Seit dem Tag zuvor ging Lionel mir nicht mehr aus dem Kopf. Ein Treffen mit seiner Witwe interessierte mich sehr, warum wußte ich nicht so genau. Sicherlich morbide Neugier. Vielleicht auch unbewußter Trieb. Es heißt, von heute auf morgen frei verfügbare Zeit zu haben, könnte die Leute meschugge machen. Schon möglich.

In Gedanken packte Esther bereits ihre Koffer. Unter normalen Umständen hätte mich das in Panik versetzt. Nun aber befreite es mich. Ich hatte plötzlich das Bedürfnis nach Ruhe. Drei Monate, die gehen schnell vorbei, kaum eine Jahreszeit. Die Blüten werden gerade Früchte treiben, da wird sie schon wieder daheim sein. Sie wird mit einem nordamerikanischen Universitätsdiplom zurückkommen und die Leiter des Erfolgs im Krankenhaus emporklettern können. Um so besser für sie. Wenn der Ehemann abstürzt, steigt die Frau auf. Kommunizierende Röhren. Ich habe Esther mit der Frage stehen lassen, ob sie wohl Sachen mitnehmen solle, die sie sich genauso gut an Ort und Stelle kaufen könnte.

Diesmal habe ich ein Taxi genommen. Um ins 15. Arrondissement zu fahren, in die Ecke La-Motte-Picquet-Grenelle. *La Mode équipée flanelle*, wie Lionel immer sagte. Dort lag die Wohnung von Véros Eltern. Er hingegen gehörte nicht zu der Sorte, die einen Bausparvertrag abschließt. Ein so maßloser Verschwender wie der da, mit Löchern in den Taschen und Lokalrunden für alle... Der Taxifahrer versuchte, über das nächste Fußballspiel zu orakeln, doch ich habe ihm erklärt, seit Berlin, Santiago und Furiani würde ich Stadien verabscheuen. Er hat nicht weiter insistiert und sich auf dem Weg zweimal verfahren.

Sie hat mir die Tür aufgemacht. Schönes blutrotes Kleid. Müdes, abgespanntes Gesicht von durchscheinender Blässe. Eine vage Ähnlichkeit mit Cyd Charisse. Sie hat mich auf die Wangen geküßt und ist dabei auf der Stelle herumgetänzelt.

Auf dem Glastisch im Wohnzimmer standen zwei Gläser und eine ordentlich angebrochene Flasche Bourbon.

«Seit gestern Abend bechere ich mordsmäßig. Ich hab nicht geschlafen. Aber es geht, es geht, brauchst dir keine Sorgen zu machen, das Härteste ist überstanden, wie man so sagt... Jetzt muß man sich um alles Weiche kümmern.»

Sie reichte mir ein Glas, ich lehnte ab, sie füllte ihres nach.

«Danke, daß du da bist, Nicolas. Ich hab alles bereitgelegt. Seine Adreßbücher, zwei Terminkalender, einen Haufen Briefe, alles in etwa aus den letzten sechs Monaten. Ich hab die halbe Nacht damit verbracht, dir einen Überblick über seine Aktivitäten in den letzten beiden Jahren zusammenzustellen, weil das ziemlich kompliziert ist.»

«Wart mal, Véro... Was geht hier eigentlich vor? Das rote Kleid, der Bourbon, diese Dossiers... Was ist das hier, ein Chandler-Roman? Fünfzig Dollar pro Tag plus Spesen, und der Scheck, die Vorauszahlung...»

Sie begann zu lachen, sie war mehr als betrunken, randvoll abgefüllt. Marlowe hätte sie geküßt, am Ellenbogen gepackt und völlig bekleidet in eine Wanne eiskaltes Wasser geworfen.

«Véronique.»

«Bitte, Nico, sei so nett...»

«Ich bin aber nicht nett...»

«Ich bin mir sicher, daß da irgendwas nicht stimmt. Daß er nicht einfach so gestorben ist. Er hatte ein Herz wie Beton.»

«Aber es hat doch eine Autopsie gegeben.»

«Von der hab ich dir eine Kopie ins Dossier gelegt. So

kannst du's von einem Rechtsmediziner nachprüfen lassen.»

«Moment, ich bin kein Privatdetektiv. So was wie Privatdetektive gibt es in Frankreich nicht. Hier gibt's nur Typen, die ehebrecherische Liebespaare beschatten und sich mit Problemen in der Industrie befassen. Aber keine Typen mit Hut, Narbengesicht, Zigaretten, Whisky, Püppchen und der Smith and Wesson unter der Weste...»

Das hat sie noch nicht einmal zum Lächeln gebracht. Sie hat ihren Bourbon in einem eleganten Schwung weggekippt, den Kopf dabei zurückgeworfen, und sich sofort einen neuen eingeschenkt.

«Er hat deinen Vornamen ausgesprochen, sonst nichts. Ich bitte dich lediglich, dir das Ganze etwas näher anzusehen, ich, ich hab nicht die Kraft dazu. Du siehst es dir an, sonst nichts. Du schaust nach, ob irgendwas faul ist, sonst nichts. Ich jedenfalls spür genau, daß da was nicht in Ordnung ist. Weibliche Intuition, wirst du sagen. Aber sag's nicht. Gerat nicht in Panik, das ist keine Ermittlung. Ich brauch einen unvoreingenommenen Blick, sonst nichts. Ich bezahl dich nicht mal, ich bitte dich nur um einen Gefallen, sonst nichts.»

Um sie zu bremsen, habe ich sie am Arm gepackt. Ihr Wahn hangelte sich von ganz allein hoch mit diesem Sonstnichts-Stakkato, sie würde mir noch einen Anfall bekommen, und ich hatte keine Lust, mir eine Hysterie-Olympiade aufzuhalsen. Ich schaute mir das kleine Gemälde zwischen den beiden Fenstern an. Eine Kopie von Manets Spargelbund.

«Wieviel Spargelstangen sind in dem Bund?»

Schniefend hat sie mich angesehen, als ob ich ihr, von wegen Spargel, einen anzüglichen Vorschlag gemacht hätte.

«Siehst du? Man sieht nie, was man ständig vor Augen hat.»

Sie lachte auf und schniefte dabei ein zweites Mal.

«Du bist saublöd.»

Sie lächelte mich mit all ihren schönen Zähnen an. Wir waren erneut in einem typischen Film angelangt. Der Vamp. Gene Tierney, stockbetrunken, die affektiert auf eingebildetes Frauenzimmer macht. Und das passierte ausgerechnet mir. Einem ziemlich alten, arbeitslosen Typ, der nur noch ein Bein und nur noch einen Wunsch hatte, nämlich daß man ihn endlich in Frieden ließe, und der sich, für seine alten Tage, in puncto Hospize bloß die aus Beaune erhoffte. Also atmete ich zwei-, dreimal ganz tief durch, dachte an jene kommenden Monate ohne Esther, an dieselben Monate ganz allein mit Bertrand, und dann gab ich auf.

«Véro... Laß mir ein paar Tage Zeit. Aber ich warn dich gleich. Ich bin kein dicker, debiler Ami, der mit wild schlenkernden Armen irgendwelchen Killern hinterherrennen wird, die Beretta in der Hand und den Blick fest auf die neon-blaue Linie der Nachtbars geheftet.»

«Ja, ich weiß, dein Bein. Aber ich bitte dich ja nicht, dein Bein in Bewegung zu setzen, sondern deinen Kopf.»

Zu allem Überfluß erteilte sie auch noch Befehle. Oder beinahe. Daher habe ich mir von dem Bourbon dann doch einen genehmigt.

(...) Sämtliche Informationen und diverse Abbildungen über die Brahea *(oder* Erythea*, für die Älteren) zusammenzutragen, kann Sie Nerven und eine gewisse Zeit kosten. Obwohl diese Palme ihren Namen dem dänischen Astronomen Tycho Brahe, 1546–1601, verdankt, was über ihre Bedeutung Bände spricht. Eine Palme klassifizieren ist wie einen neuen Planeten entdecken. Will man aber beispielsweise ein Foto von einer* Calcarea *bekommen... kann man nur viel Glück wünschen! Diese Palmenart ist aus unseren Gegenden beinahe verschwunden. Mit Ausnahme von Nizza, Villa Thuret, wo in aller Ruhe ein wundervolles Exem-*

plar gedeiht. Ansonsten kann man, als allerletzten Ausweg, immer noch ihr Gegenstück aus Zellulosetriazetat aufspüren: Hold me while I'm naked *(15 Min., 16 mm, Farbe, Ton, USA 1966), von George und Mike Kuchar, der fast ausschließlich in Badezimmern aufgenommen wurde und ganz und gar wie eine kalte Dusche funktioniert. George meint selbst, dieser Film sei der Film über einen Film, der nicht gedreht werden konnte, und über denjenigen, der ihn nicht hat drehen können... Frustration, neurotischer Drehwurm, die Vulgarität der Mutter, die absolute Genauigkeit von Einstellung und Bildausschnitt, vom Gewitter geschüttelte Fernsehantennen auf den Dächern der Bronx, all das eben... wie eine* Brahea calcerea, *dazu mit Dialogen wie etwa: «Das Sakrale des Kirchenfensters und das Profane Ihres Büstenhalters passen nicht recht zueinander...» Das zeigt doch, welche Dringlichkeit hier zugrunde liegt... Das zeigt doch, daß man den gesamten Kubrick für diese schlichte leuchtende Viertelstunde hergeben kann. (...)*

In: Lionel Liétard, *Die Experimental-Palme*. Edition Offset-Text, Paris 1991, Seite 22.

Ich habe nicht gut geschlafen. Esther hat von vier Uhr morgens an, genau als ich fast eingedöst wäre, wie ein kleiner Dampfkessel zu schnarchen angefangen. Wäre sie doch schon auf ihrem Seminar, damit sie endlich mit dieser Dröhnologie aufhört. Ich hatte sowieso schon den größten Teil der Nacht damit zugebracht, mich wieder und wieder in meiner Falle herumzuwälzen, während ich im Kopf Véroniques rotes Kleid und ihre weißen Zähne mit Visionen wild gewordener Spargelstangen vermengte. Gegen sechs Uhr bin ich endlich in den Schlaf gesunken. Doch schon eine halbe Stunde später wieder aufgewacht, mit dem heftigen Drang, mich am Bein zu kratzen. Dem fehlenden. Das war mir schon lange nicht mehr passiert und bedeutete, daß ich mächtig durcheinander war. Also habe ich mich am anderen gekratzt. Und eine halbe Stunde später war ich auf.

Im schummrigen Wohnzimmer machte ich mich an Lionels Dossier heran, ging flüchtig sein Adreßbuch durch. Niemand, den ich kannte. Aber bei meinem Gedächtnis... wie stand es eigentlich mit meinem Gedächtnis? Obwohl, schließlich hatte ich Lescot fast augenblicklich wiedererkannt. Daraufhin stöberte ich in meinen alten Unterlagen herum. Die grüne Pappschachtel: nie geöffnet, aber stets aufbewahrt. Darin fand ich zwei Klassenfotos. Die Penne. Henri-IV. H4 für Freunde. Ein «großes» Pariser Lycée. Und ich, der ich aus der südlichen Banlieue kam. Einer von drei gleichgelagerten Fällen in meiner Klasse. Und zwar aus gutem Grund.

Bei der Aufnahmeprüfung für die Sexta hatte ich einen unglaublichen Dusel gehabt. In jenem Jahr, 1956, war die Prüfungsaufgabe von den Eltern als zu schwierig beurteilt worden: ein Diktat von Gide über irgendeinen Jungen, der sich einen Fingernagel wachsen ließ, um damit eine Murmel aus einem Loch in der Fußleiste wieder herauszubekommen. Dazu noch mit einer präzisen Frage an «unsere lieben Kleinen» von neun Jahren: Was ist Opferbereitschaft? Versteht sich von selbst, daß es ein Massaker wurde. Die empörten Erzeuger hatten derart zu toben begonnen, daß das Ministerium entschied, die ganze Sache wiederholen zu lassen. Doch um diejenigen nicht zu benachteiligen, die die Prüfung, also die erste, dennoch brillant bestanden hatten – so wie ich –, wurde diesen gestattet, sich ihr Gymnasium selbst auszusuchen. Und mein Vater sagte, hopp, aufs Henri-IV! Eineinhalb Stunden Fahrzeit auf dem Hinweg, mit der Bahn bis zum Place Saint-Michel und dann schnell den Berg Sainte-Geneviève hinaufgestiegen; und abends um 19 Uhr, nach den Schulaufgaben, die Rue de la Valette völlig erledigt mit der betonschweren Schultasche und dem Turnbeutel in der Hand hinuntergerast und wiederum anderthalb Stunden Fahrt, um ins traute Heim zurückzukehren. Während doch gerade eine nagelneue Penne fünf Gehminuten von uns entfernt eingeweiht worden war. Und die, bevor sie Romain-Rolland hieß, den Namen, grrrh, «Außenstelle des Lycée Henri-IV» trug.

Das Foto der Sekunda. Ich schaute mir die Gesichter an und konnte diesen Köpfen verstörter Heranwachsender sofort die Namen zuordnen. Lionel, natürlich, neben mir, einer der wenigen, an dessen Vornamen ich mich erinnerte, damals wurden wir ja generell nur bei den Familiennamen gerufen. Nappez, der große Paukerimitator. Garbin, dessen Vater bei der französischen Eisenbahn SNCF war. Royer, der verrückte Klassenclown, seiner Krawatte und dem artigen Gesicht zum Trotz. Moniono. Laroche, der 1 Meter 92 groß war. Bouvier und Leyris, die Unzertrennlichen. Anquetil, sein Zwillingsbruder war in einer anderen Klasse. Reinhardt, der König der englischen Krawatten. Quérouille und seine schwarzen Kordjacken. Manigne, mit seiner messerscharfen Intelligenz. Der Sohnemann vom KP-Chef Thorez. Bruynnincx, der aus Algerien kam. Nordmann ...

Das gutmütige Gesicht noch ganz zerknautscht vom Schlaf kam Esther im Nachthemd leise zu mir und setzte sich neben mich.

«Ja, was machst denn du da?»

«Ich gehe in die Vergangenheit zurück.»

«Wozu?»

«Siehst du den hier? Das ist Nordmann.»

«Aha.»

«Dieser Typ ist in der Prima endgültig berühmt geworden, als er sich im letzten Trimester rausschmeißen ließ. Weil er bei einem Geo-Abi-Test auf die Frage nach der ‹Landwirtschaft in China› einfach nur den Kult gewordenen Satz geantwortet hat: ‹Die Chinesen essen Reis, doch sonntags schlagen sie eine Scheibe Python niemals aus›.»

«Nico... Alles in Ordnung?»

«Aber sicher. Ist nur wegen Lionel. Ich geh sozusagen alten Stoff durch.»

Esther hat mich zärtlich geküßt und ist wieder zurück ins Bett. Ich habe mich auf der Stelle wieder an die Arbeit gemacht. Die anderen... Thirion. Demilly, glaube ich, ein Krypto-Dadaist. Juillet, Lepetit, Stadelhoffer, De Fresnois. Und dann... Scheiße, wie hieß der da noch, der absolute Elvis-Presley-Fan. Und der andere da, Du... Du Sabeau oder Du Sabateau, irgendwas in der Art. Und dann war ich plötzlich nicht mehr in der Lage, den Übriggebliebenen einen Namen zuzuordnen, zwar erkannte ich sie, ich konnte mich sogar beinahe an ihre Stimmen, ihr Wesen erinnern, doch ich war außerstande, ihnen einen Familiennamen zu verpassen. Alle auf dem Foto um den Mathepauker Giammarchi gruppiert, der uns ziemlich terrorisierte. Einer der wenigen im übrigen.

Schlagartig wurde mir schwer ums Herz. Vierzig Jahre, mindestens. Was war aus ihnen geworden? Einige der Namen hatte ich schon irgendwann wieder gehört oder gelesen, in Zeitungen, vor allem in deren Impressum. Modiano, zum Beispiel, mit dem ich in der Philo-Abschlußklasse war. Und Wilson, mutiert zum Filmproduzenten. Doch bis auf Lionel hatte ich nach dem Abi keinen von ihnen je wiedergesehen. Weil ich die Richtung geändert hatte und der Meinung gewesen war, daß eine ganze Schulzeit auf dem H4 mir völlig reichte. Die anonyme Uni hatte mir die Arme entgegengestreckt. Vor allem die der Mädchen. Weil sechs oder sieben Jahre auf einem reinen Jungengymnasium, dir zwar erlauben, etwas mehr zu büffeln, am Ende wirst du aber so dämlich wie ein junger Bourvil in die Welt entlassen. Die meisten meiner anderen Schulkameraden hatten sich zweifellos in den Vorbereitungsklassen für die Renommierhochschulen versucht. Vielleicht hatten manche bereits den Löffel abgegeben? Es gibt keinen Grund, daß die Platanen an den Landstraßen sich bloß die mit Pastis abgefüllten Prolos aussuchen. Und außerdem: innerhalb von zwei Tagen hatte ich einen von ihnen gerade zu Grabe getragen und einen anderen in Stevie Wonder verwandelt vorgefunden.

Übrigens, wo auf dem Foto war eigentlich Lescot? Ich sah ihn nicht. Fehlte er an jenem Tag? Dann erst realisierte ich, daß ich erst ab der Prima mit ihm in einer Klasse gewesen war. Zusammen mit Lionel und noch drei oder vier anderen auf dem Bild, komisch, ausgerechnet denen, deren Namen mir nicht mehr einfallen wollten. Man hatte uns bereits im Hinblick auf die Abschlußklassen zusammengelegt. Diejenigen, die den naturwissenschaftlichen Zweig absolvieren wollten auf der einen Seite und die mit der sprachlich-philosophischen Ausrichtung auf der anderen. Die reinen Matheköpfe waren bereits anderswo eingepfercht worden... Ich hatte die Quarta wiederholt, wegen einer Lungenentzündung mit Komplikationen, die mich fünf Monate lang vom Gymnasium befreit und mir dazu verholfen hatte, dem fürchterlichen Cottrell zu entrinnen, einem Französischpauker, der nicht unbedingt der Lachbrigade angehörte. In dieser Klasse waren auch Lacour und Richard, die auf die leeren Ränder ihrer Hefte herrliche nackte Mädchen zeichneten. Als letzterer unlängst Verteidigungsminister geworden ist, gab einem das schon zu denken. Und erst als ich die Klasse wiederholte, kam ich mit Lionel zusammen. Und, mehr als vierzig Jahre später, habe ich mir genau deswegen gerade eine Beerdigung in Gestalt einer Psychoanalyse und eine neue Leidenschaft für Ermittlungen aller Art geleistet.

Ich begann, wie geistesgestört meine Papiere zu durchwühlen, um nach weiteren Klassenfotos zu suchen, doch ich fand bloß noch ein Bild, das schon aus dem Kindergarten stammte, ein anderes aus der Grundschule (mit Monsieur Ladoux, einem Turteltauben-Fan) und anscheinend eines aus der Tertia, nach den pickeligen Visagen meiner Schulkameraden zu schließen. Sonst nichts. Es ist immer zu spät, wenn man feststellt, daß das Klassenfoto wie auch das vom Militärdienst die einzigen Beweise bleiben, die wir von unserem Kopfsprung ins gesellschaftliche Schwimmbecken vorweisen können. Fotos von der Arbeit, das entsprach nicht der Art des Ladens, der mich gerade vor die Tür gesetzt hatte. Da ließ man lediglich Porträts von Spitzenschriftstellern, die Hand unterm Kinn, machen. Aber keine von Korrektoren. Und die Bilder aus dem Gymnasium, die hatte ich verloren, hinter mir gelassen, vergessen, vernichtet. Schlimmer Fehler, im Nachhinein gesehen. Mußte wiedergutgemacht werden.

Ich ging mir einen Kaffee kochen und sagte mir dabei, da hast du's, jetzt hat dich die Witwe beinahe überzeugt. Sie hatte mich vom Schlafen abgehalten, in die staubigen Arme eines Haufens alter Papiere getrieben und mich dazu gebracht, einen Schlachtplan zu entwerfen, so als wäre ich ein alter Fuchs.

Ich hatte kaum die Hälfte meiner ersten Tasse intus, da tauchte auch schon der Sohnemann auf, um seine saubere Wäsche abzuholen und die halbe Kaffeekanne leer zu trinken. Er meinte, er habe einen Wirtschaftsanwalt irgendwelcher Freunde ausfindig gemacht, der sich mit meiner Entlassungsgeschichte befassen wolle. Ich antwortete ihm: Bloß nicht! Daß mir das mittlerweile scheißegal sei. Und daß Arbeit kein Wert an sich sei. Das hat ihn umgehauen, und schon legte er wieder los über die gravierenden Irrtümer der post-marxistischen Ideologie. Ich konnte nicht mehr. Ich riet ihm, doch mal wieder Urlaub zu machen, und zwar in Sierra Leone, wo die Strände die schönsten der Welt sind. Wir werden uns wohl nie verstehen, schloß er, niedergeschmettert. Aber sicher, aber sicher doch, wart nur mal dreißig Jährchen ab, antwortete ich. Und da bekam ich Anspruch auf «du begreifst es nie», «die Welt hat sich verändert», «das ist doch nicht möglich» und «mit dir kann man nie diskutieren», alles vor sich hingemurmelt.

Mit dem Rest des Kaffees, den ich in einer Tasse gerettet hatte, machte ich mich mit einem gewissen Vergnügen wieder an die Durchsicht von Lionels Dossier. Diesmal aber... wissenschaftlich. Ein Bleistift in Reichweite, ein Blatt kariertes Papier vor mir und ein paar Kolonnen, die nur darauf warteten, Fährten, mehrmals wiederkehrende Namen, unverständliches Zeug und Adressen aufzunehmen.

Jetzt war's soweit. Ich ermittelte tatsächlich. Ich gab mir selbst zwei Tage, um das Durcheinander zu entwirren. Bis dahin hätte Esther das Flugzeug nach Karibuland bestiegen, um dort, auf den Spuren von Jacques Cartier, den Kampf gegen genetisch bedingte Schlaflosigkeit aufzunehmen. Anschließend würde ich den Sohnemann rausschmeißen mit der Begründung, ich wolle allein sein, um den Stand der Dinge zu klären, um nachzudenken. Wir würden uns einmal die Woche im Restaurant treffen, um eine *Andouillette,* eine Kuttelbratwurst zu essen (die er haßt). So würde ich völlig ungestört sein. Dosenfutter essen. Zu unmöglichen Zeiten heimkommen. Geschirr auftürmen. Nicht jeden Tag duschen. Im Bett rauchen. In der Stille des stummen Fernsehers und der plötzlich defekten Spülmaschine hausen.

Gegen zehn Uhr, noch bevor meine Frau aufgewacht war, rief ich bei Véronique an; der Anrufbeantworter, wahrscheinlich schlief sie bis zum Gehtnichtmehr ihren Rausch aus; ich hinterließ keinerlei Nachricht. Und dann machte ich zwei bis drei Anrufe, um in Erfahrung zu bringen, ob es eventuell einen Freundeskreis der ehemaligen Schüler des Lycée Henri-IV gab und wie der zu erreichen wäre. Kein Problem. Die hatten sogar ein ziemlich regelmäßig erscheinendes Bulletin, in dem man eine Anzeige aufgeben konnte, um von ehemaligen Schülern Abzüge der Klassenbilder zu erhalten. Ich hatte Glück, die nächste Ausgabe war gerade in Druck und sollte in drei Wochen herauskommen. Ich habe ihnen augenblicklich geschrieben, daß ich ein Klassenfoto der Prima B 3, Schuljahr 62/63, suche. Ums authentischer zu machen, fügte ich noch hinzu, der Englischpauker, Tamagnan, müsse meiner Meinung nach mit auf dem Bild sein.

Ein gutaussehender, eleganter und manierierter Mann, der Tamagnan, wie mir gerade wieder einfiel. Und gleichzeitig rätselhaft und herablassend, zwar ein Dandy, doch von seinen Schülern nie schikaniert, obwohl die ja stets auf die kleinste Schwachstelle lauerten. Er hatte sogar ein Lehrbuch verfaßt. Zusammen mit einem Kollegen. Immer nur zu zweit brachten diese Typen die jungen Generationen zum Schwitzen, wie etwa Villeroy & Boch, Lebossé & Hémery, Carpentier & Fialip oder Lagarde & Michard. Und in dem Fall waren es eben Tamagnan und ich weiß nicht mehr wer...

Esther kam wieder ins Wohnzimmer, um noch mal mit mir zu reden. Sie fand, daß ich besorgt, ja verstört sei, und fragte mich, ob ich ihr auch die Wahrheit sagte, ob ich sicher sei, diese drei Monate dauernde Trennung durchzuhalten. Obwohl dieses Seminar für sie so wichtig sei, und später ja auch für uns, wollte sie mir versichern, daß sie es dennoch verstünde, wenn ich sie bitten würde, nicht abzufliegen. Ich habe mein eheliches Theater abgezogen. Der Reihe nach: ein bißchen Kummer und Ängstlichkeit zeigen und sich nicht allzu sehr freuen über diese Abreise. Es aber auch nicht übertreiben, damit sie frei und zuversichtlich blieb. Kurzum: verstehen, verkraften und beruhigen. Das heißt, den Erwachsenen geben, nicht wahr. Ich weiß nicht, ob ich sie tatsächlich überzeugt habe, war mir aber zumindest sicher, daß sie nicht noch in der gleichen Stunde zum Telefon greifen würde, um zu Tode betrübt und mit Vorwürfen auf der Zunge alles abzusagen. Schließlich bekam ich, was ich wollte, indem ich den Gedanken äußerte, mich direkt nach der Eigentümerversammlung zur Thalasso-Kur nach Granville aufzumachen, bevor ich den Stier wieder an den Hörnern packen wollte. Erfreut über diese Stierkampfmetapher hat sie mich angelächelt, auch wenn ich in ihren Augen das schreckliche Bild des Kerls erkennen konnte, der im Morgengrauen mit einem Holzbein über den Sand stapft.

(...) Wenn die Menschen seit den Zeiten Mesopotamiens die Palmen verehren, so nur deshalb, weil sie instinktiv wissen, daß dieser pflanzliche Federbusch der gewöhnlichen Nervenzelle zum Verwechseln ähnlich sieht: mit dem Stamm als Perikaryon und als Dentriten die Blätter, die ja im übrigen häufig mit Nadeln besetzt sind, wie es etwa bei dem herrlichen Rhapidophyllum Hystrix *der Fall ist. Und Nadeln, solche die stechen und infizieren, die gibt es zu Myriaden in dem kleinen Film von Alain Morec,* Granit Grosse *(7 Min., Super-8, auf 16 mm hochgezogen, Farbe, Frankreich 1972), Giftstachel, die die Viskosität des Ödipus durchbohren, live und direkt aus dem grünen Fleisch des Gehirns – ebenso metaphorische Visionen wie das Pudding-Konglomeratgestein von Gourin oder der Andalusit-Knotenschiefer aus Glomel. Couchsitzungen, zerhackt in kreisende, sich ständig verändernde Segmente eines aufreibenden Systems von Sequenzen, die mal 22, mal 29, mal 56 Sekunden lang sind. Sicher wird man die bretonischen Départements erkannt haben. Die letzte Minute, eine Explosion von Farben – ich grüße dich alter Ozean –, ist eine wahrhaftige Palme, dargestellt als Pfau mitten in einem Alptraumdrama (...)*

In: Lionel Liétard, *Die Experimental-Palme*. Edition Offset-Text, Paris 1991, Seite 65.

Am nächsten Abend hatte ich eine Liste zusammen. Namen, die öfters wiederkehrten als andere, oder auch von Leuten, die erst kurz vor der Tragödie aufgetaucht und davor noch nie erwähnt worden waren. Ohne die beruflichen Kontakte zu vergessen, seine lange und mühsame Suche nach Geldern, um ein Museum des Experimentellen Films eröffnen zu können. Da gab es von allem etwas: ministeriale, institutionelle, centre-beaubourgmäßige, sponsorartige, mäzenatische Daten. Aus Paris und den bedeutendsten Städten Frankreichs, die eventuell für ein derartiges Projekt bereitstanden. Der reinste Computer-Ausdruck eines Pressereferenten. Es gab aber auch noch andere Namen, Telefonnummern und Vermerke über Termine mit einer Art Gesellschaft bürgerlichen Rechts. Wahrscheinlich Lionels politisches Aktionsfeld der jüngsten Zeit. Drei oder vier Frauennamen, die in unregelmäßiger Frequenz wiederkehrten und, von Zeit zu Zeit, sogar so dicht aufeinanderfolgten, daß das Ganze richtig schön nach dem «Tier mit den zwei Rücken» roch. Das Triebleben des guten Mannes eben. Und wie sollte ich darüber mit Véronique reden? Wußte sie Bescheid? Oder würde ihr nun letztendlich klar, daß ihr Kerl wie ein Ulan hinter den Röcken her war? Welche Wirkung würde eine derartige Feststellung auf die Trauerarbeit haben? Ich lief wirklich Gefahr, ein richtiger Mistkerl von Detektiv zu werden, der sich an außerehelichen Liebespaaren aufgeilt, was ich absolut nicht wollte. Friede den Toten. Friede den Lebenden. Und den Dingen ihren Lauf lassen!

In dieser Nacht habe ich nicht viel geschlafen. Aufgedreht wie ein Floh, der unter Captagon steht. Während ich überlegte, wo ich ansetzen sollte. Und versuchte, einen Schlachtplan aufzustellen. Und über Esther wachte, die durch eine kurze, aber intensive Abschiedsschmuserei beruhigt war. Und auf die beiden großen Reisekoffer auf Rollen starrte, die neben der Zimmertür dösten. Und voller

Bitterkeit dachte, daß dieses Mistzeug die ergonomischen Beziehungen zwischen dem Menschen und seinem Nächsten und vor allem zwischen dem Menschen und dem Behinderten radikal verändert hatte. Früher lag die Distanz, ob physische, intellektuelle oder sogar gefühlsmäßige, zwischen Ihnen und Ihrem Nächsten aus reiner Gewohnheit zwischen einem halben Meter und einem Millimeter, selbst bei einem Einfüßer wie mir. In der Métro, in der Schlange an Schaltern, vor Kassen, ganz gleich vor welchen Kassen. Wenn man heutzutage jedoch in die Luft guckt, nicht aufpaßt, nicht selbst zwei Meter Abstand zwischen sich und dem anderen hält, hat man gute Aussichten, auf die Fresse zu fliegen. Vor allem wir Einbeinigen. Vielleicht war ja die Zeit gekommen, daß die Menschen mit allen Mitteln danach strebten, voneinander abzurücken, Distanz zwischen sich zu bringen, keine Kontakte mehr zu haben.

Völlig naturgemäß habe ich bei derartigen Träumereien richtige Stücke meines Lebens mit Lionel an die Oberfläche des großen Joghurt befördert. Und davon gab es eine ganze Waggonladung. Besonders jenes denkwürdige Wiedersehen im Mai an der Sorbonne, am Abend des zweiten Tages der Besetzung, als mitten im absoluten Tohuwabohu der Diskussionen ein Kerl aufstand: ein magerer, ernster Typ, mit einem dunkelgrauen langen Mantel bekleidet, der aussah wie ein Äthiopier. Und der, in die wieder bleiern gewordene Stille hinein, in zwar tadellosem Französisch, doch mit einem Akzent von der Art «Carramba! Wieder daneben!» wie bei Tintin, uns alle beglückwünschte und meinte: Es wäre soweit, der Bruch wäre geschafft, nur müsse es jetzt richtig zur Sache gehen, und was die Waffen betreffe, um die könne er sich schon kümmern... Nach einem kurzen Moment der Verblüffung war die semantische *Furia* nur um so heftiger wieder losgebrochen, wonach der Bürgerkrieg nämlich der beste Weg sei, sich von den Massen abzuspalten. Der Kerl hatte daraufhin gelächelt, wie zum

Abschied mit der Hand gewunken und den Hörsaal verlassen. Lionel und ich waren ihm gefolgt, fest davon überzeugt, daß er in seinen Panzerwagen steigen und in der im Aufruhr liegenden Hauptstadt verschwinden würde, um mit seiner Kalaschnikow wahllos in der Gegend herumzuballern. Tja, voll daneben: Unter den Arkaden im Innenhof hatte er sich einfach ein Butter-Sandwich gekauft. Also haben wir uns gesagt, jetzt, wo das Schlimmste an uns vorbeigegangen sei, sollten wir wenigstens den größtmöglichen Nutzen aus diesen Ereignissen ziehen. Solche Sachen eben. Flüchtige Momente, aber auf ewig in unsere Netzhäute gebrannt.

Ich habe auch an mein Bein gedacht und an jenen Juliabend, wo mich das Auto an der Bordsteinkante erwischt hatte, über mich drüber gefahren und dann in einer tiefblauen Nacht verschwunden war. Blau war natürlich auch das Blaulicht. Und blaßblau die Atmosphäre in der Notaufnahme. Tiefblau der Blick des Bullen, der es wagte, mich zu fragen, ob ich noch Zeit gehabt hätte, das Kennzeichen zu notieren. Und eisblau die kalten Augen des Chirurgen, der mir verkündete, man müsse etwas oberhalb des Knies amputieren, weil alles, was drunter noch vorhanden sei, nur noch wie Schwartensülze sei.

Und blau wie Babywäsche das Frühlicht in der Morgendämmerung, das durch die Vorhänge drang.

Immerhin hat man mich drei Stunden schlafen lassen. Als ich wieder aufgetaucht bin, war Bertrand-der-verfluchte-Sohn schon da und bereit, seine Mami zum Flughafen Roissy zu begleiten.

Allmählich kam der Moment, wo Herzzerreißen angesagt war. Esther spielte ihn mir schlicht, würdevoll und augenzwinkernd vor, ich gab meine Rolle als geprügelter Hund, wir haben uns ein weiteres Mal wegen des Telefonkontaktes die Zeitverschiebung vor Augen geführt. Ich verabredete mich mit Bertrand für in drei Tagen, zwanzig Uhr, bei einem Japaner an der Bastille – bis dahin würde ich nicht viel freie Zeit haben, bei all den Erledigungen, mit denen ich mich noch herumzuschlagen hatte. Ich konnte es mir einfach nicht verkneifen, den Fiesling herauszuhängen und zu erklären, daß ich trotzdem ein paar Minuten fände, um ihm zu zeigen, wie die Waschmaschine funktioniere. Er zuckte nur mit den Schultern, aber die Botschaft war rübergekommen.

Als sich die Tür schloß, schien es mir so, als ob ich in ein anderes Leben schlüpfte.

Im Grunde war es beinahe so, als ob ich ein Flugzeug mit unbekanntem Ziel nehmen würde. Glücklich und ängstlich zugleich, doch zappelig wie eine Zecke, die unter Maxiton steht.

«Hallo? Véronique? Nico hier. Entschuldige, aber ich muß dich da zwei, drei Sachen fragen.»

«Nico... Danke, daß du mir hilfst, ich kann's einfach nicht dabei bewenden lassen, das merk ich mehr und mehr... Ich werd mich revanchieren. Wär ja auch möglich, daß da überhaupt nichts ist, aber ich muß mir dessen sicher sein.»

«Sag mal... Du mußt mir alles sagen. Also gut... ich sprech's mal offen aus. Lionel... und du... Wie soll ich sagen?... Lief das gut zwischen euch?»

«Wie bei einem alten Paar. Dreizehn Jahre, wenn ich dran denke, bringt's mich um. Aber immer noch verliebt, da bin ich jedenfalls sicher, ich kann's dir zwar nicht beweisen, aber gut. Wenn du das damit meinst, dann besteht meinerseits nicht der leiseste Verdacht, daß er ein Doppelleben geführt hat oder irgendwas in der Art...»

«Schön. Sehr gut.»

«Allerdings hat er vielleicht ab und zu seine kleine Nummer geschoben, einfach so auf die Schnelle, ist doch menschlich, entschuldige, wenn ich so vulgär werd, Nico. Es ist mir auch nicht egal. Aber alle Frauen wissen es. Solange sie von nichts wissen. Wenn ich das so sagen darf.»

Und das Ganze wird so genommen, wie es gerade kommt. Alles in vollem Einvernehmen. Ich habe einige Namen auf meiner Liste durchgestrichen, allerdings den einer gewissen Marion stehen lassen, die in den letzten Wochen vor Lionels Ableben öfters aufgetaucht war. Vielleicht seine Fußpflegerin. Je älter man wird, desto mehr quälen einen die Quanten. Mich auch. Aber ich will mich nicht beklagen, bei mir ist es schließlich halb so schlimm.

Mittags habe ich mir eine Hühnerbouillon mit Fadennudeln gemacht und noch zusätzlich Buchstabennudeln hineingetan. Und mich in einer Séance dem Teigwarenlesen hingegeben. In Gedanken reihte ich die Buchstaben aneinander, auf die ich gerade per Zufall stieß, um daraus ein Wort oder einen Satz zu bilden.

Das erste, was auf dem Tellerrand aufgereiht einen Sinn ergab, war: Kretin. Die Sibylle von Cumae hätte es nicht besser hinbekommen.

Doch ich fühlte mich wohl.

Die Kunstgalerie «Fondation, deuxième Fondation» – helle Wände, Stahlgeländer, Niedervoltbeleuchtung – stellte die «Installation» eines deutschen Plastikers namens Helmut Breger aus: Backsteinhaufen in vage menschenähnlicher Gestalt, überzogen mit etwas, das Blut evozieren sollte und tatsächlich irgendein Material zwischen Farbe und Ketchup sein mußte, derart grell war das Rot, obwohl doch jeder weiß, daß getrocknetes Blut beinahe so schwarz wie Tinte wird. Von der Wirkung her ziemlich gelungen, muß ich zugeben. Ich bat darum, den Galeristen sprechen zu können. Die junge Rothaarige, die sich vor ihrem Macintosh zu Tode langweilte, hat mich mit Feuereifer angesehen, als ob ich *der* potentielle Käufer wäre. Sie ist in den Hinterraum gestürzt, wobei sie den gewissen Duft von Kreditkarten hinter sich verbreitete.

Als mir der Anblick der blutigen Backsteinhaufen allmählich einen gehörigen Brechreiz bereitete, kam sie zurück in Begleitung eines eitlen Gecken mittleren Alters in einem sagenhaft dreiteiligen Dreiteiler.

«Entschuldigen Sie bitte, ich wollte einfach nur mal aus Neugierde bei Ihnen vorbeischauen. Ich bin, vielmehr ich war ein Freund von Monsieur Lionel Liétard, Sie wissen ja, dem Herrn, der auf der Vernissage vor etwas mehr als einer Woche einen Herzanfall hatte...»

«O ja, natürlich, eine echte Tragödie, es ist nicht zu glauben.»

Dem Kerl war die Sache scheißegal, aber er spielte das Spiel mit. Aus reiner Höflichkeit. Würde nicht lange anhalten. Ich mußte schnell machen. Ich war kein Kunde, folglich konnte ich ihm nicht allzuviel Zeit stehlen. So fiel ich gleich mit der Tür ins Haus.

«War er Stammgast? Das heißt... äh, war er in Ihrer Kartei, haben Sie ihm eine Einladung geschickt?»

«Nein. Überhaupt nicht. Ich kannte ihn gar nicht, ich habe es überprüft, er stand nicht auf unseren Listen. Er dürfte mit jemandem gekommen sein.»

«Und wissen Sie mit wem? Es ist wichtig.»

«Nein. Es waren so viele Leute hier. Erst hinterher habe ich aus der Zeitung erfahren, wer er war, nämlich der Langlois des Underground-Films und so.»

Er sprach das «Underground» aus, als hätte er einen Schöpflöffel Kaviar zwischen den Backen.

«Und ist Ihnen irgend etwas Merkwürdiges aufgefallen?»

«Absolut nicht. Außerdem hatte ich dermaßen viel zu tun. Das gesamte Deutsche Kulturzentrum war vollzählig anwesend. Als er hingefallen ist, war ich hinten, um neue Flaschen Mumm rauszuholen.»

«Könnte vielleicht jemand anderes, ich meine jemand, den Sie kennen, bei ihm gestanden haben, als es passierte?»

«Nein, ich wüßte nicht. Man hat mir gesagt, ich weiß nicht mehr wer, daß er kurz vorher vor die Tür gegangen ist, um eine Zigarette zu rauchen... Das ist alles, was ich für Sie tun kann... Gibt es irgendein Problem?»

Ich amüsierte mich prächtig. Ich beschloß, mein Spielchen weiter zu treiben. So lange schon war mir das nicht mehr passiert.

«Ein Problem... nicht unbedingt. Aber, nun ja. Man hat bei ihm zu Hause ungefähr zwanzig kleine Gemälde von Kandinsky vorgefunden. Und damit die Erbfolge Gestalt annehmen kann, dürfen da keine faulen Sachen dahinterstecken.»

«Ungefähr zwanzig Kandinskys?»

Der Kerl hatte sich in einen japanischen Industriellen verwandelt, der gerade erfuhr, daß Van Gogh die Hälfte von Gauguins Bildern gemalt hatte und umgekehrt.

«Richtig. Neunzehn. Um genau zu sein.»

«Aha, ich verstehe.»

Er verstand nichts. Er zählte.

«Wenn Sie wollen, kann ich mich mal bei meinen üblichen Käufern umhören, um etwas mehr darüber zu erfahren...»

«Ich habe mich gar nicht getraut, Sie darum zu bitten. Das könnte uns eventuell helfen. Wir wüßten uns erkenntlich zu zeigen...»

Ich ließ ihn ebenso versteinert mitten in seiner Galerie stehen wie die Nike von Samothrake oben auf ihrer Treppe im Louvre. Ich amüsierte mich prächtig. Auch wenn ich immer noch nicht wußte, weshalb Lionel sich an jenem verfluchten Abend auf den Weg gemacht hatte, um deutsche Backsteine beim Bluten zu begaffen.

Mit dem Taxi bin ich zum Rechtsmedizinischen Institut am Quai de la Rapée gerast. Dieses düstere Ding entlang der Métro, direkt neben der Metallbrücke, die zum Gare d'Austerlitz führt. Und das die Bullen angeblich «Die Welt von Käpt'n Iglo» nennen. Dort, wo all jene landen, die so geschmacklos sind, im sogenannten «öffentlichen Verkehrsraum» abzukratzen, und wo sie, in jedem zweiten Fall, recht gute Aussichten haben, eine Autopsie verpaßt zu bekommen.

Gerade brach eine Trauergemeinde zur Beerdigung auf: stille Angehörige, den Blick absichtlich dem ganz nahen Fluß zugewandt. Im Innern traf ich nach einer Reihe langer düsterer Flure, Typ Flughafenkatakomben, auf einen quicklebendigen Menschen. Ich bat darum, Doktor Pianard zu sprechen, der den Totenschein unterschrieben hatte. Von dem ich eine Fotokopie besaß. Ich war ein verdammt gut vorbereiteter Typ. Der Beruf ging mir langsam in Fleisch und Blut über. Der stumme kleine Angestellte brachte mich zu ihm. Privileg der Behinderten. Ein Einbeiniger, der macht mächtig Eindruck, der ist keiner von denen, die man wie einen Lump hochkant rausschmeißen kann. Nachdem wir mehrere Säle durchquert hatten, von denen manche in elektroblaues Licht getaucht waren – dasselbe Blau, das jene eigenartigen Apparate verbreiten, die Mücken töten sollen und die man in Metzgereien vorfindet –, stellte man mich dem diensthabenden Leiter vor. Ein ziemlich alter Typ mit dicker Schildpattbrille und einem dicken Pickel auf der Nase. Ich schaute auf seine Hände. Nicht einmal zart, nicht einmal durchscheinend, nein, ganz normale Hände.

«Doktor Pianard?»

«Er selbst. Weswegen sind Sie unter uns?»

Komische Art zu reden. Vielleicht einfach nur rechtsmedizinische Phrasendrescherei. Oder es lag daran, daß der Ort auf die Sprache abfärbte: Worte finden für diejenigen, die keine mehr finden konnten. Ich zückte meine Fotokopie und legte los:

«Es geht um Monsieur Lionel Liétard, der am 12. im öffentlichen Verkehrsraum einen Herzschlag bekommen hat und hierher kam. Sie haben ihn untersucht. Dürfte ich bitte, und ohne Ihnen allzuviel Zeit zu stehlen, einige genauere Angaben über die rein medizinischen Fakten eines solchen Ablebens erfahren? Vor allem unter dem Aspekt, daß dieser Herr, seinen Nächsten zufolge, ein Herz, wie soll ich sagen, aus Stahlbeton hatte?»

Der Typ hat mich angesehen, abgewogen. Natürlich hatte er meine Behinderung bemerkt und brannte darauf, *mir* Fragen zu stellen. Doch ich schüchterte ihn ein. Vielleicht war ich ja ein Bonze, ein Mandarin, das großes Tier, das ihn endlich aus seinem Verlies herausholen würde.

«Monsieur?»

«Monsieur Nicolas Bornand. Testamentsvollstrecker des Verstorbenen.»

Ich hielt ihm meinen Personalausweis hin. Und eine Visitenkarte. Ersteren hat er nicht einmal angeschaut. Aber die Karte in seine Kitteltasche gesteckt.

«Einen Augenblick, ich bitte Sie um etwas Geduld, damit ich dies einrichten kann.»

Wo hatte er nur sein Französisch gelernt, dieser Hornochse? Er besaß einen leichten elsässischen Akzent. Mit einem Schlag sah ich Lionel wieder vor mir: im gelbschwarzen Turnanzug – den Farben des H4, mitten auf dem Cour du Méridien, unserem Schulhof, wo dieser Fanatiker von Fritz uns herumhetzte und auf dem nackten Zement Dreisprung ausführen ließ. Und da erinnerte ich mich an einen Schüler namens Thiry oder Théry, der Schenkel aus Stahl hatte und die sechzig Meter in sieben Sekunden schaffte. In der Tertia! Auf den waren wir mächtig stolz gewesen, vor allem als wir erfuhren, daß Fritz der Trainer von Piquemal und Delecour gewesen war.

Der Leichenzerleger öffnete einen Schrank mit Schubfächern, kramte eine Weile in einem wahren Blätterteig aus Akten herum, zog eine malvenfarbene Mappe heraus, stöberte darin, überflog schnaubend ein paar Seiten und drehte sich dann zu mir, die Brille auf der Nasenspitze.

«Exakt so steht es in den Texten. Herztod. Wollen Sie informierende Details?»

Nur ja nicht loslachen.

«Ich bitte darum... Dafür bin gewissermaßen hier.»

«Gut.»

Er begann, vorzulesen.

«Postero-basales Kammerflimmern, wahrscheinlich infolge eines Infarkts. Massive vorzeitige Extrasystolen bei ischämischem Myokard. Bei den weiteren Untersuchungen wurden ganz normal die für den Myokardinfarkt typischen Seren-Enzymwerte vorgefunden, wie etwa die MB-Keratinphospokinase.»

Er ging mir auf den Geist, dieser Blödmann. Mit Absicht knallte er mir sein Wörterbuch der Medizin vor den Kopf, um mich vom Stuhl zu hauen oder mir zu beweisen, daß er seinen Job gut machte. Vielleicht wollte er mich auch vergessen lassen, daß er hier, in der Morgue, damit beschäftigt war, Filet Mignon vom toten Menschen aufzuschneiden, statt in irgendeiner Spitzenklinik Visite zu machen, gefolgt von einer Horde Studentinnen, die von seiner Wissenschaft völlig fanatisiert waren. Ich mußte was zur Ablenkung finden, um Klartext zu reden.

«Hätte man ihn denn retten können?»

«Schwer, dies geradeheraus zu sagen. Ich weiß ja nicht, ob der Rettungswagen schnell genug kam in weiser Voraussicht. Häufig muß man bei einem schweren Fall wie diesem hier im Grunde rasch zu einer Defibrilation durch Elektroschocks schreiten, bei 300 Joule ungefähr, kann ich sagen.»

Jetzt ging das wieder los.

«Aber sagen Sie mal, Lionel Liétard hatte angeblich ein ausgezeichnetes Herz, kräftig und so. Wie ist es da möglich, daß mit 56 ein solches Unglück eintritt?»
«Das ist genau das Alter von Bedeutung.»
«Streß? Überanstrengung? Irgend 'ne äußerliche Ursache?»
«Und dabei können Sie noch das genetische Terrain hinzufügen. Manchmal gibt es Gegebenheiten vom akzidentellen Typus, aber das ist unscharf selten. Wissen Sie, in der Anästhesie hat es schon Probleme dieses Kalibers infolge von injizierten Präparaten gegeben. Eine Hyperkapnie, ein Anstieg des CO_2-Drucks im Blut, der bei einer Überdosierung von morphomimetischen Mitteln eintritt oder bei einer Kurarisierung zum Beispiel.»
Kurare. Auch wenn der Typ aus unerfindlichem Grund begonnen hatte, sich klarer auszudrücken, hatte ich doch nur dieses eine Wort verstanden: Kurare. Da hatte ich es, ich tauchte mitten in einen Spionagethriller über bulgarische Machenschaften, mit vergifteten Regenschirmspitzen, todbringenden Cocktails und Blasrohrpfeilen.
«Ich werde jetzt was Dummes sagen. Mal angenommen, ihm wurde an jenem Abend Kurare verabreicht, hätte man damit einen tödlichen Herzinfarkt auslösen können? Und hätte man dann bei der Autopsie irgendwelche Spuren davon gefunden?»
«Auf Ihre erste dringende Frage habe ich Ihnen bereits ja gesagt. Bei der zweiten, in einem Wort...»
Er hatte sich erneut in die Akte vertieft. Ich sah ihm zu, wie er all die Daten zerpflückte, und genau in dem Moment griff der Geruch meinen Riechkolben an. Bis dahin war meine Nase taub gewesen. Was war das, Formol, ein Desinfektionsmittel, das Toilettenwasser des Leichenfledderers? Irgendwas leicht Säuerliches und Süßliches zugleich. Erinnerte an die Stimmung im Unterholz, im Herbst, wenn alles feucht ist.

«Einstichspuren oder Einverleibtes sind nicht erwähnt. Ich kann Ihnen nicht sagen, ob man wirklich danach gesucht hat. An dem Abend gab es eine bedeutende Lieferung. Darüber hinaus wurde im gegebenen Fall keine zusätzliche Untersuchung der Magenwände vorgenommen. Und in den Blutanalysen wurde nicht nach Ammonium, ob tertiärem oder quartärem, gesucht.»

«Und ist es dafür zu spät?»

«Zu spät wofür?»

«Zu spät, um diese Analysen wiederholen zu lassen...»

«Ja. Der Totenschein und die Bestattungsgenehmigung sind ordnungsgemäß unterzeichnet worden. Von da an werden die Proben beseitigt. Wissen Sie, das ist hier ein richtiges Defilee. Der öffentliche Verkehrsraum sieht genauso viele Sterbefälle wie die Krankenhausräume, so wird oft gesagt. Falls es ein Problem gibt, können Sie den Leichnam immer noch ausgraben lassen, aber juristisch ist das ein wahres Gymkhana.»

Er mußte unbedingt mit einem exotischen Wort enden, diese Null.

«Danke. Sind Sie Elsässer?»

«Nein. Warum stellen Sie mir diese Frage in aller Form?»

Im Hinausgehen habe ich absurderweise noch einmal an unseren Sportlehrer Fritz gedacht, der, wenn wir ihm mitteilten, daß wir Bauch- oder Kopfschmerzen hätten, immer nur meinte: Ich bin kein Tierarzt! Mit einer Variante: Ich bin kein *Spychiater*! Ihm habe ich es zu verdanken, daß ich mir in der Quarta, als ich eines Abends nach Hause kam, eine Notoperation wegen Blinddarmdurchbruchs mit beginnender Bauchfellentzündung eingefangen habe, nachdem ich den gesamten Nachmittag reihernd auf der Aschenbahn des Stadions Croix de Berny herumgerannt war, wo wir Freiluftsport hatten. Fritz. Verehrt. Gefürchtet.

Wegen seiner Autorität, während es einen anderen Pauker namens Vrinat gab, einen kleinen Dicken mit roter Haut und elastischem Gewebe, der uns im voraus wegen anderer guter Gründe, die eindeutig zu benennen waren, in Angst und Schrecken versetzte, nämlich: Gips, Verband, Verrenkung, Verstauchung. Bei Vrinat, einer dicken Kugel in elektroblauem Trainingsanzug, artete die Einführung einer Klasse ins Barrenturnen unweigerlich in ein Massaker aus: mit Schülern, die auf die armselig dünnen Matten plumpsten, mit Armen, die bei Drehungen knackten, mit monumentalen Stürzen und danteskem Gebrüll nach unvorhergesehenen Riesenfelgen. Bei ihm grenzte eine Stunde Seitpferd an eine standrechtliche Hinrichtung, Zerquetschung der Eier eingeplant. Wogegen es bei Freund Fritz keine Probleme gab: ein richtiger Profi, der uns bis aufs Blut zwickte, um nachzuprüfen, ob wir – mitten im Winter – nicht doch noch ein Unterhemd unter unserer gelbschwarzen Turnuniform anbehalten hatten.

Lionel... Selbst als Fünfzehnjähriger hatte er schon einen perfekten Körper, bereits mit Muskelpaketen an den richtigen Stellen. Ihm und seiner Sprungkraft war es zu verdanken, daß wir in der Sekunda die absoluten Champions der Handballspiele geworden waren, die auf dem Schulhof der externen Schüler, neben der Kantine ausgetragen wurden: genau dort, wo die Scheißhauswand stand, die als Tor diente. Dank ihm hatten wir sogar die «Neusprachigen» geschlagen.

Ich ging in eine der Brasserien gegenüber des Gare de Lyon, um einen zu trinken. All diese Leute mit Koffern, in Gedanken bereits im Zug. Ein Kleines vom Faß an der Theke. Neben mir ein Typ, offenbar recht angeschlagen, mit der Zeitung in der Hand:

«Wir haben Glück, Monsieur.»
«Meinen Sie wirklich?»

«Ja.»
Er begann zu lesen.
«‹In Honduras wurden binnen vier Jahren eintausenddreihundert Straßenkinder ermordet. Trotz der sechstausend Soldaten und Polizisten, die zu ihrem Schutz eingesetzt wurden. Das hat aber nicht verhindert, daß die Morde weitergegangen sind. Ungefähr zwanzigtausend Kinder und Jugendliche von vier bis achtzehn Jahren sollen in den Straßen von Tegucigalpa und den wichtigsten Städten leben. Die humanitären Organisationen sehen in diesen Morden eine soziale Säuberung.› Finden Sie nicht, daß wir Glück haben? Selbst wenn wir keine Kinder mehr sind?»
«So gesehen, ja.»
«Sie sagen es!»

Am Abend habe ich mir das Pizza-Kino-Programm gegönnt, als Junggeselle sozusagen. Wenn man's nicht gewohnt ist, ist es nicht einmal traurig, sich ganz alleine eine Capricciosa zu genehmigen. Ja, im Gegenteil, ist sogar ziemlich erholsam. Da braucht man nicht mal Konversation zu machen. Esther dürfte mir zu Hause eine Nachricht hinterlassen haben, wahrscheinlich wütend darüber, daß sie mich nicht live-haftig angetroffen hat, am Telefon klebend und in gespannter Erwartung der Neuigkeiten aus dem Land der Bären und vor allem von ihrer Reise im Flieger. Wahrscheinlich hat sie daher Bertrand kontaktiert. Im übrigen vielleicht sogar noch vor dem Anruf bei mir. Der mütterliche Instinkt.

Ich ließ den Nachmittag erneut an mir vorbeiziehen und fand mich, mit Abstand betrachtet und den Artischockenhappen mit Tomatensoße im Mund, etwas lächerlich. Auch nur einen einzigen Augenblick an diese Kurare-Geschichten gedacht zu haben war so was von grotesk... Diesem Wahn mußte schnell ein Ende gemacht werden. Lionel hatte ja vielleicht meinen Vornamen ausgesprochen, in einer Nachricht, die ebenso endgültig verschwunden war wie die Blutanalysen. Er mag auch behauptet haben, ich für mein Teil wüßte... Aber was gab es eigentlich zu wissen?

Der Film war mies. Irgendein Amischinken mit tollen Schlitten, die alle zwei Minuten vor den silikongefüllten Titten ziemlich unglaubwürdiger Bullenfrauen explodierten. Und mit solchen psychologischen Konfrontationen, daß Piaget darüber den Beruf gewechselt hätte. Kurz und gut, es war trotzdem köstlich, vor allem als der internationale Terrorist in hohem Bogen in flüssigen Stahl gesegelt ist und dabei gerufen hat: Tod dem Kapital!

Ich bin zu Fuß nach Hause, ich brauchte bloß durch anderthalb Arrondissements. Die Nachtluft schnuppern. Den Signalhörnern in der Ferne zuhören, die weitaus weniger schrill gellten als in New York; vor den Bars Halt machen, um durch große Frontfenster die Gäste eingehend zu mustern, die in der Regel fröhlich waren, wenn auch nicht alle; dieses Nachtleben wiederentdecken, das ich seit meinem Unfall nicht mehr pflegte. Da ich seit jeher nicht den leisesten Orientierungssinn besaß, habe ich mich verlaufen und mußte eine Zwangsrast einlegen, um mir mit kochend heißem Stumpf einen Rum reinzuziehen und nach dem Weg zu fragen. Dem Kerl neben mir habe ich gar nicht erst zugehört, als er erzählte, daß sich am Vortag zwei Typen wegen eines Supermarktparkplatzes abgestochen hätten. Ich dachte an die Spaziergänge im nächtlichen Paris, auf denen man sich beim Überqueren einer zart gold-ocker illuminierten Brücke immer sagt, daß diese Stadt niemals wie Chicago werden kann. Und dennoch: Kleine Details können einem das Gegenteil beweisen, man achtet viel mehr auf sie, wenn man ganz allein umherschlendert. Als Paar oder zu mehreren gibt es immer irgendwas zu tun, pünktlich bei Familie von und zu Kalbskopf, im Theater, im Restaurant ankommen, über Kultur oder Politik reden, schnell heimgehen, solche Sachen eben. Ist man jedoch allein, stürmt man entweder vorwärts, oder man trödelt herum. Und genau in diesem Fall bemerkt man Dinge. Dinge, die man manchmal problematisch findet. Die einen häufig ins Grübeln bringen.

Als ich vor der Haustür ankam, glaubte ich, eine Halluzination zu haben. Ein Paar Latschen mit den Sohlen in der Luft glitten von ganz allein in den Flur, dann knallte die schwere Metalltür hinter ihnen zu. Der Rum, verdammter Mist! Vor allem den weißen vertrug ich immer weniger. Ich machte die Tür auf und schaltete die automatische Treppenhausbeleuchtung ein. Zwei Sekunden, in denen alles erstarrt, ein kurzer Moment der Furcht. Ein Typ, um die Zwanzig und ziemlich kaputt, schleifte einen Körper, ein brünettes Mädchen mit schneeweißem Gesicht. Er zog es an den Armen in Richtung Kellertür.

«Was ist das denn für ein Scheiß?» meinte ich, die Stimme schön rauh, mit zwölf im Hals steckenden Fröschen.

«Laß mich in Frieden, Mann! Verschwinde!»

Bösartig, der Kerl. Aufgeregt. Irre. Er hat die Arme des Mädchens auf den Holzfußboden fallen lassen und mich angestarrt, als wäre ich zehn Zentimeter und gleichzeitig fünfzehn Meilen weit entfernt. Ein irgendwie abgedrehter Blick, voll in der Krise. Aua. Ein Junkie. Meine Hand hat sich in der Tasche automatisch um den schweren Schlüsselbund gelegt, die großen zwischen den Fingern und die kleinen in der Faust. Alte Gewohnheit, Reflex aus Jugendzeiten.

«Was ist der jungen Person denn zugestoßen?»

«Verpiß dich, Krüppel, ist nicht dein Problem.»

«Na, komm schon. Laß sie los und zisch ab, aber schnell. Bevor ich die ganze Bevölkerung aufscheuche.»

«Kümmer du dich um deinen eigenen Arsch, Blödmann.»

Mit zurückgerollter Zunge, wie in alten Zeiten, stieß ich einen kurzen schrillen Pfiff aus. Ich war einer der wenigen in der Truppe, die das konnten. Die anderen mußten immer ihre Finger nehmen. Ich nicht. Völlig überrascht hat sich der Kerl nach allen Seiten, nach oben und ins Treppenhaus, zum Keller hin, hinter sich und nach vorn umgeschaut und sich dann entschlossen, auf mich loszugehen. Ich bemerkte, daß er taumelte, ich wußte nicht, was er im Wanst oder in den Adern hatte, doch in jedem Fall war es kein Kreiselkompaß. Mit einem Fußtritt, Marke Hongkongfilm, wollte er mir eins verpassen, ist dabei aber nur auf die Schnauze gefallen. Als er wieder aufstand, entdeckte er meine mit sämtlichen Schlüsseln gespickte Hand. Das Licht ging aus. Er rannte zur Tür. Ich hätte versuchen können, ihn zu verfolgen, ließ ihn aber nach dem Schalter tasten. Und dann verschwand er in der Nacht.

Ich habe wieder Licht gemacht. Ich beugte mich über die Kleine, berührte sie an der Stirn, betastete ihren Hals, schob ein Lid hoch. Das Auge halb nach hinten verdreht. Sie war nicht tot, um so besser; was mich anging, hatte ich wirklich die Nase voll von Herzversagen. Wenn sie auch ordentlich angeschlagen war, so schien sie dennoch gleichmäßig zu atmen. Ihre schwarze Jacke hob sich kaum. Schnell den Rettungsdienst anrufen – wohl die beste Lösung. «Schnell» war ein ziemlich großes Wort mit einer Hachse weniger. Ich klopfte an die Tür des Amis, der das Erdgeschoß gemietet hatte, doch es war niemand da, diese Null dürfte mal wieder in ihrer Web-Bar hocken, was anderes interessierte den Typ ja nicht.

Die junge Frau hatte die Augen aufgeschlagen, sie fixierte mich und versuchte dabei, sich an irgend etwas zu erinnern. Der Reihe nach: Was sie überhaupt hier machte und wer dieser Knacker war, der sich über sie beugte. Sie hatte schöne dunkle Augen. Oder aber geweitete Pupillen. Drogen. Natürlich. Ich beugte mich erneut über sie.

«Geht's?»
«Wo ist dieses Arschloch?»
Die Stimme... sie schien von den Füßen herzukommen, schwach und trotzig, und doch so bissig.
«Da war ein etwas seltsamer junger Mann, der davongerannt ist, als er mich gesehen hat.»
«Scheiße...»
«Ich werd den Rettungsdienst rufen, rühren Sie sich nicht.»
«Nein. Nein. Bloß nicht.»
Die Stimme, diesmal kräftiger.
«Ich muß unbedingt kotzen. So viel wie möglich. Mit viel Wasser, das wird schon klappen. Und hinterher drei oder vier Aspirin, von denen, die sich im Glas auflösen.»
«Hab ich da. Doch ich wohn im dritten. Und bin behindert. Wie machen wir's?»
Sie atmete lange durch. Mit ein- oder zweimaligem kräftigem Würgen. Sie verzog das Gesicht. Eine schwer gekränkte schöne junge Frau mit von Übelkeit gequälten Zügen, die ganz tief seufzte, als ob sie sich entleerte.
«Wir werden ganz langsam hochgehen. Auf allen Vieren. Wenn ich auf die Treppe kotze, ist's eben Pech.»
«Wär nicht schlimm, das machen Sie dann morgen sauber.»
Sie schaute mich an und schien sich ganz und gar nicht sicher, was von meinem Sinn für Humor zu halten war. Das Licht erlosch.
«Lassen Sie's aus. Es tut mir in den Augen weh. Bitte, Monsieur.»
Mir wurde bewußt, daß sie leise vor sich hin weinte. Also versuchte ich, sie aufzurichten, Millimeter um Millimeter, sie bedächtig zur Treppe zu bringen, ich zog sie, damit sie über die Stufen rutschte, wobei ich mich des Eisengeländers wie eines Hebels behalf. Das Ganze im Dunkeln. Als ich das heftige Pochen ihres malträtierten Herzens ver-

nahm, war ich besorgt. Sie hielt alle drei Stufen an, wurde zunehmend schwerer. Bertrand hätte sie, so kräftig wie er war, einfach auf dem Rücken bis hinauf in den dritten schleppen können, aber dieser blöde Kerl mußte ja in der Opéra Bastille sitzen und den in die Musik vernarrten Führungsnachwuchs mimen, der aber trotzdem findet, daß es in der Opéra Garnier besser ist. Und deshalb war nun der Alte dabei, in völliger Dunkelheit und dem Angstschweiß nahe die Überdosierte Stufe für Stufe hochzuschleifen. Eigenartigerweise gefiel mir das Ganze, ich war beinahe zufrieden mit diesem Abenteuer, zwar immer noch besorgt, aber angetan.

Endlich in der Wohnung habe ich sie bis zur Toilette geschleppt – sie war inzwischen fast völlig erschöpft. Dort brach sie über der Schüssel zusammen. Ich ging ihr eine Flasche Mineralwasser holen, die sie in einem Zug leer trank. Eineinhalb Liter, fast ohne dabei zu atmen. Perfektion. Und dann hat sie angefangen, sich zu übergeben, und zwar ausgiebig, indem sie das Zeug absolut überallhin kleckerte, vor allem auf sich selbst. Mit einer Handbewegung forderte sie mich auf, mich zu verdrücken, sie allein zu lassen. Ich habe ihr die drei Brausetabletten Aspirin aufgelöst, und während ich den Blasen beim Sprudeln zuschaute, sagte ich mir, daß das Schicksal doch wirklich kompliziert ist. Das Fatum hatte abgewartet, bis ich allein war, den Kopf ganz erfüllt von einem Problem mit mehreren Unbekannten, um mir die große Szene aus dem zweiten Akt aufzubrummen, mit einer sehr modernen, sehr zeitgenössischen Konstruktion, wie man sie nur im Kino zu sehen bekommt, in all diesen Filmen, die es mit dem Sozialen und der problematischen Wirklichkeit haben: der Alte, der alle Illusionen verloren hat, und das noch einmal davongekommene junge Ding.

Währenddessen erreichten mich von weitem die monströsen Würgelaute eines Mädchens, das so zartfühlend war, daß es sich die Eingeweide entleerte. Als ich nichts mehr hörte, brachte ich der jungen Frau das Aspirin. In aller Bescheidenheit. Ohne unnötige Gesten oder Blicke. Sie schluckte das Ganze mit großer Mühe hinunter. Und sich noch immer in ihrem Erbrochenen suhlend, schenkte sie mir ein Lächeln.

«Ich bin völlig erledigt, aber es wird gehen.»

Ich holte ihr Esthers Morgenmantel aus dem Badezimmer und zog ihr die besudelte Jacke aus. Darunter trug sie eine Art enganliegende Bluse aus transparenter schwarzer Spitze. Ihre kleinen Brüste wie Orangen. Eine Menge billiger Anhänger aus Doublé. Ich legte ihr den Morgenmantel über die Schultern und half ihr aufzustehen. Ohne ein Wort. Sie klammerte sich ans Waschbecken, und mit einem Waschlappen und kaltem Wasser wusch ich ihr das Gröbste vom Gesicht. Sie ließ es sich gefallen, schloß dabei aber die Augen. Danach lenkte ich sie bis zum Wohnzimmersofa, auf dem sie sich stöhnend ausstreckte.

Kaum hatte sie sich hingelegt, schlief sie auch schon ein. Und voilà, da war meine Frau also Tausende Kilometer weit entfernt damit beschäftigt, die Geheimnisse und Wohltaten des Schlafs zu studieren, und ich brachte gerade eine junge Frau mit anrührenden Brüsten bei mir unter, eine Unbekannte, die mitten in der Nacht aufgetaucht war und sofort in Morpheus' Arme gesunken ist.

Ich war aufgedreht, am Rande einer Adrenalin-Überdosis. Ich ging zwei- oder dreimal in der Wohnung auf und ab und versuchte dann im Wohnzimmer, mich zu beruhigen, indem ich meine Nachrichten abhörte.

«Véro. Eigentlich weiß ich's jetzt nicht mehr so recht. Vielleicht sollte man die Gespenster in ihren Betten ruhen lassen. Ruf mich an.»

Na, jetzt aber. Die Gespenster in ihren Betten. Hilfe!

«Bist du da?... Esther am Apparat... Du bist nicht da...

Gut, hier ist es jetzt fünfzehn Uhr, alles hat gut geklappt, die Reise und so weiter... Ääh... Ruf zurück. Bei Béa. Ich bleib den ganzen Tag hier. Es ist noch ein wenig kalt. Kaum hab ich dir den Rücken gekehrt, führst du das große Leben. Bravo. Nein. Ich mach Spaß. Ich liebe dich, mein Liebling, du fehlst mir noch nicht, aber ich spür, daß das nicht mehr lange dauern wird. Wenn du willst, Bertrand hat Béas E-Mail-Adresse, falls du mir was Längeres mitteilen hast. Also dann. Ich umarme und küsse dich.»

Und du mich auch... Du fehlst mir ebenfalls noch nicht, dachte ich. Normal, bei all dem, was über mich hereinbricht.

«Bertrand. Dein Sohn. Falls du das vergessen haben solltest. Mama versucht dich zu erreichen. Salut.»

Mein teurer Filius, ich bin mit einer Puppe in deinem Alter zusammen, die ich gerade aufs Sofa gelegt habe. Sie trägt eine super transparente Bluse. Sie schläft noch, hat sich um keinen Mikrometer gerührt. Gleichmäßige Atmung. Züge weniger verzerrt. Die Lippen kaum einen Spalt geöffnet.

In aller Eile habe ich die Toilette saubergemacht. Und mich dann endlich schlafen gelegt, nachdem ich noch einige Wertsachen, die Kreditkarten, Esthers Schmuckkästchen, einen Fotoapparat und den kleinen Morandi aus dem Wohnzimmer eingesammelt hatte. Ich verstaute das Ganze im Schlafzimmerschrank. Dabei schämte ich mich überhaupt nicht. War völlig normal. Man muß ein heiliger Mönch sein, um gleich am Anfang Vertrauen zu haben. Dieses Mädchen kannte ich doch gar nicht, vielleicht war es ja ein Ungeheuer.

(...) Die Kentia darf nicht zu viel gegossen werden. Die Blätter sollte man einmal im Monat besprühen, die Erde entsäuern, sie nicht bewegen, was im übrigen ja völlig normal ist, schließlich bleiben Bäume in der Natur im all-

gemeinen stets an derselben Stelle. All dies muß man tun, wenn man tatsächlich eine richtige Palme bei sich zu Hause besitzen möchte, also keinesfalls, ohne es zu wissen, eine falsche, wie etwa die Klobürste oder die Flaschenbürste über der Spüle. Die Kentia *ist im Grunde die* Howeia Forsteriana, *sie stammt aus dem pazifischen Raum, kam ab 1850 nach Europa und wurde von dem australischen Botaniker Charles Moore beschrieben. Von diesen Moores gibt es noch einen zweiten, nämlich Peter, einen Kameramann, den man im Abspann von Werken findet, die zu den bewegendsten der Experimental-Palme zählen, wie etwa* 5 O'Clock in the Morning *(Pieter Vanderbeck, 1966),* Disappearing Music for face *(Mieko Shiomi, 1966) oder sämtliche Filme von Yoko Ono, wie beispielsweise der spektakuläre* Eye Blink, *in dem das Auge auf dem Bildschirm vom Auge der Kamera gefilmt und dem Auge des Zuschauers zur Betrachtung dargeboten wurde. Ein Film im Film, der unweigerlich an die vielleicht viertausend Palmenarten erinnert, obwohl diese, konzeptuell gesehen, der Einzigartigkeit nahe kommen...*

In: Lionel Liétard, *Die Experimental-Palme*. Edition Offset-Text, Paris 1991, Seite 81.

Ich habe wie ein Stein geschlafen, ich hatte einiges nachzuholen. Das Mädchen hatte sich inzwischen herumgedreht, die Nase ins Kissen gedrückt.

Ich ging mir Kaffee machen und stöberte die Schränke durch, um etwas zusammenzukratzen, womit ich ein halbwegs anständiges Frühstück hinbekommen konnte, wenn die Kleine allerdings an Cornflakes gewöhnt war, würde sie Kohldampf schieben müssen. Vielleicht war sie ja auch gar nicht hungrig und würde sich anstelle des Butterbrots circa zwanzig Neo-Codion-Tabletten reinziehen. Vielleicht würde sie sich augenblicklich verdrücken. Was im Grunde ideal wäre. Danke, daß Sie mir zur Hand gegangen sind, entschuldigen Sie bitte die ganzen Umstände, aber gut, wir gehören wirklich nicht ganz zu denselben Kreisen.

Sie platzte in die Küche, als ich gerade meinen zweiten kochendheißen Kaffee hinunterkippte. Sie sah abgespannt aus. Ein wenig panisch.

Sie setzte sich mir gegenüber, schenkte sich einen Fingerhut voll ein und starrte mich mit wahnsinnig fiesem Blick an.

«Keine Moralpredigt, he, bloß keine Moralpredigt.»

«Nein, nein. Ist nicht meine Art. Falls Sie ein Bad nehmen wollen, dann wär das möglich.»

«Der andere Schweinehund hat versucht, mich plattzumachen, und das nur, um meinen Stoff zu klauen.»

Was hierauf antworten? Ich schaute sie mir an. Schmutzig, getrocknetes Erbrochenes auf den Kleidern, den Morgenmantel um die Schultern. Ich würde große Wäsche machen müssen. Die Sofabezüge. Eine Premiere für mich. Passiert alles mal.

«Wenn ich den finde, verpaß ich ihm ein Loch in den Pelz. Außerdem hat er mir Kohle geklaut.»

«Ich kann Ihnen ein bißchen was leihen, wenn Sie wollen.»

«Bloß nicht. Ich mag keine Schulden.»

«Gut, dann geb ich's Ihnen eben so.»

«Ich mag keine Geschenke. Regen Sie sich ab. Mich kann man nicht kaufen.»

Wie alt war sie, achtzehn, zwanzig, dreiundzwanzig, älter? Wer weiß. Ich schaute mir ihren lausigen Haarschnitt an, ihre schwarzen Kleider, die billigen Anhänger, den Ohrschmuck mit den Spinnennetzen aus Metall, das Piercing unter der Lippe.

«Sie sind eine von den *Gothics*, stimmt's?»

«Was verstehen Sie schon davon, hm?»

«Marylin Manson, Nick Cave. The Cure mag ich nicht so... Bis auf ein Stück, *The Forrest.*»

Das hat sie dann doch fast umgehauen. Zum erstenmal sah ich ein kleines Leuchten in ihrem Blick. Sie versuchte, einen Zwieback zu essen, verzog beim Schlucken aber das Gesicht.

«Gut. Ich hau ab. Muß was für meine Gesundheit tun. Danke.»

Dieses letzte Wort hat ihr fast den Mund zerrissen, nur nebenbei bemerkt, doch sie hatte sich Mühe gegeben, das war gut und ich zufrieden.

Sie ist gegangen. Auf ihren beiden Füßen. Sie hat die Tür hinter sich zugeknallt. Ich habe Hausputz gemacht und den Morandi wieder an seinen Platz gehängt.

Den ganzen Nachmittag trieb ich mich in der Wohnung herum, wechselte von der Liste, die ich anhand von Lionels Dossier zusammengestellt hatte, hinüber zum Fernseher (eine Reportage über nachtaktive Lemuren), von der Waschmaschine zum Fernseher (volles Rohr Indianapolis), vom Telefon zum Fernseher (Kennedy, ein politisches Verbrechen?). Am Telefon traf ich Verabredungen mit drei Personen für den nächsten Tag, eine morgens und zwei nachmittags: drei Frauen, deren Namen in Lionels Terminkalender häufig vorkamen. Jedesmal konnte ich mir dieselbe Leier anhören, es ist schrecklich, dermaßen überraschend, ein so quicklebendiger Mann, ratatatam, ratatatam. Ich beruhigte sie, indem ich ihnen erklärte, ich würde einen langen Artikel über ihn schreiben und bräuchte dafür ein paar Auskünfte, und da haben dann alle eigenartigerweise zugestimmt, sich mit mir zu treffen. Ich hätte Journalist werden sollen. Das wäre mal eine Visitenkarte, die was taugt.

Danach beging ich den Fehler, Véronique anzurufen, die mir gestand, sie finde sich dermaßen idiotisch, der Paranoia zu verfallen, alles wäre doch reiner Zufall, nur Schicksal und so, man müsse Lionels Andenken in Frieden lassen und solle einfach nur an ihn denken, sich seiner erinnern und ihm alles Gute im Jenseits wünschen. Ich spielte die verantwortungsvolle und überzeugte Person und versprach ihr, demnächst sämtliche Papiere zurückzubringen, die sie mir anvertraut hatte. Sie hängte auf, Salut, wir werden uns sicher irgendwann wiedersehen, wenn die vom unsäglichen Leid befleckten Laken aus dem Bett der Trauer mal verschwunden sind. Die befleckten Laken. Das Bett der Trauer. Die Gespenster in ihren Betten. Die dachte ja nur ans Bett, diese verzweifelte Frau...

Es kam jedoch überhaupt nicht in Frage, daß ich alle Verabredungen absagte, was sollte ich für mein Teil denn anfangen in den ganzen Monaten, in denen meine Frau zu lernen versuchte, was so ein richtiges «Nickerchen in meiner Hütte in Kanada» bedeutet? Ich mußte mir wohl oder übel eingestehen, daß ich mich allmählich zu amüsieren begann. Zumal bei solchen modernen Abenteuern, wie dem in der vergangenen Nacht als Dreingabe. Ich beschloß, noch ein, zwei Tage weiterzumachen, ganz privat, einfach so, zum Vergnügen, um eventuell herauszufinden, warum Lionel, kurz bevor er sein Gasflämmchen auspustete, noch an mich gedacht hat. Ich hatte ihn schon vier oder fünf Monate nicht mehr gesehen, und urplötzlich dachte er an mich? Sprach aber nicht direkt mit mir darüber, sondern telefonierte mit seiner Frau? Eine Erklärung: Er dürfte meine Nummer nicht bei sich gehabt haben und hinterläßt seine Nachricht daher prompt seiner Ehefrau, damit die mich erreicht. Nicht schlecht. Möglich. Was heißen würde, daß er in jenem Moment irgendein dringendes Problem hatte. Welches? Das war die Tausend-Euro-Frage.

Den ganzen Nachmittag im Kreis herumgrübeln, den Kreisel spielen, von Zeit zu Zeit vor den Fernseher (Indiens Kampf um die Unabhängigkeit) zurückkehren. Der Stumpf kribbelte. Schlechtes Zeichen. Die Wetterlage würde umschlagen. Meine Lage sicher auch. Es war Zeit, fand ich.

Am Abend bin ich direkt nach Esthers Telefonat ausgegangen. Alles in Ordnung. Nein, nein, ich langweile mich nicht, weißt du, ich hab so viele Dinge zu regeln. Sie wollte mich in ein oder zwei Tagen wieder anrufen, sie würde eine Tour durch die Hudson-Bucht machen, um die Schlaftechniken bei den Inuit zu erforschen. Genau, nutz es aus, habe ich zu ihr gesagt, diesen Inuit begegnet man ja nicht alle Tage. Sie glaubte, ich wollte mich über sie lustig machen, doch mir fielen zwei oder drei kleine geheime Wörtchen ein, um sie davon zu überzeugen, daß ich mit unendlicher Zärtlichkeit an sie dachte.

Die Peking-Ente im «Jardin Impérial» war nicht sensationell. Das erinnerte mich an die Kantine in unserer Penne, vor langer Zeit. Das Püree aus Trockenerbsen (wir prügelten uns um die in Motoröl gerösteten Croutons), der Schweinebraten mit Kresse (dessen Scheiben sich unweigerlich in fliegende Untertassen verwandelten), die *petits-suisses diabétiques,* diese kleinen runden Frischkäse für Diabetiker (Stalaktitenwettbewerb an der Decke), die Maronen des Putenbratens am Tag des Weihnachtsessens (erster Kontakt mit der Produktpalette der Zementfabrik «Ciments Lafarge»). Man kann wirklich nicht behaupten, daß im Nationalen Bildungswesen jener Zeit die Fettleibigkeit gefördert wurde. Und die Diätetik im übrigen auch nicht. Als wir noch im sogenannten *petit lycée,* dem «Kleinen» Gymnasium der Unterstufe waren, gingen wir zum Essen ins «Große». Wobei wir durch einen dunklen Flur an der Grenze zur vollkommenen Finsternis mußten, in dem sich immer irgend etwas Unsägliches ereignete, wenn man nach dem Tenor des Geschreis und Gebrülls schließen wollte, welche in diesem Schlauch des Todes ausgestoßen wurden. Am Ausgang, im Schulhof der Externen, begegneten wir häufig wunderlichen Wesen mit grünen Feldmützen auf dem Kopf, die wie Enten mitten auf dem Asphalt herumwatschelten und dabei alle zwei Meter ein dröhnendes Quaken ausstießen. Fassungslos sahen wir zu, wie die Sekundaner und Primaner sich über diese Wesen lustig machten und ihnen Fußtritte verpaßten. Erst viel später habe ich erfahren, daß es sich dabei um Leute aus der Vorbereitungsklasse für die Agronomie-Hochschule handelte, die die rituelle Neulingstaufe absolvierten. Was für eine Schmach!

Die Peking-Ente war wirklich ganz und gar nicht gut. Als ich nach Hause kam, war ich auf der Hut. Fest überzeugt, daß mein ruhiges Quartier ein Schlupfwinkel für Drogensüchtige mit der Spritze in der Hand und rosa Schaum vor den Lippen werden könnte.

Am späten Abend bin ich einmal mehr über Lionels Buch eingeschlafen.

(...) Vergil riet in seiner Georgica, *eine Palme in die Nähe der Bienenstöcke zu pflanzen, damit diese im Frühjahr den jungen Bienen die Gastlichkeit ihrer Fächer darbieten könne. Ist das nicht goldig? Und ich, ich bin nichts als ein Mini-Dante, unter des Dichters Führung in der Hölle des Experimentellen. Um den Filmen Otto Mühls zu begegnen, sie wieder und wieder zu sehen. Alle. In der richtigen Reihenfolge und vor allem in beliebiger. Und schaut Euch auf keinen Fall um wie einst Orpheus, alles Fleisch liegt hinter Euch, Euer Haupt ist überströmt von Blut, überall pißt man darauf, das Politische taucht auf, das soziale Experimentieren ist auf der anderen Seite der Brücke angelangt, bei den Gespenstern, und Ihr habt Euch in Salzsäulen verwandelt (...)*

In: Lionel Liétard, *Die Experimental-Palme*. Edition Offset-Text, Paris 1991, Seite 83.

Marion Renouard war eine hübsche Blondine um die Vierzig, in Krypto-Chanel, adrett und fröhlich, bewaffnet mit einem ziemlich rabiaten Parfum, das in Richtung synthetische Erdbeere ging und gleich bei ihrem Eintreffen das ganze Terrasseneckchen des Cafés überflutete, wo wir uns verabredet hatten. Doch angesichts ihres offenen Blicks und des gewinnenden Lächelns habe ich meine Journalistenlüge gleich wieder weggesteckt, um ihr so annähernd die Wahrheit zu erzählen. Sie schien entzückt, ließ eine Spitze gegen die schwarze Literatur Amerikas vom Stapel, ihrer Meinung nach vergeudete ich bloß meine Zeit, und gleichzeitig hätte ich auch recht, sie so zu verbringen, statt mich in Unkenntnis zu langweilen und Trübsal zu blasen. All dies in nur einer Minute! Und dann gingen wir zum zweiten Espresso und zu weiteren Geständnissen über. Vor allem sie. Drei Monate habe sie ein *Liebesabenteuer* mit Lionel gehabt. Sie sprach das Wort Liebesabenteuer wie im ersten französischen Fernsehen, TF1, aus, man glaubte es keine Sekunde. Nichts von Bedeutung, eine eher körperliche Sache, wenn überhaupt!

«Die Nachricht von seinem Tod dürfte Sie niedergeschmettert haben...»

«Niedergeschmettert ist vielleicht etwas übertrieben, um aufrichtig zu sein. Ja, ich habe einen Freund verloren. Wie Sie. Aber er war nicht der einzige Mann in meinem Leben, momentan geht es da ziemlich drunter und drüber, und das ist auch besser so, dann ist es weniger traurig.»

«Natürlich, natürlich... Wußten Sie etwas von irgendwelchen Feinden?»

Sie wuschelte sich die Haare mit einer schnellen Bewegung wieder auf.

«Nein, eigentlich nicht. Konkurrenten, das ja. Davon hat er mir schon mal was erzählt. Schließlich haben wir nicht nur Kopfkissengespräche geführt. Typen, mit denen er sich wegen des Jobs lauthals gestritten hat. Allerdings wie jeder eben, nehme ich an. Außerdem war Lionel ein ziemliches Großmaul, sogar ein Besessener... Aber wenn ich mich mit ihm traf, redete er ja trotz allem nicht nur darüber, nur manchmal eben.»

«Ja, natürlich.»

«Seien Sie nicht vulgär.»

«Das war überhaupt nicht meine Absicht.»

Ich hatte noch viel zu lernen, um im harten Gewerbe des Privatschnüfflers zu brillieren. Sich nicht zu Kommentaren hinreißen lassen. Neutral bleiben, nicht herauskehren, was man denkt oder erwägt. Keinesfalls den Marlowe, den Schlaukopf mimen. Die dummen Witze und anderweitigen Betrachtungen, die zweideutigen Anspielungen und die ganz eindeutigen Taubstellereien: all das war nur was für die Literatur.

«Verzeihen Sie, aber haben Sie vielleicht mal etwas von einer anderen Frau gehört, von einem eifersüchtigen Ehemann, Sie wissen ja, ich kann Ihnen das nicht ersparen, so ist es doch immer, in der Regel, *cherchez la femme* und so weiter.»

«Nein. Eigentlich nicht.»

Plötzlich zugeknöpft, die blonde Eroberin. Ich nannte ihr einige Namen, die mir aufgefallen waren, aber sie reagierte nicht. Entweder eine gute Schauspielerin oder das gepanzerte Mädchen. Anschließend haben wir uns ein bißchen über X-beliebiges unterhalten, sie erkundigte sich höflich nach Véronique, ich gab ihr meine Visitenkarte, falls ihr doch noch irgend etwas einfiele, und dann gingen wir nach einem ziemlich laschen Händedruck auseinander.

Mittags habe ich eine *Andouillette* gegessen. Was mir gewöhnlich verwehrt wird. Esther sagt immer zu mir: Du wirst doch hoffentlich nicht das «Objekt klein *a*» essen wollen?

Ich weiß, das hat was mit dem Psychoanalytiker Lacan zu tun, könnte es aber nicht unbedingt genauer erklären.

Sylvie Lasbats traf um 14 Uhr 45 ein. Eine Viertelstunde Verspätung. Wie Grouchy. Um die Fünfzig und pummelig, rabenschwarzes Haar, Pagenkopf, so als hätte Louise Brooks zwanzig Jahre und dreißig Kilo hinzugewonnen. Sie hat mir auf der Stelle erklärt, Lionel habe ihr häufig von mir erzählt, weshalb sie auch hergekommen sei, vertrauensvoll. Bei der Beerdigung habe sie nicht gewagt, mich anzusprechen. Sylvie war fast so was wie seine Privatsekretärin gewesen. Um bis zu den Monatsenden über die Runden zu kommen, arbeitete sie bei der staatlichen Filmbehörde CNC, und die restliche Zeit half sie Lionel bei seinen Vorhaben. Und besonders bei seinem großen Projekt, in Frankreich, ob in Paris oder sonstwo, eine Cinemathek des Experimentalfilms aufzubauen, ungefähr wie die von Jonas Mekas in New York, die aus eigener Kraft, also dank der Unterstützung der Cineasten selbst und einiger mit dem Milieu verbundener Philanthropen existieren sollte. Wir redeten lange miteinander. Sie hat mir sehr geholfen, auch wenn sie der Meinung war, es hätte keine sehr großen Probleme gegeben, viele Feinde gewiß, aber erklärte Feinde, mit Beschimpfungen vor Zeugen et cetera. Wir haben eine Liste all derer zusammengestellt, die es wirklich auf ihn abgesehen hatten, bloß zwei oder drei, Rivalen, die ihn gerne beerbt hätten, andere, die auf Veruntreuung von Subventionen oder Material und all so was machten. Ich notierte mir die Namen, die jeweiligen Funktionen, sie wollte mir die Adressen schicken. Kohle war dabei im Spiel, doch die Scherereien schienen vor allem mehr oder weniger politischer Natur. Weil der richtige Weg ziemlich schwer abzustecken war zwischen all den lokalen Vertretungen, den diversen örtlichen Kulturämtern, Regionalverwaltungen und Ministerien. Nicht zu reden von den äußerst vertraulichen Beziehungen zur staatlichen Filmbehörde, von der Lionel meinte, sie helfe ihm doch bloß aus einem einzigen Grund: An dem Tag, an dem der Coup endlich unter Dach und Fach wäre, würde diese feine Institution sich ins Zeug legen, um jemand anderen an seine Stelle zu setzen. Jemanden aus dem inneren Kreis, dem Dunstkreis der Kulturangelegenheiten, einen *enarque* – einen Absolventen der Eliteschule ENA, oder irgendeinen künftigen Anwärter auf einen Ministerposten, der in diesem goldenen Schrank darauf harren würde, daß die Stunde des Gerechten für ihn geschlagen hätte.

Nichts als Reales, Formales, Faktisches.

Nur eines stach etwas ab: nämlich daß Lionel seit kurzem für die Vereinigung «Logement Pour Tous» – Wohnraum für alle – aktiv gewesen war und daß er, Sylvies Meinung nach, eindeutige Gründe dafür gehabt habe, seinen sozialen Part auf diese Weise zu erfüllen. Und zwar um irgendwelche Hütten, meistens Bürogebäude aufzuspüren, die er vielleicht requirieren lassen konnte, und um so endlich einen Ort für seine famose Cinemathek zu finden. Letzteres könnte für eine offensichtliche Tatsache gehalten werden, doch ich überging das einfach: Ein solcher Zynismus paßte nicht zu Lionel, der stets geradeheraus zu sagen pflegte, was er tat, und zu tun versuchte, was er sagte.

Ich habe mir Mühe gegeben, sie auszuforschen, herauszubekommen, ob ihr seltsame, befremdliche Sachen aufgefallen wären, wo sie doch womöglich diejenige war, die ihn am häufigsten gesehen hatte. Nichts. Lionel war ein «Zorniger», ein «Hitzkopf», ein ruheloser «Gestörter». Man hatte fast den Eindruck, daß diese Typen alle so wären: halb cineastisch, halb paranoisch in ihrer Sammelleidenschaft und halb behämmert, weil sie sich unverstanden fühlten. Das ergab zwar drei Hälften, aber ein Typ wie Lionel war sicher imstande gewesen, noch eine, also eine vierte Hälfte anzuvisieren.

Ich versuchte, Sylvie weiszumachen, daß er vielleicht doch nicht eines natürlichen Todes gestorben war. Da hat sie zum erstenmal gelacht. Und hinzugefügt, sie habe seit drei Jahren damit gerechnet, daß er an einem Herzinfarkt ins Gras beißen müßte, so überarbeitet wie er gewesen sei. In dem Stadium, das er erreicht hatte, hätte höchstens noch ein Trampolin dem Zeitdruck seines Terminkalenders standhalten können. Ich gab ihr meine Adresse und Telefonnummer, für den Fall der Fälle. Und dann kündigte ich ihr noch an, ich würde sicher irgendwann noch mal vorbeischauen, um sie nach ein paar genaueren Angaben, Lebensläufen, Details zu fragen. Sie bat mich nur, ihr vorher Bescheid zu sagen, da ihre Arbeitszeiten *elastischer* als ein Nierchen seien. Lustige Metapher.

Allmählich hatte ich doch ein wenig die Nase voll. Auch das lernte ich während der Arbeit. Nicht alles auf einmal! Ein Zeuge pro Tag, das reichte vollauf und erlaubte mir, die gesammelten Informationen noch mal durchzukauen. Sofern es überhaupt welche gab. Vielleicht ging ich etwas zu rasch vor, und für den Augenblick war der Fang nicht gerade grandios. Und der Stumpf brannte, ich war zu lange «auf den Beinen» gewesen. In den alten amerikanischen Romanen hatte ich beobachtet, daß die Leber immer stärker kribbelte, je tiefer man in den Enthüllungen vordrang. Bei mir war es das Bein. Das Fehlen des Beins.

Ich war um 18 Uhr mit der dritten, einer gewissen Chantal, bei der Bastille verabredet. Ich habe mir fest vorgenommen, daß ich mir am nächsten Tag oder am übernächsten nur Männer herauspicken würde. Ein bißchen Abwechslung muß sein.

Als ich sie ankommen sah, dachte ich, Marie-Chantal hätte besser gepaßt. Champs-Élysées-Kostüm, hohe Absätze, *executive woman* und Leserin der Vogue, Haare, die wie in einer Werbung für Volumenshampoo hin und her schwangen.

«Ich bin zwar gekommen, will Ihnen aber lieber gleich sagen, daß ich nur wenig Zeit habe. Ich bin nur hier, weil Sie ein Freund von Lionel sind... Falls Sie mir irgendwelche schweinischen Details aus der Nase ziehen wollen, dann will ich Ihnen lieber gleich sagen, daß Sie da lange warten können. Und ich will Ihnen lieber gleich sagen...»

«Bitte, hören Sie auf, mir andauernd was gleich sagen zu wollen, ich hab Sie ja noch gar nichts gefragt.»

Ich hielt ihr die Hand hin.

«Nicolas Bornand, Korrektor. Mir geht es ganz einfach um ein Andenken, nämlich um seins. Für mich. Und für den Text, den ich verfassen muß, ganz einfach, damit man sich der äußerst bedeutsamen Arbeit bewußt wird, die er seit vielen Jahren geleistet hat. Ganz einfach.»

«Aber hören Sie doch bitte mit diesem ständigen ganz einfach auf, wo doch alles sehr verworren ist.»

Sie reichte mir ihre Hand.

«Chantal de Montfart, Vermögensverwalterin.»

Mit einem breiten Lächeln dazu. Du wirst noch sehen, dachte ich mir, daß du wider Erwarten ausgerechnet mit diesem Deneuveschen Klon am besten klarkommst. Wir haben über zwei, drei harmlose Dinge geredet, na ja, so harmlos auch wieder nicht, schließlich hat sie mir trotz allem zu verstehen gegeben, daß sie Lionel *gut* gekannt habe, vor ein paar Jahren nämlich, nachdem sie ihn in einem Vier-Sterne-Hotel in Cassis kennengelernt habe.

«Lionel? In einem Luxushotel?»

«Nein, nein, er wohnte nebenan, in einer amerikanischen Stiftung. Cromago, Cramago oder Camargo, irgendwas in der Art. Und ich, ich war dort im Urlaub.»

Jedesmal wenn sie sprach, rutschte sie mit dem Po auf

dem Stuhl herum, als säße sie auf einer heißen Herdplatte. Wir haben uns weiter unterhalten, es ging kreuz und quer. Sie fragte mich über meine Kindheit mit Lionel aus, ich versuchte, ihr etwas über ihre Arbeit zu entlocken. Mit einemmal stellte sie ihr Glas etwas härter auf dem Tisch ab. Ich glaubte sogar, es würde kaputtgehen.

«Gut. Ich hab Ihnen einiges zu sagen. Ich weiß aber nicht, ob ich's überhaupt darf. Ich hätte nicht gern, daß es publik wird. Mein Job hängt davon ab.»

«Das überlasse ich ganz Ihnen. Sie sind ein freier Mensch.»

«Die Sache hat mit seinem Projekt zu tun. Ich sag es Ihnen aber gleich: Ich werde alles abstreiten, falls diese Geschichte hochkocht. Sie werden wie ein Übergeschnappter dastehen.»

«Warum erzählen Sie mir dann davon?» platzte mir der Kragen. «Scheiße, ist doch wahr! Sie zeigen einem Köter einen Knochen, und dann werfen Sie den aus dem Fenster, ich hab keine Zeit zu verlieren, ich bin kein Flic, ich mache ein Buch über einen Freund. Unentgeltlich noch dazu.»

Bogart regte sich oft so auf. Elliott Gould ebenfalls. Der Detektiv ist ja schließlich auch ein Mensch, oder? Ich hätte auf Schauspieler machen sollen. Gab es einen einbeinigen Star? Hinkende, die sicherlich. Fielen mir aber nicht ein. In jedem Fall war sie jetzt still. Sturm unter einem ph-neutral eingesprayten Schädel. Ich versuchte meinen Lieblingstrick.

«Hat Lionel Ihnen von seiner Leidenschaft für Palmen erzählt?»

«Ääh... Ich glaube nicht... Warum fragen Sie mich das?»

Ihre Augen – riesig wie die Augen eines zu groß gewordenen kleinen Mädchens.

Ich hatte soeben eine elementare Technik angewandt: Gehirnwäsche in der schlichten Version. Das hatte ich vor langer Zeit erfunden, als ich mal in dem Tiefkühlladen «Picard Surgelés», den Einkaufswagen voll bis obenhin, in der Schlange warten mußte. Da stand eine hysterische Bürgersfrau an der Kasse, die den ganzen Verkehr aufhielt, indem sie ihren Kram nach einer ziemlich mäßigen ergonomischen Technik in einen Einkaufstrolley packte. Endlich zieht sie ihre Visakarte hervor und tippt ihren PIN-Code ein. Darauf erklärt ihr die Kassiererin sauersüß, sie habe sich vertan. Zweiter Versuch, fügt sie noch kalt hinzu. Hinten dran, in der Schlange, bricht Panik aus, weil die Lebensmittel aufzutauen drohen. Die betuchte Dame jammert lauthals, o verdammte Scheiße, das war sie doch... Und dann beginnt sie Selbstgespräche zu führen, spult laut paarweise Ziffern herunter, weil ihr PIN-Code ja zwei Départementkennziffern entspreche. Es wird immer verworrener, sie sucht nach ihrem Adreßbuch, gesteht dabei, daß sie sich ihren Code nach einer geheimen Methode notiert habe, sie blättert herum, und schließlich meint sie, natürlich, aber klar, ich hab sie vertauscht, ist blöd, aber normal. Und schon tippt sie erneut ihre vier Zahlen. Nein, meint die Kassiererin, sich ins Fäustchen lachend – dumpfe proletarische Rache. Dritter Versuch, ich warne Sie, das ist der letzte, danach zieh ich die Karte ein. Die Bürgersfrau gerät in Panik. Hinter ihr wächst die Schlange an, das Pakkeis wird von Tauwetter bedroht.

Und da, ich weiß nicht, wieso, ist mir einfach die Idee gekommen, ich habe mich an sie gewandt und ihr gesagt, sie hätte das typische dumme Gesicht eines Schlachtenbummlers von Paris-Saint-Germain. Sie schaut mich tief gekränkt an und fragt mich, warum ich so was sage. Ich antworte ihr ganz einfach nur, daß sie wirklich wie eine typische Anhängerin von Paris-Saint-Germain aussehe. Sie beginnt zu zetern, ich hätte ja nicht sehr viel Mitgefühl und würde doch merken, daß sie in der Kacke sitze, und man solle ihr mit solchem Mist nicht auf den Wecker gehen, das sei jetzt nicht der Augenblick für so was, und sie stand schon kurz davor hinzuzufügen, daß ich hier der große Blödmann mit dem dummen Gesicht eines Schlachtenbummlers von Paris-Saint-Germain wäre, als ich sie auffordere, ihren PIN-Code einzutippen. Was sie auch ohne zu überlegen tut. Es ist der richtige. Die Kassiererin reicht ihr den Bon, und die Schwachsinnige schaut mich an, als wäre ich ein Guru, ein Supermarkt-Gurdjieff. Ich hatte ihr das Gehirn gewaschen, sie radikal an etwas anderes denken lassen, damit sie ihre Automatismen wiedererlangen konnte. Ich war ziemlich stolz auf diese Eingebung.

«Warum fragen Sie mich das?»

Ich habe ihr nicht geantwortet. Und dann legte sie los.

«Lionel und ich, wir waren an einem etwas krummen Coup dran. Die Leute von der LPT, dieser Vereinigung ‹Logement Pour Tous›, ein Trupp Aktivisten aus der Radikalen Linken, der leerstehende Gebäude ausfindig macht, die haben sich also vor einem Jahr mit einem Bürokomplex im 17. Arrondissement befaßt. Um die Besitzverhältnisse zu klären, ich kann Ihnen sagen, der reinste Saustall, eine Immobiliengesellschaft bürgerlichen Rechts, dazu noch mit ungeregelter Nachfolge und knallharten Schulden bei den Gemeindeabgaben. Theoretisch beantragt die LPT die Umwandlung derartiger Gebäude in Notwohnungen, und zwar über eine kommunale Intervention, manchmal auch über ministerielle Stellen oder die Sozialwohnungsämter. Andernfalls besetzen sie die ganz einfach. Lionel war von Anfang an der Meinung, daß dieses Gebäude der ideale Ort für seine Cinemathek wäre. Also hat er mich beauftragt, die Angelegenheit zu einem moderaten Preis zu entwirren, es sollte Subventionen geben...»

«Mit einer Vermittlungsprovision für Sie?»

«Natürlich.»

«Und einer Draufgabe unter der Hand?»

«Das geht Sie nichts an.»

Da kamen wir nun doch etwas voran. Endlich eine Geschichte mit richtigen Brocken an Unheil drin. Eine Sache, die ziemlich leicht ausarten kann. Mit Knete in Aussicht. Und dem Staatsapparat im Hintergrund.
«Gab es bei dem Coup noch andere Bewerber?»
«Ja, natürlich. Aber wir waren denen eine Länge voraus.»
«Und seine Kumpel von der LPT, die Aktivisten, waren die im Bild?»
«Nein. Ich glaube nicht.»
«Hätte man sie denn ins Bild gesetzt, wenn's zum Abschluß gekommen wäre?»
«Na klar, ich denk schon. Und vielleicht sogar noch davor. Lionel benutzte keine Mittelsleute oder Strohmänner.»
«Das Ganze hätte die aber sicher fuchsteufelswild gemacht, oder nicht?»
«Ich vermute mal. Ich kenn sie ein bißchen. Harte Kerle. Hitzköpfe. Idealisten.»
Gut. Eine Fährte. Wenn auch eine schwache. So wie ich Lionel kannte, engagierte der sich immer offen und ehrlich. Er hatte die LPT gewählt, weil es ihn wahnsinnig gemacht haben dürfte, Leute auf der Straße zu sehen. Auch wenn er selbst eine Unterkunft gesucht hat. Für sein Werk. Seine Passion. Das einmal dahingestellt, war ich davon überzeugt, daß er es irgendwie hingekriegt hätte, die ganze Sache seinen Freunden zu gestehen. Und sicherlich hätte er dabei einen goldenen Mittelweg gefunden, so in der Art: zwei Familien für die Aufsicht und Hausmeisterei in seinem Museum anstellen und an Ort und Stelle einquartieren. Er hätte seine Kampfgefährten nie so zynisch hintergangen. Folglich war das mit der Bestrafung, ob ideologischer oder nicht, mit der Rache wegen Verrats nicht stichhaltig. Müßte man zwar überprüfen, aber auf den ersten Blick hatte es weder Hand noch Fuß.

Marie-Chantal und ich haben dann munter weiter geplaudert, aufs Geratewohl. Hin und wieder konnte sie auf eine gewisse Art witzig sein, vorausgesetzt, man hatte einen verdammt ausgeprägten Sinn für Distanz zu den Dingen. Natürlich bat ich sie, sich sofort bei mir zu melden, sollte sie noch eine weitere Idee, eine Intuition oder irgendeine neue Information haben.

Und schließlich ging sie, mächtig behangen mit protzigen Gliederarmbändern und Armreifen, wieder neuen immobiliären Abenteuern entgegen.

Und ich in meinem Café-Korbsessel, mit meinem Bein, das immer stärker schmerzte, ich dachte, daß nicht eine der drei jungen Frauen, die ich getroffen hatte, sich für meine Behinderung interessiert zu haben schien.

Du kannst ruhig krepieren, Krüppel, du machst sie einfach nicht an.

Ich las die wenigen Notizen, die ich in einem kleinen Heft festgehalten hatte, nochmals durch. Auch das mit diesem kleinen Heft war köstlich. Erinnerungen an die Schule, das Lycée, wo wir einen ganzen Packen solcher kleinen Hefte mit uns rumschleppten. Mit den gescheiten Fremdwörtern, den Kongruenzregeln, den unregelmäßigen englischen Verben, den italienischen Vokabeln und der ewigen Frage in Latein mit dem «ut» – ob mit Konjunktiv oder mit Indikativ. In der Quarta hatten wir einen Pauker – noch «latinistischer» als der und du fällst tot um –, ein gewisser Monsieur Nicollet, ein kleiner molliger Alter, der Peter Lorre kurz vor der Rente glich. Nun, vom ersten Augenblick seiner ersten Schulstunde an bis Ende Juni hatte er kein einziges französisches Wort mit uns gesprochen. Alles auf Latein. Die Hausaufgaben, die zu lernenden Lektionen, die Bestrafungen, die Aufforderungen, an die Tafel zu treten: alles auf Latein. Überflüssig zu betonen, daß wir nichts begriffen, daß wir nicht aufstanden, daß wir beim Aufrufen unseres Namens (den er übersetzte) nicht reagierten, die

Aufgaben nicht machten und unsere Lektionen nicht lernten. Ergebnis: das dicke Ei! Nicht das des Kolumbus, nein, sondern die Note. Die Null. Die absolute. Die zum Durchfallen. Immer wieder und unabwendbar.

Im ersten Trimester haben die Eltern uns noch ganz schön in den Senkel gestellt. Da herrschte zu Hause der Dritte Punische Krieg. Im zweiten sind sie ernsthaft in Panik geraten, und als sie Nicollet dann zu sprechen verlangten, verstanden sie unsere Misere, na ja, verstehen ist ein großes Wort, da er sich nur auf Latein an sie wandte. Nun, von Mitte April an begannen wir zu begreifen, was unser Pauker wollte. Und am Ende des Schuljahres war ich imstande, eine kleine Geschichte à la Livius (*miles gloriosus*) zu improvisieren, einen kleinen Aufsatz à la Sueton (*cæsarem legato*) zu verfassen und mir zehn Zeilen Strafarbeit à la Cicero (*de silentio*) aufzuhalsen. Danach habe ich bis zum Abi nichts mehr getan. Latein beherrschte ich.

Während ich meine Notizen durchlas, erkannte ich, daß ich nicht viel in der Hand hatte. Die Stiftung in Cassis, Cramago, Camargo oder so. Das Bürogebäude im 17. Arrondissement. Die «Zornigen» von der LPT. All das würde ich noch überprüfen und dann stopp, rein gar nichts mehr, Schluß, ich würde Véro mitteilen, daß sie wahrscheinlich recht hätte und ich obendrein nicht genug Zeit, weil ich mich meiner Zukunft widmen müsse und vielleicht nach Kanada reisen würde.

Es war neunzehn Uhr dreißig, ich nahm ein Taxi und fuhr zu meinem Sohn, diesem teuren Bertrand, mit dem ich seit gut und gerne drei Jahren meine Not hatte, seit die Wirtschafts- und Politikwissenschaften ihn mir in einen postmodernen Zombie verwandelt hatten. Er wohnte im Sechsten, in der Gegend des Kaufhauses Bon Marché, nicht sehr weit von seiner Kaderschule entfernt. Wenigstens gab es bei ihm einen Fahrstuhl.

Er war zu Hause, mit einem anderen Stutzer seines Kalibers. Und was tat er? Er arbeitete, verdammter Mist! Als ob ich damit gerechnet hätte, ihn dabei anzutreffen, wie er sich die Koks-Linien zog und dazu Heavy-Metal hörte. Nein. Es lag sogar ein Buch von Alain Minc auf dem Tisch. Das sagt alles. Er wirkte etwas bedeppert, als er mich so unvermutet in seiner Bude aufkreuzen sah, aber dank der Anwesenheit seines Zunftgenossen ist er kooperativ geblieben. Ich bat ihn lediglich, er solle mal über das Internet versuchen, irgend etwas über diese berühmte Stiftung herauszufinden. Er hat mich zwar angesehen, als ob ich einen mexikanischen Pilz intus hätte, sich dann aber mehr oder weniger gnädig dazu bequemt.

Cramago, nichts. Cromago, nichts. Aber Camargo: alles klar. Eine amerikanische Stiftung, gegründet von einem ebenso talentierten wie generösen Maler, so meinte die Internetseite, dem Sproß einer steinreichen Familie, einem gewissen Jerome Hill, Mäzen der gesamten amerikanischen Gegenkultur der Fünfziger, Sechziger und Siebziger auf dem Gebiet der Kunst. Inzwischen war die Stiftung zu einem Ort geworden, in den sämtliche US-amerikanischen Musiker, Bildhauer, Forscher und Schriftsteller, die sich mit der französischen Kultur vertraut machen wollten, zum Arbeiten und Kreieren kommen konnten. Jerome Hill. Dieser Name sagte mir irgendwas. Ich dachte daran, den Filius zu bitten, in der Richtung weiter nachzuforschen, spürte aber, daß ich seine kostbare Zeit schon viel zu lange in Anspruch genommen hatte. Die Plazierung von Vermögenswerten im geregelten Nebenmarkt wartete ungeduldig auf ihn.

Bevor ich mich verzog, bedankte ich mich und teilte ihm noch mit, daß unsere Verabredung für den nächsten Tag im Restaurant ins Wasser fallen müsse. Die Freude, die er bei dieser Neuigkeit bekundete, war wirklich irre.

Unter der Fußmatte vor unserer Wohnungstür lag ein Umschlag. Plötzlich paranoisch stieß ich ihn mit der Spitze meiner Prothese an. Falls es eine Briefbombe wäre, würde ich lediglich mein Holzbein verlieren und hätte dann halt jede Menge Streichhölzer. Doch es war bloß eine CD. «Curse» von Alien Sex Fiend. Na, sieh mal einer an. Es lagen auch ein paar handgeschriebene Zeilen bei: *Die haben Sie neulich abends nicht erwähnt. Fehler. Damit können Sie Ihre Kenntnisse vervollkommnen. Für Ihre persönliche Erhebung. Badgirl.*

Kein Rechtschreibfehler. Hübsche Schrift. Klare und sichere Kalligraphie. Die Tochter von Spießern. Ruhige und normierte Jugend bis zu dem Augenblick, wo man sich die Hörner abstößt, wo man nachts in einem unbekannten Hausflur fast totgespritzt wird.

Keine Nachricht von Esther. Keine Nachricht von Véro. Dafür aber eine von einem gewissen Monsieur Galard, vom Verlag Honacé, der mich vorbeizukommen bat, um die Entlassungsvereinbarung und den Sozialplan zu unterzeichnen, der die diversen Zulagen und Beihilfen festsetzte.

Und außerdem klang durch die Düsternis der verlassenen Wohnung noch die fiebrige Stimme von Doktor Pianard, Rechtsmediziner seines Zeichens: *Monsieur Bornand, ich habe über Ihr Problem von gestern nachgedacht, denn Sie haben Glück, wenn ich mich so ausdrücken darf. Ein Beamter des Rettungsdienstes ist heute vorbeigekommen, um die Akten gegenüberzustellen, damit sie abgelegt werden. In dem Stapel befand sich auch die, die Monsieur Lionel Liétard betraf. Ich weiß nicht, wieso ich sie auf die Seite gelegt und wieso ich sie gründlich studiert habe. Im Krankenwagen hatten die genau zum Zeitpunkt des Ablebens eine Punktion für eine Minibiopsie des Muskelgewebes gemacht. Das ist auch Vorschrift. Nach den Analysen kann man darin Spuren von Diallylnortoxiferin auffinden.*

In dem Moment hat das Ding abgeschaltet. Scheiße.

Doch er hatte direkt im Anschluß eine zweite Nachricht hinterlassen: *Das Ding hat abgeschaltet. Ich fahre fort. Dieses Mittel ist eine synthetische, nicht depolarisierende Kurareverbindung. Das könnte heißen, daß Monsieur Liétard unmittelbar vor seinem Herzinfarkt eine ordentliche Dosis dieses behutsam zu handhabenden Anästhetikum erhalten hat. Beweise gibt es keine. Es ist nichts als eine Vermutung. Die Akten sind, so erinnere ich Sie, endgültig geschlossen. Auf Wiedersehen.*

Ich blieb wie angewurzelt mitten im Wohnzimmer stehen. Lange. Jetzt hatten wir's. Nun war tatsächlich der Wurm drin. Endgültig. Als ich aus meiner Betäubung dann wieder erwacht bin, habe ich mir ein großes Glas Wodka eingeschenkt und es in kräftigen Schlucken getrunken, während ich in die Glotze schaute, ohne was zu sehen (wurden tatsächlich die Überreste des Pharaos von Alexandria gefunden?). Wiederkäuen. Keine Beweise. Nichts als eine Vermutung. Aber dennoch. Véronique hatte demnach was gewittert, auch wenn sie nunmehr einen Rückzieher zu machen schien. An ihrer Stelle hätte Agatha Christie sich genauso den *Tea*-gefüllten-Kopf zerbrochen. Was Chandler betraf, so wäre er augenblicklich mit dem Auto in irgendeinen Cañon zum Angeln gefahren und hätte den ganzen Krempel hingeschmissen. Und dann, einfach so, tauchte in meinem geschmolzenen Gehirn Jerome Hill wieder auf. Der von der «Camargo Foundation». Er war einer von den Typen, die in einem meiner Lieblingsfilme mitspielten, *Hallelujah The Hills* von Adolfas und Jonas Mekas. Einer der beiden Häftlinge, die am Schluß, als Sträflinge wie aus dem Bilderbuch verkleidet, ihre Eisenkugeln durch den Schnee schleppen. Ein Hüne. Jonas Mekas und seine Cinemathek in New York. Und Lionel wollte genauso eine in Paris aufbauen. Noch eine Koinzidenz. Allerdings habe ich mich schnell wieder gefangen. Es war ja vollkommen normal, daß Lionel die Foundation in Cassis besucht hatte:

ganz einfach auf der Suche nach Knete. Wenn Jerome Hill nämlich seinem Kumpel Mekas geholfen hatte, das New Yorker Museum zustande zu bringen, so schien es auf der Hand zu liegen, daß Lionel auf eine Neuauflage des Coups mit Hills Nachfahren gehofft haben dürfte.

Ich habe mein Holzbein abgeschnallt. Der Stumpf war feuerrot. Wegen der Reibung, ich war zuviel herumgelaufen, ich würde wieder meine Prothese anlegen müssen, die mochte ich zwar nicht sonderlich, aber es würde den Druckpunkt im unteren Bereich meines Schenkels verändern, falls ich erneut die Straßen der Hauptstadt abgehen mußte auf der Suche nach... nach was noch gleich, ah, ja, nach den Ursachen des überraschenden Infarkts eines Jugendfreunds.

Ich hatte nichts anderes mehr zu tun, als mir das Album der Alien Sex Fiend anzuhören.

Holla!!

Ich schaffte es, mir eine Hühnerbrühe zu machen. Mit Fadennudeln. Und den kleinen Buchstaben. Das erste auf dem Tellerrand zusammengesetzte Wort war: Problem. Also habe ich an einem etwas quarkigen Stück Camembert herumgekaut und dabei an mein Bett gedacht, das nicht weit, nur sechs oder sieben Meter entfernt war.

(...) Sogar in einem der schönsten Gemälde der Welt, der Anbetung des Lamm Gottes *von den Brüdern van Eyck, kann man die Palmen zählen. In Gent. In der Kathedrale Sint Baafs. So schön, daß man wirklich Stielaugen bekommt. Und ebenso im* Bildnis eines Italieners *von Memling. Hierfür muß man allerdings nach Antwerpen pilgern. Wenn man es genau wissen will. Und dito in den Ecken des Bildes* Der Tod des Heiligen Hieronymus *von Carpaccio,*

den heutzutage alle Welt kennt wegen der Unmengen an Fleisch, die man in den Restaurants Hippopotamus *nach Wunsch bekommt. Überall kann man, sofern man genau hinschaut, jene kleinen* Chamaerops Humilis *entdecken, mit viel Liebe und Akkuratesse von Künstlern gemalt, die von der buschigen Üppigkeit des Laubwerks genug hatten. Was auch auf Solveig Kranksmaier zutrifft, der in* Palm Spring & interface *(23 Min., 16 mm, Ton, Dänemark 1967) zunächst Umkehraufnahmen von Palmen und nicht eindeutige sexuelle Bilder aufeinanderfolgen läßt. Dabei weiß man immer genau, daß es Bäume sind. Aber nicht, daß es sich um Geschlechtsteile handelt, allerdings spürt man das. In der Koda weiß man nicht mehr, daß es Palmen sind, man ahnt es allerdings, doch man erkennt ganz eindeutig den dominanten und unheilvollen Tanz der Schleimhäute. (...)*

In: Lionel Liétard, *Die Experimental-Palme*. Edition Offset-Text, Paris 1991, Seite 120.

Ich wurde von Esther geweckt. Die hypnogenen Techniken der Inuit und deren Umgang mit dem hypnopompen Zustand erschienen ihr ganz erstaunlich. Da drüben war sehr schönes Wetter. Schön, aber kalt. Sie war noch keinem Eisbären begegnet. Und wirklich in bester Stimmung. Von jemandem geweckt zu werden, der einem, noch dazu sehr laut, was über den Schlaf erzählt, war doch etwas zu viel für mich. Das Ganze war nur zu normal, letzten Endes mußte gerade ich bestens wissen, daß Hypnos, der Gott des Schlafes, Sohn des Erebos (Finsternis) und der Nyx (Nacht), einen Zwillingsbruder hatte, nämlich Thanatos, den Tod. Fünftausend Kilometer voneinander entfernt, befaßten ich und meine Frau uns mit denselben Brüdern.

Ich stürzte mich in mein Koffein-Ritual, irrte den halben

Morgen durch die Wohnung, ging in den urplötzlich sehr leeren Zimmern auf und ab. Nur Grütze im Kopf. Womit neu beginnen? Die Vorbedingungen hatten sich geändert. Vielleicht lag Gefahr in der Luft, trieb sich unter Umständen irgendwo ein Killer herum. Ich stellte mir Esther ebenfalls als Witwe vor. Selbst wenn sie die Hosen anzuhaben schien, war doch ich es, der die heikle Rolle des Hosenträgers spielte.

Mit meinem Unfall, meinem verschwundenen Bein, hatte ich meine Quote erfüllt. Theoretisch, statistisch, war ich nun gefeit, mir konnte nichts mehr passieren. Ich besaß alle Voraussetzungen für ein beschauliches und friedliches Alter.

Kurz vor Mittag bin ich noch einmal zum Arbeitsplatz gegangen. Zum Ort der Sklaverei, fünfzehn Jahre im selben Laden, wenn man bedenkt... Ich habe alles unterschrieben, würdevoll und verschlossen wie eine Herzmuschel. Der Personaldirektor hatte dieses kleine Lächeln auf den Lippen, mit dem er erkennen ließ, daß er doch kein kleinlicher Hund war und daß ich meine ausgesprochen interessante Abfindung bekommen hatte, ohne den Krieg zu erklären, ohne die Dienste der Arbeitsrichter zu bemühen – Zeichen einer großen Milde von seiten der Arbeitgeber. Ich hätte dieser Kellerassel liebend gern eine geschossen, hätte ich nicht genau in dem Moment, in diesem Büro, das erhabene Glück verspürt, nichts mehr erdulden zu müssen.

Ich weiß nicht, warum, aber auf dem Nachhauseweg fand ich diesmal, daß die Stadt wirklich etwas Perplexes hatte. Diese Leute, die sich nicht anschauten, die verstört auf ihr Mobiltelefon einredeten. Die einfach vor sich hin redeten. Alte, mit ihren Einkaufstaschen in der Hand, die endgültig niedergeschlagen wirkten. Alte Damen, die ihre Hunde hinter sich herzogen, als wären es ihre letzten Illusionen.

Jugendliche mit ihren geschorenen Schädeln und verstockten Gesichtern. Waggonladungen von Armen, die kaputt auf den Trottoirs hockten und die Hände ausstreckten. Überall Bullen als wesentliche Komponente. Als ob ich gerade einen depressiven Schub hätte. Was war das? Der plötzliche Eindruck, daß die Welt nicht mehr rund lief? Das Gefühl, daß nichts mehr natürlich schien? Wie der Tod meines Kumpels? Wie die unverhoffte Abwesenheit derer, die mir nahe standen? Wie junge Mädchen, die fixen? Oder Bürgersfrauen, die ebenfalls was einstecken, allerdings anderer Leute Kohle?

Ich öffnete die Wohnungstür im selben Moment, als das Telefon zu klingeln begann. Esther wahrscheinlich, die Tausende Kilometer entfernt versuchte, die Zeitspanne zwischen meinem Kommen und Gehen zu berechnen.

Sie war es nicht. Aber eine Frauenstimme.

«Monsieur Nicolas Bornand?»

«Am Apparat.»

«Ich bin Madame Magnion. Cécile Magnion.»

Magnion. Dieser Name sagte mir irgend etwas. Es kam von weit her.

«Hocherfreut, Madame. In welcher Weise kann ich Ihnen...»

«Der Freundeskreis der Ehemaligen Schüler des Lycée Henri-IV hat mir Ihre Telefonnummer genannt und mir mitgeteilt, Sie suchten ein Foto der Prima B3 des Jahres 1962/1963. Ich habe eins, im übrigen ist es nicht das erste Mal, daß man mich um eine Kopie davon bittet. Wenn Sie mir Ihre Adresse geben, kann ich Ihnen eine schicken.»

«Das ist sehr nett von Ihnen. Sie sind die Mama von... von...»

Ganz plötzlich ist es mir wieder eingefallen. Fabien Magnion. Sehr begabt im Zeichnen. Begabter als ich.

«... von Fabien.»

«Nein, überhaupt nicht. Ich bin seine Ehefrau.»

Scheiße, stimmte ja, vierzig Jahre waren vergangen, darauf mußte ich achten. Die Stimmen.
«Wie geht es Fabien?»
Mit einem Schlag sah ich ihn wieder vor mir, wie er jedesmal schmollte, wenn man ihn fragte: *Ça fa bien?*
«Mein Mann ist vor fünf Jahren verstorben. Er ist ertrunken. In der Bretagne.»
«Oh! Verzeihen Sie, ich konnte ja nicht...»
«Kein Problem, Nicolas, kein Problem... Übrigens hatten Sie recht, es war tatsächlich der Englischlehrer, der an jenem Tag mit Ihnen allen Modell gestanden hat.»
«Monsieur Tamagnan?»
«Ja, genau. Ich meine auch, mich zu erinnern, daß mein Mann mir gesagt hat, er wäre bei einem Autounfall ums Leben gekommen...»
«Man hat mir schon erzählt, daß er eine große Vorliebe für schöne Autos hatte.»
«Das ist noch lange kein Grund.»
«Natürlich, natürlich, das wollte ich damit auch gar nicht sagen.»
Aua. Wir haben uns noch ein bißchen unterhalten. Mühsam und höflich. Fabien hatte ein pharmazeutisches Unternehmen gegründet, das sie auf eigene Faust noch immer auf den Beinen hielt. Sie hatten drei Kinder bekommen. Fabien war sehr sportlich geworden und hatte mit einer Verbissenheit, die sicher dem unerbittlich vorrückenden Alter zuzuschreiben war, auf seinen Körper geachtet. Und ausgerechnet während einer Thalasso-Kur war er einer zu schweren See zum Opfer gefallen...
Während sie sprach, dachte ich, daß meine Generation wahrhaftig nicht allzu viel Glück bei Unfällen hatte, wie etwa der erblindete Lescot oder ich, der rumhumpelte. Es war auch ein Tribut an das Alter, und bald würde ich mich in der Haut eines jener Ehemaligen Kriegsteilnehmer wiederfinden, die jedes Jahr bei Gedenkfeiern die Überleben-

den zählen. Oder wie einer dieser zähen Langlebigen, die bei der Filmpreisverleihung der *Césars* ebenso angespannt wie stumm dasitzen, wenn die Bilder der im laufenden Jahr Entschwundenen vor ihnen vorbeiziehen.

Ich habe ihr meine Adresse gegeben und mich eifrig bei ihr bedankt. Dann ging ich einen trinken. Den brauchte ich. Magnion. Und der Zeichenpauker. Dieser Kleine mit dem spitzen Kinnbärtchen, dessen Name ich vergessen hatte. Er herrschte über seine beiden Säle, über den mit den Holzpulten und über den anderen, den viel geheimnisvolleren, der voll mit neugriechischen Gipsfiguren war. In dem verschwand er von Zeit zu Zeit, um kurz darauf mit einer Frauenbüste (schweinisches Gekicher) oder einem Hydrahaupt (armselige Witzchen) beladen wieder zurückzukommen. Und da hieß es dann: An die Arbeit! Die besten, so verkündete er, sollten eine ihrem Talent würdige Belohnung erhalten. Ich war nicht ungeschickt, und der Bleistift machte mir keine Angst. Aus eigener Kraft habe ich mein Geschenk bekommen: Ich durfte ein Meistergemälde kopieren. Und all das nur, um mich selbst davon zu überzeugen, daß ich erstens dazu fähig und zweitens dem auserwählten Genie ebenbürtig war und daß ich drittens endlich zu etwas anderem übergehen konnte, wie etwa zur abstrakten Kunst oder der lyrischen Abstraktion. Würdevoll. Im Wissen um den Wert der Arbeit.

Deshalb habe ich mir Vermeers *Junges Mädchen mit rotem Hut* aufgehalst. In Gouache. Vier Monate Schufterei. Magnion hingegen hatte lediglich sechs Wochen gebraucht, um Van Goghs berühmt-berüchtigtes Zimmer nebst Stuhl mit Strohsitz zu reproduzieren. Das vage Gefühl, bekloppt zu werden. Der aufsteigende Haß des batavischen Klecksers. Währenddessen durften sich die anderen, also diejenigen, die weniger begabt waren oder denen es scheißegal war, mit der Perspektive oder der Karikatur rumamüsieren. Sofern sie nicht gleich im Saal mit den Gipsfiguren herumblödelten, wo sie in Begleitung des stark an Landru erinnernden Zeichenpaukers die weißlichen Rundungen einer erloschenen Pomona begafften. Und wo war er nun, der kleine Geißbart? Verstorben, vermutlich, so wie ein Großteil unserer Pauker von damals. Wie unsere eigenen Eltern im Grunde. Vierzig Jahre. Die meisten waren seinerzeit schon alt, nicht weit von der Rente gewesen. Die jüngeren dürften inzwischen das kanonische Alter kitzeln.

Apropos Kanonen, ich habe mir noch eine Ladung eingeschenkt, randvoll wie eine Haubitze. Ich war im Begriff, mich bei kleiner Flamme ordentlich vollaufen zu lassen. Düsterer Abend. Würde sich der verfluchte Sohn in vierzig Jahren an seine Politologieprofs erinnern? Das war alles, was ich ihm wünschte, diesem Simpel.

Lionel. Ein so großer und kräftiger Junge wie er... Er war der beste bei der Pelota, dem beliebtesten Spiel in den Pausen, gewesen. Mit bloßer Hand und einem Tennisball. Als Fronton diente uns die hohe Wand zwischen zwei Klassenräumen im Pausenhof der Externen, dem einzigen mit effizientem Teerbelag. Nach und nach hatte sich eine Variante durchgesetzt. Statt den Ball mit der Innenhand zu schlagen, wurde er einfach geworfen. Sehr fest. Oder ganz sachte, richtig weich. Das war mehr was fürs körperliche Geschick, vor allem in Anbetracht der Fensterscheiben unmittelbar daneben.

Nach und nach gelang es mir im Verlauf des Abends, mich zu entspannen. Im Grunde füllten sich die Tage von alleine aus, und daher waren die darauffolgenden natürlich vollgepackt. So mußte ich mich beispielsweise mit der LPT befassen, deren Nummer ich im Telefonbuch ausfindig gemacht hatte.

Ich war immer stärker von dem dunklen Gefühl beherrscht, daß irgendwo eine Gefahr höhnisch kichernd umherschlich. Unmöglich zu sagen, wieso. Lag einfach in der Luft. Der Tod meines Kumpels. Der Entschluß, mich einzumischen. Die Gothiks in meinem Haus, all das eben. Mein Zwerchfell zog sich zusammen wie eine Blende. Die Faust im Magen. Vor allem, wo schon so lange nichts mehr los gewesen war in meinem Leben. Früher, vor meinem Unfall, da war schon ziemlich viel passiert. Um mich zu beschäftigen, aber auch um mich zu beruhigen, nahm ich meine alten Aktivisten-Reflexe wieder an, die von damals, als man die Möglichkeit in Betracht ziehen mußte, außerhalb der Gesetze zu stehen, ohne allzu offen die Maske dabei fallen zu lassen. Ich ging mir doppelseitiges Klebeband und zwei alte Ausgaben von *Le Monde* holen. Die beiden Zeitungen legte ich aufgeschlagen und übereinanderliegend auf dem Fußboden aus und beklebte sie streifenweise mit dem Klebeband. Und dann rollte ich sie ganz fest zusammen. Damit hatte ich einen ziemlich abschreckenden Schlagstock, wie ich bereits getestet hatte.

Ich erinnerte mich noch bestens an die Angriffe der ultrarechten Gruppierung *Occident* auf das *Institut d'Art,* das kunstwissenschaftliche Institut in der Rue Michelet, das wir mit der Energie der Verzweiflung verteidigten, und all das nur, um eine Bande von Puppen aus der Möchtegern-Hautevolee zu beschützen, die dort studierten, um später, waren sie erst einmal verheiratet, in Fragen diverser Stile wie Louis-quinze, Louis-seize, Directoire und Mein-Arsch-auf-der-Kommode unschlagbar zu sein. Ich klaute mir eine von Esthers Strumpfhosen aus einer Schublade in ihrem Zimmer und stopfte sie in meine Manteltasche. Mit einem Schlüsselbund drin kann so was Verheerendes anrichten. Wenn man bei einer Prügelei bereit ist, was einzustecken, dann muß man auch stets dafür sorgen, daß die anderen ebenso viel einstecken. Ich befestigte meinen Schlagstock an meinem Holzbein. Niemand würde da genauer nachsehen. Wäre ich Dealer gewesen, hätte ich die Briefchen dann unter meinem Stumpf versteckt? Komische Gedanken für einen Korrektor im Un-Ruhestand. Vielleicht ein Fingerzeig auf die zahlreichen Bedeutungen des Verbs korrigieren.

Und dann habe ich mir was im Fernsehen angeschaut. Diesmal in Originalversion. *Marat-Sade*[*] von Peter Brook. Verfilmtes Theater. Das hat mich deprimiert, dieser grandiose Diskurs über die menschliche Natur, bei der es keine Mitte, keinen möglichen Mittelweg zwischen der Hölle des Zynismus und dem Grauen des Kollektivs gibt. Beim Einschlafen hatte ich noch immer monströse Bilder vor Augen, die auf Damiens' Martyrium in der Schilderung des «Göttlichen Marquis» zurückgingen. Mehrere Male sogar war mir im Halbdunkel des Wohnzimmers zum Weinen gewesen. Doch es kam nicht raus. Dann eben beim nächsten Mal...

(...) Die meisten Faulknerianer, Sie wissen schon, diejenigen, die sich bestens in der Geographie der Grafschaft Yoknapatawpha auskennen, die werden Ihnen, den Kopf tief zwischen den Schultern, als könnte ihnen ein gewitterschwerer Himmel auf den selbigen fallen, erklären, daß der beste Roman des schnurrbärtigen Südstaatlers Wilde Palmen *sei. Gut. Fein. Während für die sektiererischen Warholianer welcher Film wohl der beste des Meisters ist? Ich für mein Teil kann es sagen, den Kopf hoch erhoben im Angesicht der spritzenden Gischt, die von der* Pointe des Poulains *her weht:* Sleep, *wahrscheinlich, weil in ihm alles*

---

[*] Dt.: *Die Verfolgung und Ermordung Jean Paul Marats, dargestellt durch die Schauspielgruppe des Hospizes zu Charenton unter Anleitung des Herrn de Sade* (Anm. d. Übers.).

eingeschlafen ist, der Raum der Darstellung eingeschlossen. Ein großartiges Beispiel für das Verfahren des Films im Film. (...)

In: Lionel Liétard, *Die Experimental-Palme*. Edition Offset-Text, Paris 1991, Seite 132.

Als ich am Morgen aufstand, hatte der Anrufbeantworter tüchtig gearbeitet. Es war eine Nachricht von Esther drauf, wonach sie, eine Programmänderung, für fünf Tage nach Halifax aufbrechen wolle (eine E-Mail sollte folgen) und hoffe, daß es mir gut gehe. Alles in Ordnung, mein Schatz, alles in Ordnung. Und dann noch eine von diesem Typ aus der Kunstgalerie, der meinte, er habe mir eine Liste sämtlicher Kunden ausgedruckt, die er zur Vernissage der Breger-Ausstellung eingeladen hatte. Schon allein beim Klang seiner Stimme sah ich das Gesicht des Roßtäuschers vor mir, der auf den gesegneten Tag hoffte, an dem er neunzehn Kandinskys auszustellen und zu verkaufen hätte. Ein Typ, der sogar sonntags arbeitet – das sagt alles.

Als kleiner unbekannter Gott habe ich mir einen Tag Ruhe gewährt. Nur weil man im Zwangsruhestand ist, muß man doch nicht gleich sämtliche sozialen Gepflogenheiten aufgeben. Auch wenn der Sonntag im H4 meistens Schultag war. Wegen der *colle,* des Arrests. *Huit Heures Dimanche!* Acht Stunden am Sonntag! Die wahrhaft absolute Bestrafung innerhalb der Normalität. Darüber gab es nur noch das Unermeßliche, den Schulverweis für drei Tage, eine Woche, und schließlich den endgültigen. Welcher nur sehr selten ausgesprochen wurde. Wogegen eine nicht gemachte Hausaufgabe hieß: *Huit Heures Dimanche!* H_2D abgekürzt! Zwangsläufig mit Strafarbeiten verbunden. Nachmittags jedoch spielten wir im allgemeinen Basketball.

Also habe ich mich an diesem Sonntag bestraft. Ich habe

mir Selbst-Arrest verpaßt. Acht Stunden. Ich habe ferngesehen (der Orgasmus, ein Leiden der Reichen) und dabei gebechert, die Zeit dahinstreichen lassen, mich königlich gelangweilt. Wenn ich an einem jener zum Ersticken schwülen Julitage, an denen wir noch nicht ans Meer aufgebrochen waren, zu meiner Mutter sagte, «Mama, ich langweile mich!», dann antwortete sie: «Hast du ein Glück, nutz es aus!»

(...) Wenn man es recht bedenkt, sollte sich die Kartoffel, was universelle Wohltaten betrifft, auf einiges gefaßt machen. Die Palme ist ihr dicht auf den Fersen. Da gibt es etwa die diversen Früchte wie die Kokosnuß. Oder die Fasern, mit denen man sich bekleidet oder die man verwebt. Die Blätter mit ihren zahlreichen Verwendungen, von der Küche bis zum Dach. Das Holz für Einbäume und zur Schreinerei. Der Saft für Palmwein. Katechu bei der Areca catechu, *Wachs von der* Karnauba *(aus der die Brasilianer auch Benzin für Autos herstellen) und Öl bei der* Elaeis guineensis. *Man kann auch einen Film von 22 Minuten, 16 mm, Farbe, ohne Ton, aus ihr machen, nämlich* Fuses *von Carolee Schneemann (1967, USA), ein modernistischer und erotischer Maya Deren, in dem jede erzählerische Perspektive verschwindet, in der die Diegese erektil wird und es der Filmemacherin gelingt, physisch der Stofflichkeit ihres Mediums zu begegnen. Optische Fusion, Auflösung der Grenzen des Es und somit Verlust der Bilder. Visuelle Klarheit. Der Liebhaber ist zu allererst jemand, der liebt. (...)*

In: Lionel Liétard, *Die Experimental-Palme.* Edition Offset-Text, Paris 1991, Seite 133.

Der Sitz der Vereinigung «Logement Pour Tous» lag im Marais. Dort wurde ich sehr freundlich von einer Dame in gewissem Alter empfangen, einer von der Sorte, die nie den Mut sinken läßt und dich mit einem sprühenden Blick anschaut, der dir unweigerlich ein schlechtes Gewissen einflößt. Sie war schockiert über die Nachricht von Lionels Ableben, sie wußte nichts davon, las keine Todesanzeigen, weil sie mit den Problemen der Lebenden schon genug zu tun hatte. Sie hatte sich keine Sorgen gemacht, es war normal, daß die Aktivisten manchmal für einige Zeit verschwanden, wegen Job- oder Familiengeschichten.

Wir haben lange miteinander geredet, ließen uns kaum unterbrechen vom Ballett einiger Langhaariger, die eine Anti-Räumungs-Aktion vorbereiteten. Ihrer Meinung nach, wie auch der der anderen Harten im Verein, sei Lionel ein ernsthafter, wertvoller und häufig verfügbarer Aktivist gewesen. Bei den großen Coups sei er immer zur Stelle gewesen, wenn es Probleme gab oder ein handfestes Eingreifen der Behörden drohte. Ich fragte sie, ob er sich hauptsächlich mit speziellen Fällen befaßte, bei denen er sich irgendwelche Feindschaften hatte zuziehen können. Nein. Sämtliche Fälle würden stets zu mehreren, Zug um Zug betreut. Er habe sich vor allem bei Gebäuden eingeschaltet, deren Besitzer er angeblich kannte, und Dossiers vorbereitet, damit die Vereinigung nicht vollkommen ins Blaue hinein agierte. Recht schnell erlaubte ich mir, den famosen Bürokomplex im 17. Arrondissement anzuschneiden. Da begann sie zu lachen. Das sei nichts für sie, zu kompliziert die ganze Sache, keine Spur von Unterschlagungen, bei denen man ansetzen könne, bloß grobe Verhandlungen unter potentiellen Eigentümern. Sie wußte genau, daß Lionel seinerseits versucht hatte, den Mist zu entwirren, um womöglich seine Cinemathek dort unterzubringen. Demnach bestand von dieser Seite her kein Knatsch.

Der letzte etwas heiße Fall, bei dem Lionel sich in jüngster Zeit eingesetzt habe, sei der eines Gebäudes im 11. Arrondissement, Rue Basfroi, gewesen: der Verputz völlig heruntergekommen, bis oben hin voll mit Einwanderern, drei Brandstiftungen binnen zwei Jahren. Mit einem Eigentümer von der Sorte Schlafstellenvermieter, einer von denen, die man nicht mal mit der Zange anfassen möchte, selbst mit einer weißglühenden nicht! Lionel rieb sich seit mindestens sechs Monaten an ihm. Doch ansonsten, nichts, absolut nichts. Trotzdem fragte ich sie in aller Harmlosigkeit nach dem Namen des unfeinen Besitzenden. Sie nannte ihn mir mit einem schalkhaften Leuchten im Blick, das mir deutlich machte: Nur los, geh ihm auf die Nerven, das wird uns eine kleine Atempause verschaffen, und gib ihm ordentlich Zunder, den hat er sich redlich verdient.

Ich bin mit der Beitrittserklärung der LPT wieder abgezogen, war doch das mindeste.

Im Hinausgehen rief ich bei Mütterchen *Wonder*-Chantal an, geriet aber an ihren Anrufbeantworter und fragte also den, ob sie nicht zufällig mit diesem Jean-Jacques Bonelli, dem dreisten Eigentümer eines Hauses im 11. Arrondissement, Rue Bafroi, für das Lionel sich interessierte, zu tun gehabt habe.

Mittags bin ich in der Passage Brady vorbei, ich hatte Appetit auf Tandoori. Das pralle Leben. Ganz in der Nähe des Kinos, in dem ich als Student gut die Hälfte meiner Nachmittage verbracht hatte, um mir dreißigmal hintereinander *Die Mühle der versteinerten Frauen* – mit diesem Schauspieler, dem verrückten Wissenschaftler, der Pompidou glich – anzusehen.

Und danach bin ich erneut in der Galerie vorbei, wo das rothaarige Mädchen mir die famose Liste aushändigte. Ich dankte ihr, indem ich ihr ein Kobralächeln zuwarf. Schließlich durfte man nicht vergessen, daß ich ja im Besitz von neunzehn Kandinskys war. Mein Stumpf schmerzte. In einem Café studierte ich geduldig die Gästeliste, bei einem Rum, einem braunen diesmal. Ungefähr dreißig Namen, die mir nichts sagten. Einer oder zwei vielleicht doch, müßte man allerdings überprüfen. Yves Palland. Pierre Lemaresquier. Lautbilder, die in meinen Ohren weniger fremd klangen. Ich sah mich vor, ermitteln lief darauf hinaus, sich eine sanfte Paranoia zusammenzuzimmern, bei der alles einen Sinn ergeben kann und sich des Rätsels Lösung scheinbar hinter jedem x-beliebigen belanglosen Detail verbirgt. Trotzdem habe ich die beiden Namen unterstrichen.

Neben mir saß ein alter Herr, der ganz bewußt seinen Cappuccino schlürfte. Er erinnerte mich an Monsieur Champion, unseren Physik-Chemie-Lehrer, den wir zwei oder drei Jahre lang hatten. Ein unglaublicher Typ. Einfach toll. Da uns, die «Humanisten», das Na_2SO_4 und die Berechnungen in Joule nicht unbedingt interessierten, störten wir seinen Unterricht, allerdings, wie soll ich sagen, mit Respekt, ohne Bosheit, nur eben, um ordentlich abzulachen, ohne ihm weh zu tun. Er hatte den wild zerzausten Kopf eines Irren und einen dicken Bauch, doch vor allem steckte er stets in einem Dreiteiler, die Weste überzogen von einer fünf Zentimeter dicken Kruste, einer Mischung aus Säuren, Basen und angetrocknetem Pulver. Wenn er, um uns vom Stuhl zu hauen, ein Experiment anstellte, dann flog ihm alles um die Ohren, die sonderbaren Mixturen liefen schäumend auf sein Plastron über und verstärkten im Laufe der Jahre diese Art von chemischer kugelsicherer Weste, die er unter seiner Jacke trug.

Irgendwann hatte er für uns einen schönen orangefarbenen Niederschlag hinbekommen, und die ganze Klasse hatte en bloc behauptet, er würde sich irren und es wäre blau. Selbst die Brillenschlange in der ersten Reihe hatte sich diesmal ins Zeug gelegt: Tut mir leid, Monsieur Champion, aber es ist blau. Daraufhin hatte der Pauker selbst zu schäumen begonnen, den ganzen Versuch wiederholt und den gleichen, schön orangefarbenen Niederschlag erhalten, er hatte ihn uns zwar stolz, doch etwas ängstlich gezeigt, und wir haben dann allesamt gegrölt: O ja, stimmt, diesmal ist es orange. Ein wenig verstört war der Chemiker da. Vor allem, als Manigne, von ganz hinten, gerufen hat: Hexerei! Allgemeine Panik: Gleich würde es Arrest hageln. Doch dann haben wir erlebt, wie Champion sich vor der schwarzen Tafel wie ein Nobel-Preis-Hahn aufgerichtet und uns jene herrlichen, auf ewig in unserem Kortex eingebrannten Worte an den Kopf geworfen hat: Nein, meine Herren, das ist Wissenschaft!

Am Nachbartisch hatte ein Gast seine Zeitung vergessen. Ich hatte die Welt und wie es ihr ging ein wenig links liegenlassen. Mit Ausnahme von Kanadas Neigung, sich für den Schlaf zu interessieren, war ich über das allgemeine schleichende Elend nicht mehr auf dem laufenden. Also habe ich losgelegt. Direkt mit den ersten Seiten, ganz im Gegensatz zu all denen, die beim Lesen der Tageszeitung stets mit den letzten beginnen, wahrscheinlich um bei den Schwachstellen, dem Wetter, den Fernsehprogrammen anzusetzen.

Eine Stunde später war ich erschöpft, deprimiert und irgendwie verzweifelt. Es besserte sich einfach nicht. Die Welt lag im *Coma dépassé*, im irreversiblen Koma. Da saß ich nun, ein Typ, der vom Ableben seines Freundes völlig benebelt war, während überall sonst das vollkommene Gemetzel herrschte. Und daher bin ich, der ich eigentlich Lust hatte, ein bißchen herumzubummeln und vielleicht ins Kino zu gehen, um mir irgendeinen Stuß, aber wirklich so einen richtig blöden Stuß anzuschauen und dümmlich zu lachen, nun ja, daher bin ich also direkt nach Hause – für den Fall, daß die Bomben niederhageln würden. Um gründlich Trübsal zu blasen. Allein. Um mein Stückchen Bein auszuruhen. Und mir die Birne voll zu saufen. Das war wirklich neu, auch wenn es, ich weiß nicht, warum, evident wurde.

Die Gothika hockte auf meinem Türvorleger wie ein dickes Paket, das nicht in den Briefkasten reinpassen wollte.

«Ich bin grade hier vorbeigekommen. Mir war danach, Sie zu fragen, ob Sie sich die CD angehört haben.»

«Warten Sie schon lange?»

«Nein. Ich warte nie. Es sind die anderen, die auf mich warten.»

«Kommen Sie. Ich lad Sie zu 'ner Stärkung ein. Aber nicht lange. Ich bin völlig fertig und mein Bein tut mir weh. Muß meine Prothese abschnallen, und das ist kein Schauspiel für ein junges Mädchen.»

Im Grunde jedoch dachte ich feige an den Morandi, an Esthers Schmuck und den Fotoapparat. Sie stand anmutig auf, sie war immer noch gleich ausstaffiert, überall todbringend von Metall durchbohrt. Ich roch ihr Parfum, irgendwas von der Sorte Patschuli, es erinnerte mich schlagartig an Sommernächte, in denen die Haut unserer jungen Freundinnen nichts anderes mehr umhüllte als dieser Duft. Sie hatte kaum die Wohnung betreten, da zog sie schon ihre Gespensterjacke aus und setzte sich aufs Sofa. Ihre Leinenbluse. Plötzlich eine entfernte Ähnlichkeit mit Patti Smith. Sie wollte Tee. Ich brauchte verdammt viel Zeit, bis ich im Küchenschrank die Beutel Earl Grey aufgestöbert hatte. Für mich selbst habe ich eine Flasche Cheverny aufgemacht. Als ich ins Wohnzimmer zurückkam, war der Morandi noch immer an seinem Platz und das Mädchen ebenfalls.

«Ich heiße *Yolande*, und da gibt's überhaupt nichts zu lachen.»

«Nicolas.»

Sie trank einen Schluck, wobei sie mich verstohlen von unten her anschaute.

«Gut, dann bringen wir's schnell hinter uns. Was halten Sie von den Alien Sex Fiend, und schulde ich Ihnen was fürs Saubermachen und so?»

«Ihre *batcaves* da sind witzig, die Texte zwar ein bißchen infantil, aber es funktioniert. Ich mag die Cramps lieber, aber gut. Ich weiß, ist nicht dasselbe, aber es ähnelt dem schon, im übrigen haben die ja ein Remake von *Mad Daddy Drives a UFO* gemacht, das sagt doch alles.»

Sie starrte mich an, als ob ich Dracula wäre und gerade mit einer *Gibson Les Paul* in der Hand aus meiner Gruft steigen würde. Also habe ich Nägel mit Köpfen gemacht. Ich gab ihr die Platte zurück und ging *Space Ritual* holen, mein Doppelalbum von Hawkwind, das ich ihr auf den Schoß legte.

«Hören Sie sich das mal an, zumindest aus zwei Gründen. Erstens weil der Bassist Lemmy, der Typ von Motörhead, ist. Zweitens weil der Schriftsteller Michael Moorcock bei dem Projekt herumgeistert. Und außerdem ist noch ein schönes Stück drauf. *Orgon Accumulator*. Wissen Sie, was das Orgon ist?»

«Danke für die Auskunft. Wilhelm Reich.»

Jetzt war sie dran, mich vom Stuhl zu hauen. Sie war keineswegs ein Straßenmädchen, kein völlig verlorener *Addict*, kein gemeiner Junkie am Rand des Abgrunds und voll auf Verweigerung, mit einem nassen, von Stadtkötern verpißten Trottoir als Zukunft. Sie kam anderswoher. Eine, die herumexperimentierte, eine authentische von denjenigen, die die Kulturwege im Krebsgang ablaufen. Ich musterte sie genauer. Sie studierte die Hülle des Vinyl-Doppelalbums. Angespannt. Ihren Tee wie eine Omi im Café *Angelina* trinkend. Mit Eleganz. Ich setzte mich ihr gegenüber hin und schlürfte meinen Weißwein.

«Ich leih sie Ihnen, will sie aber wiederhaben. Sie sollten noch mal vorbeikommen, um sie mir zurückzugeben, irgendwann mal.»

«Nichts ist weniger gewiß. Eigentlich dachte ich, Sie heute das letzte Mal zu sehen.»

Sie legte die Platte auf dem Sofa ab und vertiefte sich

erneut in ihre Teetasse. Ich aber sortierte die Wörter, die ich ordentlich aneinanderreihen wollte, um ihr zu erklären, daß man mit dem Alter, in puncto Rock 'n' Roll, unmerklich entweder zum bluesisch-melodischen oder aber zum Bumm-bada-Bumm-Klassizismus zurückkehrt. Um im vorgerückten Alter wieder zu den Wurzeln zu finden. Wobei man allerdings die Energie bewahrt. Und um auf dem Totenbett, im Augenblick des letzten Atemzugs, zu flüstern: «I'm going home». Doch das war vielleicht nicht der Moment, den Opi zu geben oder Vorträge zu halten. In meine Gedanken verloren, hatte ich gar nicht bemerkt, daß sie mich mit ihren dunklen Augen fixierte. Sie träumte nicht vor sich hin, sah mich nicht an wie ein transparentes Wesen, ihr Blick ruhte ganz einfach auf der Oberfläche meines Gerippes. Ihre Stimme: tief, rauh.

«Im Grunde genommen langweile ich mich zu Tode. Nicht hier und jetzt, nein. Sondern ganz allgemein. Es fehlt mir an nichts, ich hab Kohle und so, ich hab überhaupt keinen Grund, mich zu beklagen, ich erlebe unglaubliche Dinge, und das Ergebnis: Ich langweile mich wie eine tote Ratte.»

«Ich bin kein Psychoanalytiker.»

«Und was tun Sie dann?»

Warum sollte ich dieser gefährlichen Kleinen eigentlich persönlichen Kram erzählen? Weil sie in meinem Wohnzimmer Wurzeln schlug und Esther nicht da war? Weil ich seit zwei oder drei Tagen ein anderes Leben führte? Und dazu noch, ohne zu wissen, wieso, ein der Kindheit zugewandtes Leben? Wer war hier der Analytiker? Sie, mit einemmal?

Weil der Wein mir die Schläfen erhitzte, erzählte ich ihr alles. Nicht alles, aber das Wesentliche. «Ich sage immer die Wahrheit, doch ich sage nicht alles», wie Arthur Keelt verkündete. Meine Situation. Die Pseudoermittlung, die ich durchführte. Von der Wattewolke, in der ich mich wiederfand. Und auch von dem Tunnel mit keinem Ausgang, keinem Licht ganz hinten, am Ende.

«Im Grunde genommen langweilst du dich auch.»

Und dann ist sie aufgestanden. Ganz plötzlich, ohne Vorwarnung. Hat mir die Hand gedrückt. Ihre Jacke angezogen. Die Tür zugeknallt, als ob sie mir die Rübe einhauen wollte.

Beim Wegräumen ihrer Teetasse und der Platte, die mitzunehmen sie nicht die Güte gehabt hatte, sah ich den Umschlag, halb versteckt unter einem Kissen. So als hätte sie ihn vergessen. Als ich ihn in die Hand nahm, wußte ich sofort, daß sie ihn absichtlich dort liegengelassen hatte. Kein Brief drin, aber eine Adresse drauf. Yolande Farnell, 15, Rue de Courcelles, Paris, 17. Die feinen Viertel. Ein Name von der angelsächsischen Sorte. Diese schlichte Fassung brüllte förmlich volles Rohr heraus, daß sie tatsächlich überhaupt nichts brauchte. Und dennoch...

Ich ging zum Anrufbeantworter, die Nachrichten abhören. Nichts. Man vergaß mich. Ich war nicht hungrig. Ich beschloß, den Cheverny zu leeren und dabei alle restlichen Käseecken zu knabbern: Comté, Mimolette, ein bißchen Rouy, noch ockerfarbener als gewöhnlich, und drei Apéricube-Käsewürfel in indischer Ausführung. Ich hatte nicht mal den Mut, auf die Rätselfragen in der Folie zu antworten. Ich schnallte meine Prothese ab und haute mich vor den Fernseher (Curling).

(...) Die ejakulatorische Metapher im allgemeinen Erscheinungsbild der Palmen läßt sich nur schwer übersehen. Doch während das traditionelle Kino seit langem auf einen Erguß vom Typus praecox *beschränkt zu sein scheint, sind die meisten Werke des experimentellen Kinos eher Frucht masturbatorischer Wollust. Nun hat jedoch noch kein Mensch irgend jemanden des vorzeitigen Wichsens bezichtigt, was hier auch weder Subjekt noch Objekt ist. Gleich-*

wohl gibt es ästhetische Angebote, die dem Fiasko tatsächlich trotzen und die wahre ästhetische Orgasmen zu sein scheinen, welche sich in völligem Einklang mit dem Partner, das heißt mit dem Zuschauer, entladen. So verhält es sich etwa mit Diwan *von Werner Nekes (85 Min., Farbe, Ton, 16 mm, Deutschland 1973), einem Film als solchem, der jede Einmaligkeit der Bewegung verloren hat, ein Manifest der Kine-Theorie, wonach die* language filmé, *die Filmsprache im Sinne Saussures nicht in, sondern zwischen den Bildern zu finden ist. Ist der Film etwas anderes als das narrative Vehikel literarischer Stoffe? James Joyce hatte die gleiche Frage bereits umgekehrt gestellt: Ist die Literatur etwas anderes als der narrative Vektor realistischer Bilder? (...)*

In: Lionel Liétard, *Die Experimental-Palme.* Edition Offset Text, Paris 1991, Seite 144.

Ich bin mit einem Ständer aufgewacht. Mir wurde bewußt, daß ich über mehrere Monate hinweg nichts anfangen würde mit diesem dreist aufgeblähten Schwellkörper. Aber gut, laßt uns Mönche sein. *Let's be monk.* Versuchen wir's wenigstens. Drei Uhr morgens. An ein Wiederabtauchen war nicht mehr zu denken. Tiefbetrübt über den Tod des Schlafs entschied ich, meinen Schreibtisch aufzuräumen. Wenn Esther den Saustall darauf sähe, würde sie einen Anfall von der Sorte «Weißer Wirbelwind» bekommen. Ich begann, die Akten zu Stapeln aufzuschichten. Das konnte mich locker bis in die Morgendämmerung hinein bringen, und danach würde der Tag mir schon sagen, was zu tun wäre. Ich holte mein großes schwarzes Konzeptheft nach guter alter Art hervor, in der ich ebenfalls nach guter alter Art meine ganzen Adressen notierte.

Das erinnerte mich ganz plötzlich wieder an Henris Hefte. Oh, Henri... Während der sieben Jahre in der Penne, die ich unter dem schneeweißen Banner des königlichen weißen Helmbuschs zugebracht hatte, war er stets da gewesen, er, der kleine Mann, ein Rangloser zwar, doch eine maßgebliche, herrliche, einzigartige Figur. Und weitaus wichtiger für das schizophrene Leben des Lycée Henri-IV als die ganzen gefährlichen Hofnarren des Guten Königs mit seinem Huhn im Topf. Henri, der war unser Liebling, war unser Kammerherr, der Zeremonienmeister aller Festivitäten, der örtliche Merkur. Mochte er auch Marcel oder Raoul heißen, für uns blieb er stets Henri, der einzige, der diese mit Bedacht vergebene Benennung verdiente. Er war die Seele dieses Ortes, aller Treppen und Flure, grünlichen Linoleumböden und pißgelb gestrichenen Wände. Ständig mit seinem grauen Kittel bekleidet – einer weitaus beeindruckenderen Livree als ein bestickter Wams und eine Krause à la Frans Hals – und mit seinem riesigen, leicht bedrohlichen schwarzen Buch unterm Arm, ging er jede Stunde das gesamte *Grand Lycée* Klassenzimmer für Klassenzimmer ab, ein richtiger Marathon, ja, jede geschlagene Stunde... wir haben nie gewagt, die Anzahl der Kilometer zu berechnen, die er herunterriß. Er trat ohne Vorwarnung in die Klasse, kam zum Pult, von dem Macht und Wissen ausging, und hielt sein Buch hin, damit der Lehrer die Abwesenden und die diversen denunziatorischen Bemerkungen an die Adresse der Eltern eintrug. Wir mochten ihn aus mindestens zwei Gründen. Bei jedem Unterricht verkürzte sein Erscheinen die Folter der Gleichungen mit zwei Unbekannten und der tacitoziden Übersetzungen aus dem Lateinischen.

Und vor allem war es Henri, dem alle Tage, in den Zehn-Uhr-Pausen, der Verkauf von Brötchen und anderen karamellisierten Köstlichkeiten unterstand. Sein Amt zelebrierte er in einem düsteren toten Gang neben dem Naturwissenschaftstrakt, hinter einer riesigen grünen Pforte, in der sich dann lediglich eine kleine, bis dahin von einem stählernen

Gitter geschützte Öffnung zu Ali Babas Höhle der Bonbec-Bonbons für ein paar Centimes auftat. Auf der Pausenhofseite, also zu unserer hin, war es das reinste Pandämonium, die Hölle: ein effizientes Training für die militärische Grundausbildung oder eine abschreckende Vision der Einkesselung von Khe Sanh. Schaffte man es aber, sich mit seinem zermatschten Schokoladenbrötchen in der Hand aus der gefährlichen Masse der Schüler herauszuwinden, die in fünf Schichten um das kleine Tor zusammenklebten, dann hatte man Anrecht auf große Hochachtung, auf die Ehrenmedaille, auf die Pension der Ehemaligen Frontkämpfer des Feingebäcks. Es gab Tage, an denen man sich nicht fit genug fühlte, um der menschlichen Traube aus GIs die Stirn zu bieten, die sich an den Hubschrauber klammerten, um aus Saigon zu fliehen, und andere, an denen man sich, je nach Wahl, für den Hexenkessel in der Métrostation Charonne oder den im Heysel-Stadion bereit glaubte. Wenn man endlich vor die Durchreiche schlüpfte, traf man dahinter Henri ruhig und lächelnd an, der dich mit atemberaubender Geschwindigkeit bediente und dir blitzschnell dein Wechselgeld herausgab.

Ab und zu war er krank. Oder auf Achse. Was genau wußten wir nie, uns verriet ja keiner was über sein Privatleben. In dem Fall wurde er von einem anderen Bediensteten vertreten, meistens von einem kleinen Dicken mit Krawatte, ein ängstlicher Typ, allerdings nicht vom Wesen her, sondern seiner Funktion wegen, der schüchtern, zögernd die Klassenzimmer betrat. Und tatsächlich: während der Lehrer die Kästchen des großen Hefts ausfüllte, erhob sich ein dumpfes Gemurmel in der Klasse, das hämmernd den Rachefluch skandierte: Ravaillac... Ravaillac...

Plötzlich wurde ich durch die Klingel aus meinen Träumereien gerissen. Es war Schlag acht. Nur mein Sohn konnte so was fertigbringen und nicht daran denken, daß er mich um die Uhrzeit womöglich weckte. Gewonnen, er war's. Er wollte mit mir Kaffee trinken und reden. Argwöhnisch schaute er auf meinen Schreibtisch, der akkurat wie ein Kasernenbett dastand. In seinem Kopf eines zukünftigen Unternehmenschefs schien er sich zu fragen, ob ich nicht noch anfangen würde, mich bei der Arbeitgeberschaft einzuschleimen. In Wirklichkeit war er gekommen, um mir mit alberner Selbstzufriedenheit zu verkünden, daß er für eine Woche nach Hamburg fahren wolle. Ein Kolloquium an der Universität. Thema: Die Finanzprobleme der Europäischen Gemeinschaft.

«Fahr nur hin», sagte ich. «Das wird aufregend.»

«Warum bist du immer so negativ. Ich fahr doch nicht dorthin, weil es aufregend ist, ich fahr hin, weil, wenn ich nicht hinfahren würde, dann... oh, scheiß doch drauf.»

«Nein, nein, Hamburg ist klasse, dort gibt es lauter Hamburger.»

Er hat mich belemmert angesehen.

«Macht dir das nichts aus?»

«Wieso?»

«Kommst du denn allein klar?»

«Meinst du damit ohne deine Mutter und dich?»

Und so ging das fünf Minuten lang weiter. Ein Nicht-Diskurs, der vor allem das nicht artikulierte, was es zu artikulieren gab. Bevor Betrand schließlich ging, schien er kurz zu zögern.

«Es hat sicher nichts zu bedeuten, aber unten, vor dem Haus, lungern drei komische Typen herum, die auf was warten. Solche von der üblen Sorte.»

Was genau bedeutete üble Sorte? Für ihn? Eine rosa Krawatte auf einem blauen Hemd? Haare bis zur Oberkante Ohr? Typen, die das «Linke Zentrum» wählen? Und dann zwei Küßchen auf die Wange, ein Wink, und schon haute er ab, und ich stand plötzlich ganz allein da. Ganz allein in Paris. Das erste Mal seit fünfundzwanzig Jahren. Ganz allein. Mit vollgestopftem Kopf.

Ich ging zum Fenster, um hinunterzulinsen. Tatsächlich, drei halb auf einem parkenden Wagen hockende Typen verfolgten meinen Sohn mit Blicken, als er aus der Hütte trat. Selbst von hier oben konnte ich einen erkennen. Den, der neulich abends Yolande an den Füßen herumgeschleift hatte.

Endlich Action.

Ich schnallte mir mein Holzbein an. Und schob den *Le Monde*-Schlagstock in meinen Ärmel. Die richtige Länge. Ein Ende direkt unter der Achsel, das andere in der Innenhand. Und in den Nylonstrumpf steckte ich ein großes kanneliertes Bierglas.

Endlich Action.

Ich war in Hochform und hatte große Lust, mich an was zu reiben. Schon viel zu lange hatte ich nicht mehr «praktiziert», und ich muß gestehen, daß mir das immer gefallen hat. In meinem Ordnungsdienst, in den alten Zeiten der regelmäßigen Keilereien, war ich dafür ausgebildet worden. Der Mordsspaß beim Vovinam-Unterricht. Und noch mordsmäßiger auf der Straße, mit den Faschos. Die Angst während der ersten drei Minuten, und das blinde Lustgefühl danach. Ohne jede Scham. Ich hatte eine ganze Menge übler Schläge abbekommen, aber das machte nichts. Sobald der rote Schleier vor den Augen hing, war nichts mehr von Bedeutung. Auf den Feind draufhauen gab uns das Gefühl, zu siegen, während das eigentliche Terrain unserer Kämpfe doch vor allem mit unablässigen kleinen Niederlagen gepflastert war.

Da unten standen nun drei kleine Ganoven, die sich nicht zu schlagen verstanden und die es doch nicht erwarten konnten, es zu tun, das würde ein Spaß werden. Selbst in meinem Alter hatte ich die Reflexe noch nicht verloren und kannte die fundamentalen Regeln in- und auswendig. Abstand halten (so ungefähr eine Beinlänge plus den für den Schwung), als erster draufhauen (liegt auf der Hand), den

Ky (den Schwerpunkt) absenken, indem man mental nach unten ausatmet. Und ans Danach, an den Sieg denken, das verleiht stets Kraft. Worum genau ging es hier eigentlich? Um die Tatsache, daß ich auf einmal von Frau und Kind verlassen dastand? Diese idiotische Ermittlung, in die ich mich gestürzt hatte? Wollte ich diesen drei armseligen Blödmännern beweisen, daß sich ein Behinderter zu schlagen versteht? Mich rächen? Wofür? Weil sie Junkies waren? Was hatte ich mit Junkies am Hut? Die konnten sich ruhig den endgültigen Schuß setzen, wenn ihnen danach war, schließlich waren sie volljährig und geimpft, und die Welt hatte genauso einen Schaden wie sie. Also was war's? Yolande? Sieh mal an, Yolande.

Bevor ich auf die Straße trat, wollte ich noch den Hausmeister hinzu holen, für den Fall der Fälle. Zu zweit ist so was immer besser. Er war nicht da. Pech, da kann man nichts machen. Falls ich eine Packung bekommen würde, fände sich immer noch jemand auf der Straße, der irgendwann vorbeikäme, um Alarm zu schlagen und die Behörden zu benachrichtigen.

Ich stieß die Haustür auf, zappelig wie ein Kläffer, der endlich mal alleine pissen gehen darf. Sie haben eine Weile gebraucht, bis sie realisiert haben, daß ich es war – derjenige, auf den sie schon viel zu lange gewartet hatten. Der Kerl von neulich abends machte seinen Kumpels ein Zeichen. Hierauf kamen sie in einer Reihe näher. Ein Fehler. Man sollte immer umkreisen. Mit der Hand signalisierte ich ihnen, stehenzubleiben, während ich selbst zwei Schritte zurückwich. Was sie als ein Zeichen von Furcht interpretierten, während es doch nur hieß, daß ich in die Keilerei einwilligte. Langsam zog ich meine Hose hoch, damit sie mein Holzbein sahen.

«Immer sachte, Freunde. Ich bin behindert.»
«Hängt nur an dir, Arschloch. Wo ist Yolande?»

«Yolande?»

«Die blöde Fotze, mit der ich letzten Abend zusammen war. Sie ist mit dir hoch. Seitdem hat man sie nicht mehr gesehen. Ist sie immer noch da oben?»

«Was wollen Sie denn von dieser Yolande?»

«Geht dich nichts an, Opa. Ist nicht dein Ding. Du sagst uns nur, ob die Schlampe da oben ist, das ist alles.»

«Ich gestatte Ihnen nicht, mich zu duzen, Sie komische Schwuchtel.»

Grobe Beleidigung macht blind. So was macht unvorsichtig. Schaltet jede Strategie aus. Schafft Chaos. Der Typ hat sich, da er sich seiner Sache völlig sicher fühlte, auf mich gestürzt. Die anderen haben sich nicht gerührt, vom Format ihres Kumpels fest überzeugt. Ich ließ meinen Schlagstock durch meine Hand gleiten, machte einen Schritt zur Seite und schlug ihm das Ding mit aller Kraft quer über die Schnauze. Er sauste direkt gegen die Hauswand und drehte sich noch im Fallen um, Blut pißte ihm aus der Nase. Ein anderer wollte sich auf mich stürzen, zauderte aber, tat wieder einen Schritt nach vorn, zögerte abermals. Ich hatte meinen Nylonstrumpf hervorgeholt und schwang ihn munter durch die Luft.

«Haut ab. Kümmert euch um euren Kumpel, bringt ihn zu 'ner Apotheke. Und was diese Yolande angeht, wie ihr sie nennt, da weiß ich nicht, wo die ist, ich hab sie in meiner Wohnung versorgt, dann hat sie sich verdrückt und mir meine beiden Fotoapparate geklaut. Ich hab sie angezeigt. Falls ihr weiter insistiert, kann ich's bei euch genauso machen. Du da, du Pommadenheini, dein Tattoo guckt raus. Dürfte nicht viele geben, die ein Motörhead-Cover auf der Schulter haben.»

Eine Hand vorm Gesicht, stand mein Angreifer langsam wieder auf, Blut rann ihm durch die Finger. In seinem Kopf dürften nur noch ganz schlichte Gedanken vorgeherrscht haben. Entweder er würde mich nun an Ort und Stelle plattmachen, wahrscheinlich mit dem Messer, oder aber er verzog sich maulend. Die anderen schwankten. Gutes Zeichen. Wenn man loslegen muß, muß man eben loslegen, da darf man sich nie fragen, ob man loslegen muß.

Und dann kam der Hausmeister an, seine Einkaufstasche in der Hand, aus der goldgelbe Okrablüten hervorschauten. Man muß dazu sagen, daß er Guyaner ist, gut und gerne einen Meter neunzig mißt und, in einem Kostümfilm, den Kannibalen mitten in der schönsten Heißhungerattacke spielen könnte.

Also sind sie abgehauen. Palavernd. Damit die Niederlage nicht ganz so vollkommen erschien. Indem sie mich beschimpften.

«Wirst schon sehen, Mistkrüppel, dein Leben wird die Hölle, verlaß dich drauf. Wir wissen ja, wo du wohnst. Du hast mir die Nase zertrümmert, dein Holzbein da, das werden wir dir in den Arsch rammen.»

Diesmal glaubte ich ihm. Als ob ich so was noch bräuchte. Jetzt müßte ich doppelt so viele Vorsichtsmaßnahmen treffen. Etwas bestürzt blickte der Hausmeister abwechselnd auf die drei Typen, die sich verdrückten, und auf den Schlagstock in meiner Hand.

«Alles in Ordnung, Monsieur Bornand?»

«Jaja, Maurice, null Probleme. Nur ein paar kleine Blödmänner, die versucht haben, mir Schutzgeld abzupressen.»

«Hier im Viertel?»

«Tja. Da werden wir drauf achten müssen, Maurice.»

«Das müssen Sie aber heut abend bei der Eigentümerversammlung ansprechen, Monsieur Bornand. Um den Zugangscode ändern zu lassen. Und alle zu warnen.»

Verdammt. Die Versammlung der Miteigentümer, der lieben *copropriétaires*. Hatte ich völlig vergessen. Verdammte Scheiße. Die *Koprophagen*. Ich hatte Esther versprochen, hinzugehen. Verdammte Scheiße.

Urplötzlich hing ein düsterer Himmel über mir.

Ich atmete tief durch. Ich spürte schon, daß mir das Ganze neuen Mumm eingeflößt hatte, Bilder kamen mir wieder in den Sinn, von den Demoabenden, der Rückkehr ins Hauptquartier, um die Hackenstiele wegzuräumen und den Kumpels die Helme zurückzugeben. Die Anrufe bei den Mädchen, um sie zu beruhigen, und dann ging's zusammen mit Lionel ab in das große Café, beim Friedhof Père-Lachaise, wo wir die Sache feierten, indem wir uns aufs revolutionärste vollaufen ließen. Mit Rotem, Rotem und noch mal Rotem. Ich mußte erst auf die Uni kommen, um all das zu erleben. Im Lycée steckten wir zurückgeblieben und orientierungslos in einem altertümlichen Kokon. Richtige Schafsköpfe. Vor allem gegenüber den Mädchen, den nicht vorhandenen, außer den paar Nonnen, die sich auf die *École des Chartes* für Archivare und Bibliothekare vorbereiteten. Und auch gegenüber der Politik.

Für den Algerienkrieg war ich noch zu jung gewesen. Ich erinnere mich gerade mal an die Explosionen, die das Quartier erschütterten, als die OAS die Wohnung eines Rechtsanwalts in die Luft jagte, und an die Prügeleien, am Ausgang des Gymnasiums, zwischen den Kommunisten und den Royalisten unter Führung eines gewissen Desoto (bei so einem Namen...), eine elegante Erscheinung mit Gehstock in der Hand, nach alter Art. Jedenfalls muß dieser Desoto, so glaube ich heute, Modiano stark beeindruckt haben, denn schließlich hat der ihn ja zur Figur einer seiner Romane gemacht, von welchem, weiß ich nicht mehr. Außerdem erinnerte ich mich, daß in der Tertia zumindest einer unserer Pauker, nämlich Jean-Louis Bory, das «Manifest der 121» unterzeichnete hatte; daraufhin war er schnurstracks suspendiert und von einem alten Studienrat namens Clément ersetzt worden, der ein ebenso eingefleischter Royalist wie Desoto war und seinen Unterricht damit begonnen hat, daß er uns den Anfang von Pierre Benoits Roman *Axel* vorlas. Ich muß gestehen, es hat uns unwahrscheinlich gefallen.

Ich ging wieder hinauf in meine Wohnung, um ein wenig Abwasch zu machen und mich zu beruhigen. Es ist nicht meine Art, mich wegen so einem bißchen gehen zu lassen: die Frau abwesend, der Sohn auf Tour, die Nerven blank. Ich gönnte mir ein großes Glas Wodka. Sieh an. Alkohol. Schon am frühen Morgen. Nimmt langsam Formen an. Und dann ruhte ich mich etwas aus. Vor der nächsten Bergetappe... Richtung 11. Arrondissement.

Es war frisch. Grelles Licht, wie von einer Wintersonne, nachdem der Mistral durch ist. Der Eindruck von außerordentlicher Klarheit. Kaum Körnung auf dem Foto. Dieser Jean-Jacques Bonelli wohnte quasi an der Kreuzung zur Avenue Ledru-Rollin. Besagtes verfluchtes Gebäude, welches der LPT und Konsorten so viele Probleme bereitete, lag etwas weiter oben in der Rue Basfroi. Der finstere Rohling logierte in einem hübschen Haus nach alter Art, dessen Bauflucht noch nicht begradigt worden war, was aber nicht mehr lange auf sich warten lassen dürfte, die Autos gewinnen immer. Ich konnte die Erregung der Eigentümer verstehen, denen man in aller Nettigkeit befahl, ihre Hütten einfach zu kastrieren, nur um dann Parkplätze zu bauen oder wohltönende Laster durchzuleiten.

Ich klingelte. Die Tür öffnete sich augenblicklich, als ob der Typ dahinter, direkt am Rahmen, kampieren würde. Ein kleiner, halb kahlköpfiger Dicker mit Schnurrbart und Hosenträgern. Die Sorte Typ, wie man sie in den Filmen der Gebrüder Coen sieht: stets bereit, eine Gemeinheit zu begehen, anderer Leute Fresse unter ihren Knobelbechern zu zertreten und weinend vor einem Kruzifix niederzuknien.

«Monsieur Bonelli?»
«Ja.»

«Nicolas Bornand. Darf ich Ihnen fünf Minuten Ihrer Zeit stehlen?»

«Kommt drauf an, wofür, weil die...»

«Nein, nein», fiel ich ihm ins Wort. «Sie kannten doch Lionel Liétard?»

«Kannten?»

Der Typ begriff schnell, überaus schnell.

«Er ist tot, seit ungefähr einer Woche. Herzschlag.»

«O verdammte Scheiße, das ist blöd.»

Ich weiß nicht, weshalb, aber als Leichenrede erschien es mir aufrichtig. Ist ihm so rausgerutscht. Er schauspielerte nicht.

«Ich war sein bester Freund, darf ich mich fünf Minuten mit Ihnen unterhalten? Mehr nicht. Nur fünf Minuten...»

Ich gab ihm meine Karte, als Unterpfand meiner Aufrichtigkeit. Er sah sie an, steckte sie in seine Tasche, schubste mich, um hinauszukommen, und schlug die Tür hinter sich zu.

«Wir gehen in die Kneipe. Entschuldigen Sie, aber niemand, haben Sie gehört, niemand darf je zu mir rein. Kein Bulle, kein Gerichtsvollzieher, niemand. Ich hab schon zuviel gesehen. Niemals schwach sein. Durchhalten. Immer. Hier wird höchstens mal der Sargträger reinkommen, und selbst das ist nicht sicher, ich gehör nicht zu der Sorte, die in den Federn krepiert.»

«Kein Problem.»

Dieser Typ stand ständig unter Strom. Von frühmorgens an. Ein trainierter Kerl. Immer im Einsatz.

Wir haben auf der Terrasse, an der Ecke der Avenue, Platz genommen. Dort herrschte ein Heidenlärm. Busse, Laster, eine Baustelle in der Nähe. Es dürfte dem Tohuwabohu geähnelt haben, das dieser Bonelli im Kopf hatte, denn er machte absolut nicht den Eindruck, als ob er sich daran störte. Mir hingegen, mir war so, als wäre ich gerade in einen Hochofen geraten. Wir würden laut reden müssen.

Paranoisch dachte ich, falls uns jemand mit einem Richtmikrophon ausspionierte, wäre das hier der ideale Ort, damit er nicht die Bohne hören könnte. Vielleicht hütete sich mein Gegenüber vor dem Tonbandgerät, das ich in meinem Holzbein versteckt haben könnte. Wir haben bestellt und uns dann eine Weile mit Blicken abgewogen, er schien sich ziemlich wohl in seiner Haut zu fühlen, war auf keinen Fall einer von den Typen, die ihre Hütte anstecken, um Einwanderer zu verjagen, viel eher schon der klassische Tobsüchtige, der die Gendarmerie mit einer Kriegswaffe unter Beschuß nimmt.

Schließlich eröffnete ich das Feuer. Wobei ich auf die Feuerwehrleute baute.

«Ich habe so viele Informationen wie möglich über Lionel zusammengetragen. Für ein Buch über ihn. Ich treffe mich mit dem Großteil der Leute, mit denen er in den letzten Jahren in Kontakt stand. Ich stöbere nach Einzelheiten, Anekdoten. Und um Ihnen die Wahrheit zu sagen, daß ich Sie heute aufsuche, hat mit der LPT zu tun, Sie wissen schon, die Vereinigung, die...»

«Jaja, Scheißer wie die... Und dieser Lionel ebenfalls, was hat der mich genervt, aber wirklich, die reinste Zecke, ich sag Ihnen das nur so, nicht wahr, Friede seiner Seele, aber ein paarmal hätte ich ihm schon fast was auf die Fresse gegeben. Ehrlich.»

«Dabei ging es sicher um Ihr Mietshaus, oder nicht? Er wollt es Ihnen abkaufen, um seine Cinemathek darin unterzubringen?»

Er starrte mich an, als wäre ich der Vollidiot des Viertels.

«Seine was?»

«Cinemathek.»

«Was ist das? Ein Affe? Ein Affenweibchen?»

«Nein, nein. Das ist so was wie eine Bibliothek für Filme.»

«Was soll dieser Mist? Das Gebäude da ganz hinten, das verblichen gelbe, das ist meins. Es ist voller Leute, die keine Miete zahlen. Die seit fünf oder sechs Jahren keine Miete mehr zahlen! Im Grunde ist mir das völlig wurscht. Ich brauch das gar nicht, ich hab genug Kohle, und die haben überhaupt nichts unterm Nagel. Ich hab bei der Stadt Paris angefragt, ob die die Leute anderweitig unterbringen würden, dann hätte ich das alte Gemäuer nämlich zu einem Spottpreis ans Sozialwohnungsamt verkauft, aber die wollen's einfach nicht haben, die ziehen Kaninchenställe vor, und außerdem ist denen bekannt, daß die Bauflucht begradigt werden muß. Und genau da haben sich Ihr Kumpel und diese anderen Hirnrissigen von der LPT eingemischt. Ich weiß noch immer nicht, wer die informiert hat. Die dachten, ich wollte die Leute, die drin leben, mit Gewalt rausschmeißen. Der reinste Blödsinn. Ich war schon dabei, mit Monsieur Lionel eine Renovierung auszuhandeln, weil es ja stimmt, daß Leute unmöglich in so einem Dreck hausen können. Das einzige Problem war, er wollte mich blechen lassen. Zumindest anfangs. Um die Pumpe erst mal in Gang zu bringen, wie er gemeint hat. Und genau das läuft mit mir nicht, niemals. Ihre Vereinigung da hat schließlich einen langen Arm, die braucht sich doch nur Zuschüsse zu beschaffen, verdammter Mist. Das Gebäude kann ruhig einstürzen, jetzt scheiß ich drauf.»

«Und die Brandstiftungen? Wie ich gehört hab...»

«Klar. Jeder meint, ich wär das gewesen. Sie sicher auch. Lionel ebenfalls. Die Flics, alle eben. Ist mir völlig egal. Beweise gibt es keine, und es wird auch nie welche geben. Ich jedenfalls glaub, daß das die Bewohner selbst waren. Um den Prozeß zu beschleunigen. Und anderweitig untergebracht zu werden. Mir soll doch mal einer erklären, was für ein Interesse ich dran haben kann, meine eigene Hütte abzufackeln.»

«Ich weiß ja nicht... die Versicherung...»

«Sind Sie Bulle?»
«Nein, ganz und gar nicht. Ich bin bloß Lionels Freund, wie ich Ihnen schon gesagt hab.»
«Mit dem, was mir diese Arschlöcher erstatten würden, könnt ich nicht mal die Briefkästen erneuern.»
Er schwieg einen Moment, die reinste Erholung für mich. Zwei Busse sind vorbeigefahren und haben mindestens genauso laut gedröhnt wie die vier zwischen den beiden eingekeilten Motorräder. Also gab's eine zweite Runde Kohlenmonoxid! Plötzlich stand Bonelli auf, wie von einer verchromten Stahlfeder bewegt.
«Woran ist Lionel eigentlich gestorben?»
«Herzschlag, anscheinend.»
Da wurde er zunächst ganz blaß und schlug dann ins Blutorangefarbene um.
«Anscheinend, aha... Ich seh schon, worauf Sie hinauswollen! Anscheinend, Sie blödes Arschloch! Falls ihr denkt, ihr Bande von Schakalen, daß ihr mir 'nen Mord in die Schuhe schieben könnt, um meine Hütte zu bekommen, dann habt ihr euch aber schwer in den Finger geschnitten, und zwar bis zum Ellenbogen, und du, du läßt mich in Frieden, deine Krücke da, die könnt ich nämlich leicht ankokeln, die ist aus Holz, so was brennt besser als Gips!»
Und dann ging er davon, ein Nervenbündel, das die Avenue überquerte, als ob es die Autos plattwalzen wollte. Wobei er mir die Rechnung überließ. Ein echter 1-A-Hitzkopf. Doch, so sagte mir mein Gefühl, keiner von der Sorte, die ihre Coups klammheimlich durchziehen, etwa bei einer Ausstellung von Konzeptkunst. Ein tobsüchtiger Berserker eben. Hätte der Lionel eliminieren wollen, dann hätte er's mit der Bazooka und auf offener Straße getan.
Ich war beruhigt. Wenn da der Wurm drin wäre, dann lag er friedlich schlummernd in der Sonne. Ich kam mit ganz kleinen Schritten voran. Nur wohin? Ich blieb darauf beschränkt, meinen logischen Überlegungen und meiner

Intuition zu folgen, wie sollte ich es auch anders machen, ich hatte weder das Gesetz noch die Staatsorgane hinter mir und keinerlei Macht. Keinerlei Recht zu ermitteln. Und auch keinen Grund, im übrigen. Doch ich hatte zumindest eins, nämlich das Recht, mich zu irren. Wie Marlowe in seinem Kumpel in *Der lange Abschied*.

Ich verließ die Terrasse, um mich im Innern des Cafés in Sicherheit zu bringen. Einen Jack Daniel's. Und ein Bier, zum Runterspülen. Zusammen mit dem Vergnügen am Tresen. Bechern. Nicht unbedingt drauf und dran, Alkoholiker zu werden, nein. Eher das angenehme Gefühl, sich in aller Ruhe gehen zu lassen. Noch war ich nicht wie ein Amidetektiv, der jede Stunde was trinkt, und zwar waschkesselweise das härteste vom härtesten. Nein, einfach nur das süße Gefühl, niemandem Rechenschaft zu schulden. Und nicht klein beigeben zu müssen mit brennendem Magen. Neben mir befand sich ein Typ, der zusammengesunken seinem Kumpel erzählte, in Südafrika wären ein paar Wanderer, die sich im Schnee verirrt hatten, gerettet worden, weil sie ein riesiges H für Help aufs Eis geschrieben hätten, das anschließend von einem Flugzeug aus gesichtet worden wäre. Und womit hatten die dieses H bei minus dreißig Grad und heftigsten Winden hinbekommen? Mit allem, was ihnen noch blieb, nämlich mit einem Dutzend Flaschen Ketchup.

Wenn's jetzt schon soweit ist, daß Tomatensoße Leute rettet ... hatte der Kumpel philosophiert.

Zu Hause gab es endlich eine Nachricht von Esther, die noch immer in Halifax festsaß. Sie nannte mir die Telefonnummer der Freunde, bei denen sie sich häuslich eingerichtet hatte, und ein «Zeitfenster», innerhalb dessen ich sie erreichen könnte. Noch zwei Stunden, dann wäre es ideal, rechnete ich aus. So ziemlich überall in der Wohnung brachte ich Post-it Haftnotizen an. Um sicherzugehen. Ich befand mich in einem Zustand, in dem ich vollkommen vergessen konnte, daß meine Tausende von Kilometern entfernt weilende Gattin überhaupt existierte. Trotz meiner Liebe für sie, dieser Liebe, die durch eine ganze Menge Jahre des Verständnisses und der treuen Schultern, auf denen man in aller Seelenruhe sein Haupt niederlegen kann, geschmiedet worden war, trotz alledem mußte ich sichergehen.

Den Blick seit zehn Minuten auf den kleinen Morandi geheftet, den ich vor den Spiegel am Kamin gestellt hatte, spürte ich, wie sich eine leichte Paranoia in meiner Hirnrinde einnistete, eine Mischung aus unguten Gefühlen und Gedanken, die unter der Haut herumspuken. Dem habe ich nicht lange standgehalten. Ich ging einen großen Koffer holen, um das Gemälde, Esthers Schmuck und die Leica darin zu verstauen. Dann brachte ich das Ganze hinunter zum Hausmeister (einen Koffer tragen, bedeutet für einen Einbeinigen die reinste Akrobatenarbeit) und bat ihn, die Sachen für eine Weile warm und trocken aufzubewahren. Maurice sagte keinen Ton dazu. Wahrscheinlich hielt er mich schlagartig für einen ziemlich aufgeregten Burschen – erst die Prügelei auf der Straße und jetzt auch noch dieser mysteriöse Koffer. Allerdings dürfte jemand mit einem Holzbein in seinen Augen ohnehin eine Schraube locker haben. Er nutzte die Gelegenheit, um mir die Post in die Hand zu drücken.

Obenauf ein verstärktes Kuvert, das ziemlich abstach von den üblichen Wurfsendungen des Versandhauses *La Redoute* (Mademoiselle Bornand, Sie haben soeben eine Million gewonnen). Es handelte sich um das Klassenfoto der Prima B3, das Madame Magnion mir geschickt hatte. Mit Tamagnan in der Mitte, schmal und elegant. Ich fühlte mich plötzlich sehr müde und setzte mich im Wohnzimmer auf das Sofa. Eine gute halbe Stunde lang nahm ich diese

Gesichter unter die Lupe, die aus dem Hyperraum kamen, von sehr weit her, aus ferner Vergangenheit. Tollet, den ich sofort wiedererkannt habe, ihn hatte ich vollkommen vergessen, nur seinen Haarschnitt nicht, so eine Art Flugzeugträger. Lescot natürlich, Magnion ebenfalls. Lafosse. Pautrat, ein herausragender Basketballspieler. De Blanquart. Der Kerl war der absolute Star, der Kultschüler. Der einzige Internatsschüler unserer Klasse. Der einzige, der in einem grauen Kittel herumspazieren durfte – über und über bedeckt mit Sprüchen, Signaturen, Zeichnungen, Klecksen und anderweitigen geschmierten Bekundungen, die reinste offizielle Geographenkarte eines fernen Lands: des Internats.

Der große beaufsichtigte Studier- und Aufenthaltsraum im Erdgeschoß des Cour du Méridien, der den Internatsschülern abends als Zufluchtsort und Studierraum diente, wurde auf der einen Seite von einem Bollwerk aus Metallkästen gesäumt, welche jenen armen Teufeln vorbehalten waren, die den *ganzen* Tag und die *ganze* Nacht in der Penne zubringen mußten. Und wenn einer dieser Helden sein Fach vor den Augen der anderen Schülern öffnete, senkte sich plötzlich eine große Stille über den Raum, derart halluzinatorisch konnte das Schauspiel sein – etwa wie ein grauer und staubiger Tennisschuh, der in einem Glas Erdbeermarmelade steckt.

Die anderen... deren Gesichter erkannte ich zwar, doch das war's auch schon. Zum Beispiel dieser Typ ganz oben, der Prügelknabe unseres Musikpaukers Corbiot, der immer «Zu Hilfe, zu Hilfe, ich sterbe, man bringt mich um, das Leben weicht aus mir!» brüllte, wenn der Lehrer sich auf ihn stürzte, um ihm ein paar Klapse auf den Kopf zu verpassen. Dieser Pauker glich Zug für Zug dem von Cabu gezeichneten Aufseher in dessen Geschichten um die Tochter des Schuldirektors: Bartkrause, wirres Haar, massiger Körper, hundsgemeines Aussehen. Die Besonderheit dieses erstaunlichen Pädagogen lag darin, daß er, sobald Musik ertönte, in Trance verfiel. Wenn er auf dem kleinen Begleitharmonium spielte, wenn er die Hand am Regler des Phonokoffers hatte, entschwebte er mit glasigem Blick und einem ekstatischen Lächeln auf den Lippen in eine andere Welt. Dann konnte man sich vor ihn hinstellen, die affenähnlichsten Grimassen schneiden oder die pennälerhaftesten Blödheiten veranstalten, er sah uns einfach nicht, reiste in einem Traum, einer phantasierten Welt dahin, die sehr weit entfernt war von der Niedrigkeit und Idiotie, die wir darstellten. Doch sobald die Musik verstummte, fiel er zurück auf die Erde und stürzte sich auf uns, als wollte er uns die Schnauze einschlagen.

Solche Aktionen konnten sehr weit gehen. Wie etwa an dem Tag, an dem wir die Tasten des Harmoniums mit Konfitüre bestrichen hatten. Der Pauker hatte wie ein Gott gespielt und sich dabei die Finger völlig verschmiert, ohne es zu merken. Nachdem er das Stück beendet und seine vom Erdbeermus geröteten Fingerglieder entdeckt hatte, brauchte er eine gewisse Zeit, bis er endlich begriff, daß er nicht für die Musik geblutet hatte, und da gab es dann richtig Stunk.

Wir mochten ihn gern, diesen Corbiot, auch wenn er unter dem unabwendbaren Handikap gelitten hatte, Nachfolger eines lebenden Mythos, des anderen Musikpaukers, gewesen zu sein, der mindestens seit Chlodwigs Zeiten auf der Penne gewesen war und Henrion hieß. Spitzname *Homard*, Hummer, da rot wie eine Fahne. Als er in den Ruhestand getreten war, ging das Gerücht um: Homard ist auf Tahiti. Wieso, haben wir nie verstanden. Ich erinnerte mich nicht mehr, wie Henrions Musikunterricht ausgesehen hat, bis auf eins: Er versuchte, ausgerechnet uns, die großen Schafsköpfe der Tertia, dazu zu bringen, die Hymne der Schule im Kanon zu singen. Das Ergebnis war kein Kanon, sondern eher schon die Kaiserliche Artillerie, auf dem Rückzug aus Rußland, in den eisigen Weiten untergehend.

Ein Großteil des Nachmittags verging auf diese Weise im Ungewissen, während ich die Gedächtnisdose schüttelte. Ich stellte fest, daß ich die Gelegenheit genutzt und die halbe Flasche Wodka weggebechert hatte. Und ich war absolut nicht besoffen. Daher dachte ich an das irische Sprichwort: Die Wirklichkeit ist nichts als eine Halluzination aus Mangel an Alkohol. So ungefähr war's auch. Ich versuchte, aus einer tiefen Irrealität herauszukommen, die ganz allmählich von meinen Tagen Besitz ergriff. Doch schließlich meldete sich die Wirklichkeit mit Macht zurück: die Eigentümerversammlung. Ich nahm eine Dusche, den Aktenordner «Wohnung» zur Hand und jede Menge guter Vorsätze zu Herzen. Und brach auf an die Front der Besitzenden.

Als ich endlich so gegen dreiundzwanzig Uhr wieder nach Hause kam, völlig niedergeschlagen von der Erbärmlichkeit meiner Landsleute – zwei geschlagene Stunden wegen des Nummerncodes für unser elektronisches Schließsystem, zwei weitere wegen der Form der Blumentöpfe im kleinen Innenhof und noch mal zehn wegen des Mieters im fünften, der seine Unterwäsche auf der Toilette im Gemeinschaftseigentum trocknete –, rief ich Esther an, ich war noch im Zeitfenster.

«Hoffentlich hast du die Eigentümerversammlung nicht vergessen», fragte sie sofort.

«Nein, nein, alles klar, ich komm soeben von dort, ich hab richtige Mordlust und grade das Treppenhaus B mit Dynamit vermint.»

«Du bist blöd. Geht's dir gut?»

«Ja, und dir, sag, und den Akadianern? Schläfst du eigentlich bei dem ganzen Schäfchenzählen?»

Den konnte ich mir einfach nicht verkneifen.

«Ja, natürlich, ich arbeite, hauptsächlich. Ich hab dir einen Brief geschickt, um dir die ganzen Einzelheiten zu erzählen, am Telefon würde das zu lange dauern. Und Bertrand?»

«Der ist für eine Woche in Hamburg... Ist plötzlich über ihn gekommen wie Harndrang.»

«Aber mein armer Schatz...»

«Nein, nein, geht schon, geht schon. Ich renne viel rum. Ich hab nicht mal Zeit, dir alles zu erzählen, am Telefon würde das zu lange dauern, sobald ich mal fünf Minuten hab, schreib ich dir.»

Eine kurze Stille.

«Nicolas? Geht's dir wirklich gut?»

«Aber sicher, sag ich doch. Alles in Ordnung, mach dir keine Sorgen, du fehlst mir, das ist alles. Und ich hab nur eine gewisse Neigung, dich durchs Saufen zu ersetzen.»

«Durch was?»

Das mußte ich dann ein bißchen erklären. Anschließend haben wir mindestens drei Minuten lang einen Haufen Banalitäten gleichen Kalibers ausgetauscht. Schon komisch, daß man beim Telefonieren ständig vorschützt, es sei ja zu teuer, und deshalb seine Zeit damit verbringt, nichts zu sagen, während man sich doch lang und breit über irgendwelchen Stuß ausläßt, den man auch vermeiden oder verschweigen könnte. Nicht zu reden von den Küßchen-Küßchen, und dem ganzen ich umarm dich und ich denk oft an dich und wären wir doch nur schon wieder zusammen. Allerdings habe ich ihr dann doch nicht gesagt, daß ich mich im Grunde, für den Augenblick, auch allein ganz gut fühlte.

Es war heiß, ich zog mich vollständig aus und spazierte nackt durch die Wohnung, ging an allen Spiegel vorbei und betrachtete diesen vom Alter bereits etwas angegriffenen Körper – der Rettungsring der Mittfünfziger und so. Splitternackt mit einem Holzbein. Von der Stimmung her sah's ein wenig wie auf den Bildern von Jan Saudek aus. Ich fragte mich, was Yolande von einem solchen Anblick halten würde. Sieh mal an, Yolande. Warum mußte ausgerechnet die ihren Senf dazugeben? Weil ich nackt war? Blödsinn. Ich zwang mich, an jede Menge anderer Dinge zu denken, um nicht plötzlich mit einem Ständer wie ein Türke dazustehen.

Ich war absolut nicht müde. Noch immer splitternackt notierte ich mir auf Pauspapier die Namen aller Schüler der Prima B3, an die ich mich erinnern konnte. Und danach versuchte ich anhand des Telefonbuchs, nach und nach, Namen für Namen, die Adressen zu ermitteln. Wobei ich gleichzeitig eine Flasche Absolut in Angriff nahm und mit Entenleberpastete bestrichene Toasts futterte. Irgendeinen Unsinn eben. Aber es war toll.

Etwas später schlief ich ein. Splitternackt.

(...) Sonderbar ist, daß Gauguin so wenige Palmen gemalt hat, und im besonderen Kokospalmen. Ein gelber Federbusch taucht in Ihr Name ist Vairaumati *oben links auf. Ein paar weiße Palmblätter in* Am Meer. *Wiederum oben links. Dürre Silhouetten in* Der Tag Gottes *und eine orangefarbene Kokospalme in* Zärtliche Träumerei. *Immer wieder das gleiche: oben links. Die einzigen eindeutigen Palmen tauchen in voll entfalteter Pracht in einem Gemälde von 1893,* Berge auf Tahiti, *und in dem drei Jahre später entstandenen* Warum bist du böse? *auf. Alles übrige: nichts als Stämme und Silhouetten. Es stimmt ja auch, daß die Palme der Höhe bedarf, der wahren, der einfachen, jener, die sich der Breite widersetzt und sich doch mit ihr kombiniert. Man muß sie vollständig im Gemälde unterbringen. Analog betrachtet: In welchem Film könnte es dem Kameramann gelungen sein, ein Neuron* in extenso, *also mit all*

seinen synaptischen Verzweigungen, ins Bild zu setzen? Da fällt mir zumindest einer ein: L'homme qui tousse[*] *von Christian Boltanski (3 Min., 16 mm, Farbe, Ton, Frankreich 1969), in dem der Arbeitsmodus auf eine Einzigartigkeit zentriert ist: das mentale Bild. (...)*

In: Lionel Liétard, *Die Experimental-Palme.* Edition Offset-Text, Paris 1991, Seite 111.

Und ebenso splitternackt bin ich auch wieder aufgewacht. Das Licht der bereits hoch stehenden Sonne drang in Streifen durch den Klappladen. Es war kurz vor zehn Uhr, schon ein ganze Weile hatte ich nicht mehr so lange geschlafen. Mein Stoffwechsel veränderte sich, ja, auch er. Maurice brachte mir die Post hoch, während ich noch schwankte, ob ich meinen Kaffee nun warm oder kalt trinken sollte. Ich konnte mir nicht erklären, weshalb er meinem Guten Tag nicht geantwortet hat und weshalb er so schnell ins Treppenhaus verduftet ist. Erst als ich die Tür schloß, wurde es mir klar. Ich war noch immer splitternackt. Daran hatte ich nicht gedacht.

Esthers Brief war dabei. Das ging aber verdammt schnell zwischen den Schlittenfahrern da drüben und uns, auch wenn es nicht derjenige war, den sie mir am Vorabend angekündigt hatte. Ich legte ihn auf den Küchentisch. Ich hatte keine Lust, ihn zu öffnen. Zumindest nicht sofort. Und ihre ganzen Betrachtungen über den Schlaf zu lesen... und noch weniger die Absicht, auf der Stelle wieder einzuschlafen.

Da klingelte es erneut. Durch den Türspion erblickte ich, anamorphotisch, Véroniques gequältes Gesicht. Ich bat sie, sich so lange zu gedulden, bis ich mich in einen präsentab-

---

[*] Der Mann, der hustet *(Anm. d. Übers.).*

leren Zustand gebracht hätte. Ist mir völlig egal, meinte sie, machen Sie sofort auf, ist dringend.

Als sie mich dann splitternackt sah, hat sie, ruck, zuck, nur noch auf mein Holzbein gestarrt. Ich ging mir einen Morgenmantel überziehen und fand sie schließlich auf das Sofa geflätzt, den Kopf zurückgeworfen und die Augen voller Tränen vor.

«Entschuldigen Sie, mir gehen die Nerven durch.»

«Nur zu, wenn's Ihnen guttut, ich versteh das schon.»

«Sie verstehen gar nichts. An die Tatsache, daß Lionel nicht mehr da ist, gewöhn ich mich so ganz allmählich. Es ist hart, aber die Zeit, wissen Sie ... Nein, das ist es nicht.»

Ich wartete, daß sie mit dem Wesentlichen rauskam. Wenn sie sich zu so früher Stunde auf den Weg gemacht hatte, dann sicher nicht für nichts. Sie schneuzte sich zweimal kräftig, wand sich unbehaglich wie ein deprimierter Regenwurm. Endlich wischte sie sich die Tränen ab, wobei sie ihre Handtasche malträtierte. Und hielt mir einen Brief hin.

«Das hier hab ich gestern bekommen.»

Es handelte sich um eine Seite aus einem Laserdrucker. Zeichensatz Geneva, Schriftgrad 14 Punkte, dachte ich dämlich. Die schlichte Rundung der Zeichen. Der gute Geschmack. Wenn ich bei meiner ehemaligen Arbeit Geneva eintrudeln sah, atmete ich auf. Times ging mir mit der Zeit schwer auf den Senkel, und Helvetica deprimierte mich.

«Lionel Liétard hat bezahlt. Unglück quantifiziert sich nicht. Ganz im Gegenteil, es akkumuliert sich. Mit der Zeit wird es notwendig. Rache ist ein Gericht, das vollständig gegessen wird. Madame, falls es Sie trösten kann: Ich für mein Teil bin zufrieden, mir geht es besser.»

Nicht unterzeichnet, selbstverständlich.

«Das will nichts heißen. Und außerdem ist es saumäßig geschrieben.»

«Das will heißen, daß er ermordet worden ist. Das will heißen, daß ich recht hatte. Das will heißen, daß ich die Polizei benachrichtigen werde. Oder nicht? Sind Sie nicht meiner Meinung?»

«Doch, doch. Das ist ein deutliches Zeichen von Weisheit.»

«Ich bin nicht hergekommen, um mir von dir irgendwelche jämmerlichen Sticheleien anzuhören.»

Das Schlimmste war, ich hatte es gar nicht absichtlich getan. Außerdem war ihr das Duzen mir nichts, dir nichts herausgerutscht.

«Ich bin gekommen, damit du mich berätst, Nicolas. Ich kann nicht mehr. Wird zwar nichts ändern, aber da läuft ein Mörder frei herum. Vielleicht sogar ein Serienkiller.»

«Nur ruhig Blut, ruhig Blut, so weit sind wir noch nicht. Natürlich kannst du mit diesem Brief zu den Flics gehen. Aber ich kann mir nicht vorstellen, daß die sich einen Fuß ausreißen werden. Lionel ist unter der Erde und die Sache zu den Akten gelegt, wie die im Fernsehen sagen.»

«Dann werden sie die Akte eben wieder öffnen.»

«Hoffentlich. Weißt du, anonyme Briefe... Die sind der reinste Nationalsport.»

Ihr Kopf fiel wieder zurück, und der Tränenstrom stürzte erneut talwärts. Ich beobachtete sie, während sie die Hände rang. Sie war nicht mehr weit vom *nervous breakdown* entfernt. Schon verrückt, was mein Sofa auf einmal so alles an Frauen in Not aufnahm. Yolande und Véronique direkt hintereinander. Vielleicht sollte ich es gegen eine Couch tauschen und mich an die Arbeit machen. Und mir endlich, kurz vor der Rente, goldene Eier verdienen.

«Was stand denn auf dem Umschlag, ich mein, wo war er abgestempelt?»

«Paris-Louvre.»

Normal. Ein intelligenter Anonymer. Unmöglich zurückzuverfolgen. Ein paar Minuten vergingen so in einer

Stille, die nur von leisen erstickten Schluchzern und eleganten Schniefern unterbrochen wurde. Schließlich richtete sie sich wieder auf.

«Du hast ja nicht weiter rumgeschnüffelt, oder? Darum hatte ich dich doch gebeten.»

«Nein, nein.»

«Das ist jetzt zu gefährlich. Ich verbiete dir, dich einzumischen. Das fällt in die Zuständigkeit der Polizei.»

«Natürlich, Véronique.»

«Gib mir Lionels Sachen zurück. Alles, was ich dir anvertraut hatte.»

«Sofort, Véronique.»

Ich ging seine Terminkalender und Adreßbücher holen. Wobei ich sämtliche Aufzeichnungen und Folgerungen, die ich mir notiert hatte, herausnahm und versteckte. Gerade so, als hätte ich mein letztes Wort noch nicht dazu gesagt. Sie würde alles den Bullen erzählen. Ich fand mich in derselben Situation wie Marlowe wieder. Ohne es gewollt zu haben. Nur daß ich nicht riskierte, meine Lizenz zu verlieren – ich riskierte, weitaus mehr zu verlieren. Aber genau das machte die Sache aufregend. Jetzt gab es einen Feind. Der anonyme Briefe verschickte, geschrieben mit geschmackloser Affektiertheit. Jedenfalls vielen Dank Mister Mysteriös, dieser Wisch schloß Bonelli aus, der seine Drohung doch viel eher in der Art abgefaßt hätte: «Ihr blöden Arschlöcher, ich werd euch euere Überheblichkeit in den Hintern schieben».

«Als du anfangs ein bißchen rumgeforscht hast, da hast du doch nichts entdeckt? Irgendwas Merkwürdiges?» legte sie los, kaum daß ich wieder in der Nähe des Sofas war.

«Nein, eigentlich nicht. Was man mir erzählt hat, kam mir durchweg überaus harmlos vor.»

«Wer ist *man*?»

«Seine Freunde. Seine Sekretärin, solche Leute eben, Leute, die dir bestens bekannt sein dürften... Aber weißt du, ich hab sie ja nicht verhört, indem ich ihnen ein Telefonbuch über den Schädel gezogen und die Finger in 'ner Schublade zerquetscht hab.»

Sie seufzte auf.

«Ich versteh's nicht... Ich hab keine Angst, nein, noch nicht, aber ich versteh's einfach nicht. Lionel war so...»

Nach dem «so» kam nichts mehr. Sie starrte lange, sehr lange an die Decke und knirschte dabei mit den Zähnen. Wenn mich irgendwas auf der Welt aufregt, dann so was.

«Nicolas... Natürlich werd ich den Flics von Lionels Nachricht erzählen, die dich betraf...»

«Natürlich.»

«Weil in ihr der Schlüssel liegt, Nicolas. Du kennst den Mörder, zwangsläufig, ich hab gründlich drüber nachgedacht, du kennst den sicherlich.»

«Sicherlich.»

«Die werden dir auf die Nerven fallen. Dafür entschuldige ich mich schon jetzt.»

«Kein Problem.»

So langsam hatte ich die Schnauze voll von ihr. Mir wäre es sehr recht gewesen, diese tragische Witwe hätte sich von meinem Sofa und zum Teufel geschert. Ich mußte nachdenken. Allein. Es stimmte ja, daß in diesem Besagten *«Nicolas, der sicher verstehen würde...»* aus Lionels Nachricht der Hund begraben zu liegen schien. Nur, was verstehen, das war 'ne andere Frage. Doch ich mußte heftig nachdenken. Vor allem über einen Satz in dem Brief, nämlich den, in dem er meinte, jetzt ginge es ihm besser. Denn es war ein Mann. Das sagte mir zumindest mein Gefühl, die Wortwahl... Oder aber *man* verwischte die Spuren, indem *man* sich für ein männliches Wesen ausgab. Weiß der Geier. Doch wenn der Schreiber wirklich so intelligent war, hätte er einen derartigen Brief nicht ausgebrütet. Er hätte sich totgestellt. Ich war mir fast sicher, daß es ein Kerl sein mußte. Ehe Véro aufbrach, fragte ich sie, ob ich auf meinem Faxgerät noch schnell eine Fotokopie von dem anonymen Brief machen könne. Für den Fall der Fälle. Für den Fall, daß mir plötzlich irgendwas wieder einfiele.

Nach einer vagen Liebkosung meiner Wangen ging sie genauso gebrochen davon, wie sie gekommen war, und als sie im Treppenhaus verschwand, machte sie nicht mehr Lärm als eine über den Teppich gleitende Kreuzotter.

Ich nahm eine Dusche und rief anschließend Chantal de Montfart, die Vermögensverwalterin, an. Ihre warme einschmeichelnde Stimme, die sich sofort anheischig machte, dir noch in der nächsten Stunde eine Burg in den Karpaten mit lauter Mikrowellenherden drin zu verkaufen. Sie gewährte mir ein Rendezvous für den frühen Nachmittag. Wir könnten einen *Kaaaafee* trinken gehen, meinte sie.

Sie saß bereits auf der Terrasse, als ich eintraf. Rosafarbenes Kostüm, konsequentes Dekolleté, schöne Haut, Sommersprossen am Ansatz weißer Brüste. Genau der Schick, der sich den UV-Strahlen verweigert. Ich habe sie direkt angegangen.

«Die Sache wird langsam verzwickt. Es hat sich so gut wie bestätigt, daß Lionel ermordet wurde. Die Polizei ist bald an dem Fall dran. Ich bin denen eine kleine Länge voraus. Entschuldigen Sie also, aber wir müssen jetzt ohne lange Umschweife loslegen.»

Sie wurde genauso weiß wie die Haut ihrer Brüste.

«Sie glauben also, daß ich...»

«Nein, ganz und gar nicht. Es ist ein Mann, da bin ich fast sicher. Wär zu lang zu erklären.»

«Dann seh ich nicht, was Sie...»

«Sie waren seine Geliebte. Zumindest in Cassis... Sie selbst haben das durchblicken lassen.»

Chantal richtete sich um einen guten Zentimeter auf. Sie betrat bekanntes Terrain.

«Ja.»

«Und in jüngerer Zeit?»

«Pff. Ein bißchen. Einfach so. Auf die Schnelle. Wenn wir riesige und leere Appartements mit viel Licht besichtigt haben, wie soll ich sagen, da überkamen uns eben die Triebe. Aber nichts Festes.»

«Apropos Fester, haben Sie einen?»

«Ja, seit zwei Jahren.»

«Weiß er's? Äh, wußte er's? Das mit Lionel?»

«Sicherlich nicht.»

«Sind Sie sich da ganz sicher?»

«Bei dem Typ, ja. Was Eifersucht angeht, ist ein Tiger neben ihm ein Hippie in Trance.»

«Hat Lionel Ihnen von anderen Frauen erzählt?»

«Nein. War mir auch völlig egal. Ich war weder seine Vertraute, noch seine Favoritin.»

«Gut. Verzeihen Sie, aber ich muß alles überprüfen. Wissen Sie, es ist immer dasselbe, Verbrechen werden zu neunzig Prozent wegen Sex und Kohle innerhalb des weiteren Familienkreises verübt.»

«Dann ging's hier also um Kohle?»

«Könnte sehr gut sein.»

Da hat sie alles ausgepackt, im großen Ganzen und in sämtlichen Einzelheiten. Und hauptsächlich die Dinge, die den berühmt-berüchtigten Bürokomplex im 17. Arrondissement tangierten. Die Komplexität der juristischen Nachfolge. Die relative Gleichrangigkeit der Anspruchsberechtigten. Und die Raffgier der Notare. Sie legte großen Nachdruck darauf, daß Lionels Tod wirklich ein harter Schlag für all diese Hochstapler sei und daß sie nun alles wieder bei Null beginnen müßten, was eine gewisse Zeit in Anspruch nehmen und einen ebenso gewieften Vermittler wie Lionel erfordern würde, den man ja nicht an jeder Straßenecke fände. Sie wurde zusehends zappeliger, wechselte ständig die Position und beugte sich nach vorn, um sich die

Füße zu massieren. Dabei zeigte sie mir durch den Ausschnitt ihrer leichten weiten Bluse zwei- oder dreimal ihre Brüste. Ich fand das sehr hübsch. Es stimmt schon, daß so etwas in der stillen Leere einer anonymen Wohnung, während des gemächlichen Balletts einer Besichtigung und mit dem Licht auf den Fliesen, einen Bombeneffekt haben konnte. Ich testete sie in Hinsicht auf Bonelli. Völlig unbekannt. Seine Bruchbude lag nicht in ihrem Interessenbereich. Zu mies, wahrscheinlich. Nicht genügend à la «Maisons Coté-Ouest».

Als ich die Sultanin der Fünf-Räume-mit-Blick-auf-den-Parc-Monceau verließ, wußte ich, daß ich sie aller Wahrscheinlichkeit nach nie wieder sehen würde.

Ich bestellte mir einen Croque-Madame. Weil sie, die Madame, nicht da war, weil sie zu klären versuchte, ob die Nachkommen Jacques Cartiers Biber zählen, um einzuschlafen. Danach hatte ich die vage Hoffnung, daß ich mich dazu überreden könnte, ins Kino zu gehen, gab den Gedanken aber schnell wieder auf. Zu kompliziert. Zuzugestehen, daß ich mir den Kopf durchpusten wollte, fiel mir mit einemmal recht schwer. Mein Kopf, der mußte schön voll, unter Spannung, unter Volldampf bleiben, falls ich Vergleiche und Schlußfolgerungen ziehen, die faule Stelle, den Schlüssel finden wollte. Hercule Poirot ging nie ins Kino. Ein Beispiel unter vielen.

Ich machte mich auf den Heimweg. Ich durfte nicht schwach werden, mußte gewisse Dinge überprüfen, durfte nichts außer acht, ungeklärt lassen. Jetzt glaubte ich schon selbst daran: Es war soweit, ich war im Recht und mit allen Vollmachten ausgestattet. In der Métro gab es einen Zigeunerakkordeonspieler, neben dem Marcel Azzola wie ein halbseitig Gelähmter wirkte.

Zu Hause habe ich die Liste mit den Adressen und Telefonnummern aller Schüler aus der Prima B 3, deren Namen mir eingefallen waren, wieder zur Hand genommen. Ich machte es mir auf dem Sofa bequem, das mir noch lauwarm vorkam. Von Véronique oder von Yolande? Mit dem Telefon zu meiner Rechten und einem großen Glas voll Wodka zur Linken.

Schließlich hatte ich ungefähr fünfzehn Namen und fast hundert Telefonnummern zusammen. Und zwar allein im Raum Paris. Allerdings hat jemand, der seine Schulzeit im H4 absolviert hatte, tatsächlich große Chancen, auch ein waschechter Pariser, ein Kalbskopf zu sein. Ich hoffte, daß von den fünfzehn ehemaligen Mitschülern, die in meinem Gedächtnis noch präsent waren, wenigstens die Hälfte auch in der Hauptstadt geblieben war. Vor allem, wenn sie die *Grandes Écoles,* die Renommierhochschulen besucht hatten, was ja ihre Bestimmung gewesen war. Und zu alt, um mitsamt der ENA nach Straßburg ausgelagert worden zu sein, waren sie auch. Natürlich gab es noch die «Rote Liste» von Leuten mit einer Geheimnummer. Aber statistisch betrachtet mußte es mindestens einen geben, der wie ich wäre, also ganz normal, mit 'nem netten Job, von der Basis, mit seinem Namen im Telefonbuch und einem Sofa im Wohnzimmer. Falls ich danebenlag, müßte ich das *Minitel* in Erwägung ziehen. Das würde ich im gegebenen Moment sehen. Ich haßte das Minitel. Das ist ein Gerät, das in zehn Jahren todsicher alter Trödelkram sein wird, und so was ist wahrlich nicht jeder Erfindung gegeben, immerhin gibt es Salatkörbe aus dem 19. Jahrhundert, die immer noch postmodern dastehen.

Zwei Stunden später, De Blanquart, Lafosse und Pautrat: Fehlanzeige. Ich hatte es bereits satt, meinen kleinen Vortrag herunterzuspulen, waren Sie zu Beginn der Sechziger auf dem Lycée Henri-IV, oder vielleicht Ihr Vater oder Ihr

Onkel? Ich geriet häufig an Frauen, da mußte ich also den Vater oder den Ehemann anführen. Meistens verlief die Sache, als Gespräch, eher freundlich. Bloß ein- oder zweimal wurde ich zu den alten Griechen geschickt oder zu Analogem aufgefordert. Doch ich hatte Glück, bei dem vierten, Taron. Guillaume, glaube ich. Taron, den konnte man unmöglich vergessen, schließlich war er mit dem «Houlgate» betraut gewesen, einer überaus noblen Aufgabe, einem von Generation zu Generation weitergegebenen Privileg, einem mächtig begehrten Amt. Tatsächlich gab es bei uns einen kompetenten, aber ängstlichen und mißtrauischen Pauker für Geo und Geschichte: ein gewisser Dauvergne, den wir auf den Tod fürchteten. Zwar Monarchist, aber auch Pädagoge.

Bei diesem Dauvergne büffelten wir gigantisch, ohne Atempause, in jeder Stunde die reinste Bergetappe hinauf nach Alpe-d'Huez. Doch wenn wir schließlich zu erschöpft waren, wenn das Gehirn genauso schmerzte wie eine Wade, gaben wir Taron ein Zeichen, der daraufhin von ganz hinten im Klassenzimmer, versteckt hinter einem anderen Schüler, ziemlich laut «Houlgate!» schrie. Und da ereignete sich das Wunder: Dauvergne wurde erst weiß, dann rot, schlug sich neurotisch mit der geschlossenen Faust auf den Oberschenkel, Blasen blubberten ihm am Mund, eine richtige Trance, eine Quasi-Epilepsie, und vor allem gab er nur noch ein Wort von sich: *Katalogisiert!* Anschließend stürmte er zu seinem Pult. Katalogisiert! Und schmiß seine ganzen Unterlagen durch die Gegend. Katalogisiert! Und zerbrach seine Kugelschreiber, während er irgendwelche Namen auf irgendein Eckchen seines Hefts notierte. Katalogisiert! Und versprach all denen, deren Gesichter er zufällig erblickte, Jahrzehnte an Arreststunden. Uns war das wurscht, da das ganze die reine Erholung war, denn er brauchte mindestens zehn Minuten, bis er sich wieder beruhigte. Hatte er seine vornehme Zurückhaltung endlich zurückerlangt, schien er den Anfall völlig vergessen zu haben. Und es ging im gleichen Elan wie anno 14 weiter mit dem Friedensvertrag von Cateau-Cambrésis.

Eines Tages, während einer Klassenarbeit, bei der wir uns tödlich konzentriert mit den tropisch-äquatorialen Klimatypen befaßten und Dauvergne an den Fenstern auf und ab ging, konnten wir einmal mehr miterleben, wie ihm die Sicherungen durchknallten. Plötzlich starrte er hinaus, schlug sich wie ein Metronom auf den Schenkel und stieß seine unerbittliche Katalogisiert-Litanei aus. Wie ein Mann sind wir aufgesprungen und haben aus dem zweiten Stock die Buchstaben HOULGATE entdeckt, die zwei Meter groß mit Latschen in den Kies des Cour du Méridien gezeichnet worden waren.

Niemand hat je erfahren, wieso diese unschuldige normannische Vokabel eine derartige Raserei auslösen konnte.

Als ich sagte, wer ich war, grölte Taron am Telefon also folgerichtig: Houlgate! Auch nach vierzig Jahren waren die Reflexe noch bestens. Ich hatte Glück. Da er im Staatlichen Kommissariat für Wirtschaftsplanung arbeitete, hielt er sich nicht oft in Paris auf, doch ich rang ihm das Versprechen ab, an irgendeinem Abend der nächsten Tage mit mir essen zu gehen, um über die alten Zeiten zu reden. Als ich ihm von Lionels Tod berichtete, schien er schockiert und informierte mich darüber, daß sein Kumpel von damals, Vélimbert, mit dem er in Kontakt geblieben sei, ebenfalls gestorben war. Vélimbert... jetzt hatte ich's, schon sah ich sein Gesicht wieder vor mir und fand ihn auch schnell auf dem Klassenfoto, hinter dem Pauker. Vélimbert, ein richtiges As in Englisch. Der vor sechs Monaten Selbstmord begangen hatte, ohne jede Erklärung. Verdammt, dachte ich, ist ja das reinste Gemetzel, ich muß aufhören, mich nach meinen Mitschülern aus der Prima zu erkundigen, sonst artet das noch zu einem Besuch auf einen mentalen Heldenfriedhof vom Typ Verdun aus. Ich fragte Taron, ob ihm die Namen

Yves Palland oder Pierre Lemaresquier irgend etwas sagten. Den ersten rief er mir sogleich in Erinnerung, diesen Riesenblödmann, ein großer Erfinder immer neuer Schülerspäße. Richtig. Jetzt fiel's mir wieder ein. Ich dankte ihm. Bis bald, hoffentlich. Würd mich freuen. Wird ganz komisch sein. Und so weiter.

Eine Spur. Palland, aus den Tiefen der Zeit kommend, vielleicht derjenige, der Lionel zu jener Ausstellung eingeladen hatte, auf der mein Freund der Großen Sense, dem bretonischen Herrn des Todes Ankou, Madame la Mort begegnet war. Ich war besorgt, beunruhigt, ein Fuchs in Gefahr, der den üblen Geruch des Unheils wittert.

Das Telefon klingelte. Esther. Die mich fragte, ob ich ihren Brief erhalten hätte. Ihr schien wahnsinnig viel an diesem Brief zu liegen. Ansonsten lief alles bestens im Land des Ahorns. Sie wollte ihren Abstecher nach Halifax verkürzen und nach Québec aufbrechen, wo ein Kolloquium stattfinden sollte. Ein *Kloakium*, dachte ich. Oder ein *Klosettium*. Alles sei in Ordnung, teilte ich ihr mit. Ich schliefe viel. Und dächte über meine Zukunft nach. Und hätte vielleicht einen Job in Aussicht. Das sagte ich nur, um sie zu beruhigen. Bald – bald, Küßchen – Küßchen, Wiedersehen – Wiedersehen.

Ich nahm meine Telefonbücher erneut zur Hand und fand vier Palland. Und einen einzigen Yves Palland in Paris. Diesmal hatte ich Glück, er war der richtige. Wir sind einander telefonisch in die Arme gefallen, ja, wie geht's dir denn, seit all der Zeit... und was treibst du denn, hast du noch Haare auf dem Kopf, und wie steht's mit der Taillenweite, und so fort. Daß ich dieses schwachsinnige Spiel mitspielte, lag nur daran, daß ich auf den Zehenspitzen meines einzigen Fußes vorgehen mußte. Nach ein paar witzigen Betrachtungen über seinen Beruf als Auktionator gelang es mir, ihm von Lionel zu erzählen. Er hatte ihn seit dem Gymnasium nicht mehr gesehen. Als ich ihn schließlich fragte, warum er ihn dann zu der Ausstellung jenes germanischen Konzeptmenschen eingeladen habe, antwortete er mir, in groben Zügen: Was denn der Mist solle? Er kenne weder den Künstler noch die Galerie, zum Beweis: Schließlich sei er mittlerweile *der* Spezialist in Europa für deutsche Altaraufsätze des 15. Jahrhunderts. Und weshalb ich ihm solche saublöden Fragen stelle?

Ich sah mich gezwungen, ihm einige Einzelheiten mitzuteilen. Auch hierbei lernte ich. Nicht zu schnell vorgehen, nur ja nicht sämtliche Murmeln auf einmal auswerfen, weil man sonst plötzlich in der Klemme steckt wie eine Schwalbe auf einem Speicher. Ich erfand irgendwas, ich hätte Lionel an jenem Abend verpaßt und würde jetzt nach seiner Adresse suchen. Nicht einmal die hatte er. Außerdem sei er am Tag der Vernissage in Heilbronn gewesen, um die Restaurierung eines Altars der Mainzer Schule zu überwachen, den erst kürzlich der Generaldirektor der Audi-Werke erworben habe. Ich stand wirklich blöd da. Außerdem gebe es vielleicht ganze Wagenladungen von Yves Pallands in Frankreich, in der Schweiz, in Belgien, fügte er hinzu. Oder in Kanada, dachte ich. Ein schlafender Killer wäre dort wirklich am richtigen Platz.

Als ich endlich auflegte, versank ich nach und nach im Sofa. In der Couch, angesichts der Umstände. Die buntscheckige Welt der Pubertät kreuzte mit Macht wieder auf. Zu viele Informationen gleichzeitig. Taron. Vélimbert. Palland. Und «Pitch»: die grandiose Rückkehr des vergessenen Helden, des wahnsinnigstes Paukers, ein Typ, der imstande war, uns wahrlich endgültige Sätze an den Kopf zu schleudern, wie etwa «Ich werde mich nicht weiter über Marie-Antoinette ausbreiten» oder aber, wenn am Ende der Stunde die Pausenglocke erklang und wir unverzüglich aufsprangen, um in aller Eile zu verduften: «Hier gibt es nur eine Glocke, und die bin ich». Der Pauker, den wir am meisten gepiesackt haben. Schon die Eltern mancher unserer

Mitschüler hatten ihn im Unterricht hochgenommen, das sagt alles.

Um für Abwechslung zu sorgen, damit wir uns nicht allzu sehr langweilten und auch jeder Tag kreativ ausfiel, machten wir auf organisiert. Sämtliche Unterrichtsstunden hatten ihre jeweiligen, vorab festgesetzten Gemeinschaftssportaktionen: der Tag der an die Decke geklebten Löschblätter, der der verkehrt herum angezogenen Jacken, der Tag der vollständig auseinandergeschraubten Pulte, der des unmerklichen Plätzetauschs. Der berühmt-berüchtigte und richtungsweisende Tag der Ruderer (jeder legt die ausgestreckten Beine auf die Stuhlkante des vor ihm sitzenden Schülers, und wenn der erste der Reihe zu schaukeln beginnt, tun es ihm alle anderen gleichzeitig nach. Und wenn der Pauker dann noch in der Nähe steht und man zusätzlich wie Galeerensklaven dazu stöhnt, hätte man es wirklich für echt halten können).

Palland hatte auch den Jux mit den Geldmünzen erfunden. Vor dem Eintreffen des Paukers zeichneten wir einen ganz zarten Kreidekreis auf den Fußboden, direkt unterhalb der Tafel. Da der Klassenraum ein Hörsaal war, konnte jeder von uns diese Zielscheibe sehen: Wenn «Pitch» sich ihr dann näherte, machte die gesamte Klasse, mit geschlossenem Mund, «Aaaah!», und wenn er sich von ihr entfernte, erfüllte ein bedauerndes «Oooh!» den Raum. Trat er aber in den Kreis, warfen wir sofort mit Zehn-Centimes-Stücken. Der Pauker hat nie begriffen, woher unser herrlicher Zusammenhalt kam, und sich niemals, obwohl es ihn schwer reizte, dazu durchgerungen, die Münzen aufzuheben. Ergebnis: Wir wurden allesamt zu Arrest verdonnert. Und waren in so blendender Form, daß wir am folgenden Sonntag den schlimmsten aller Oberaufseher, Toboul, genannt «Das Schwarze Schwein», derart wahnsinnig machten, daß er an jenem heiligen Tag an Abschied, Pensionierung oder die Flucht nach Tahiti für ein Wiedersehen mit *Homard* gedacht haben dürfte. «Pitch», der tatsächlich Anel hieß und dessen Name auch Stoff für allerlei Spott bot, hatte in seinem Vorortbezirk, in der Gegend von Sceaux, irgendwann mal sogar bei den Wahlen kandidiert. Und so hatte sich die nahegelegene Rue Soufflot zum Panthéon hin schlagartig mit Wandsprüchen übersät, die für den gemeinen Pariser völlig nebulös blieben: Wählt Pitch! Wir mochten ihn ganz gern, trotz einer allgemeinen Hysterie, die uns mit Leichtigkeit zu einem rituellen Mord hätte treiben können.

Plötzlich eine weitere Idee. Um ein Kapitel abzuschließen und zu anderem überzugehen. Es gelang mir, Chantal zu erreichen.

«Also wirklich. Sind Sie süchtig oder was?»

Ich malte mir aus, daß sie gerade nach Hause gekommen war. Sie hatte soeben ein Bad genommen und putzte sich nun vor ihrem Spiegel heraus, splitternackt, das Telefon neben sich, und in Gedanken bereits bei dem waaaahnsinnigen Aaaabend, den sie mit all ihren phantaaastischen Freunden verbringen würde.

«Nein, nein. Eine Sache nur, ganz nebenbei. Ist mir gerade durch den Kopf gegangen. Könnte es jemandem gelegen kommen, wenn die Verhandlungen über das ominöse Gebäude abgebrochen würden?»

«Nein. Nicht daß ich wüßte. Es hat nie andere Ausschreibungen gegeben. Natürlich bestünde noch die Möglichkeit, daß irgendein Konkurrent, ein anderes Immobilienbüro, das Geschäft an sich reißen wollte. Doch davon hätte man erfahren. Oder es gespürt. Und außerdem ist die ganze Sache die reinste Plage. Ein Mistdeal, bei dem man leicht ziemlich viel Cash verlieren kann.»

Das Vokabular dieser Frau.

«Ist sonst noch was?»

«Nein, im Augenblick nicht.»

«Gut, dann muß ich jetzt auflegen. Heute abend geh ich

nämlich in einen Homoschuppen mit Freunden tanzen, für die Sie sich schämen würden, oder vor denen es Ihnen grausen würde, ganz nach Wahl.»

Und dann hat sie aufgehängt. Ich brauchte nicht erst im Badezimmer vorbeizugehen, ich hatte mir gerade eine kalte Dusche abgeholt. In puncto Immobilien waren die Fährten definitiv tot. In puncto Frauen gab's auch nichts Verdächtiges, es sei denn, es geisterte da irgendwo eine unbekannte Hexe herum. Lionel war zwar ein ausgemachter Schürzenjäger, aber schlicht und großzügig. Keineswegs der Typ, einer den Mond vom Himmel zu versprechen. Im Gegenteil, den *Mond*, den nahm er sich einfach selbst, das ist alles. Véronique war keine von der Sorte, die Intrigen schmiedet, sie schien sich nichts draus zu machen, solange ihr Mannsbild nur wieder nach Hause kam, war sie der Meinung, Glück zu haben.

Blieb also noch die Film-Fährte. Das offizielle Kino war schon kompliziert, doch beim Underground bräuchte ich sicher eine ganze Klinikpackung Paracetamol.

(...) Palme ohne Geschichte. Geschichte ohne Drama. Drama ohne Verräter. Verräter ohne Hut. Hut ohne Federbusch. Federbusch ohne Farbe. Farbe ohne Evidenz. Evidenz ohne Gewißheit. Gewißheit ohne Geständnis. Geständnis ohne Furcht. Furcht ohne Erwartung. Erwartung ohne Schatten. Schatten ohne Himmel. Himmel ohne Palme.

Kino ohne Hoffnung. Hoffnung ohne Repräsentation. Repräsentation ohne Abstand. Abstand ohne Theorie. Theorie ohne Vernunft. Vernunft ohne Rahmen. Rahmen ohne Kino.

Genau dies packt uns, begeistert uns, wenn wir Secondary Currents *(16 Min., 16 mm, Schwarzweiß, Ton, USA 1983) von Peter Rose entdecken, wo die hypothetische Er-*

zählung einer Reihe von Untertiteln nach und nach im Non-Sens versinkt, während der Buchstabe sich nach und nach verselbständigt, um am Ende den Sinnverlust zum Ausdruck zu bringen. Und heben wir noch hervor, daß diese Auflösung allen Sinngehalts stets mit schallendem Gelächter geschieht. (...)

In: Lionel Liétard, *Die Experimental-Palme*. Edition Offset-Text, Paris 1991, Seite 77.

Ich wachte um acht Uhr auf. Unheimlich benommen, betäubt durch einen mal wirklich paradoxen Schlaf. Ein echter Jetlag ohne Flugreise.

Ich brauchte eine gute Stunde, um alles zu sortieren, um mich daran zu erinnern, was ich am Vorabend getan hatte, und um die Konsequenzen daraus zu ziehen, bis ich mir endlich einen Kaffee gemacht und drei Tassen davon getrunken habe. Während ich dabei Radio hörte. Es stand zusehends schlechter um die Welt. An allen Ecken und Enden lief es verkehrt. Solange es keinen Krieg zwischen Frankreich und Kanada gab, konnte ich mich immerhin noch glücklich wie ein junger Mann schätzen.

Alles durch den Kopf gehen lassen, was das Salz des Vortages ausgemacht hatte, und noch im selben Moment das Ganze irgendwie lachhaft finden. Was ging's mich eigentlich an? Wen hielt man hier zum Narren? Die Nacht entwirklicht. Und Véro, wie weit war die? Beruhigt durch ihre Anzeige bei der Polizei? Befreit, in den behaarten Händen der kompetenten Obrigkeit? Und ich erst? Sollte ich jemals, am Sankt-Nimmerleinstag, einen Killer aufspüren, was würde ich dann mit ihm anfangen? Ihn dümmlich denunzieren, all meinen alten Ideen zum Trotz? Ihn ausliefern, wie ein Pfund Fleisch? Ihn mit der Knarre abknallen, mitten in der Nacht auf dem nassen Pflaster, nach einer wahnsinnigen Verfolgungsjagd im Auto? Damit sah es schlecht aus, ich hatte doch gar keine Kiste mehr. In jedem Fall nicht an Rache denken. Schließlich kann ich nicht behaupten, daß Lionels Existenz meine Nächte erfüllt hatte, bevor ich wußte, daß er den Löffel abgegeben hat.

Da ich mich am Vortag nicht allzu viel bewegt hatte, war die Entzündung an meinem Stumpf abgeklungen. Glückliches Management meiner Behinderung. Bei genauerer Überlegung hatte mich diese schwere Verletzung nicht allzusehr gehandikapt, vielmehr hatte sie mich ziemlich früh, gerade als ich auf die Vierzig zuging, gezwungen, ruhiger zu werden, das Leben in geringerem Tempo anzugehen, zumindest in kleinerer Gangart, was einen Unterschied zu der Zeit davor bedeutete. Ohne Zweifel dürfte dieser Unfall mich davon abgehalten haben, größere Dummheiten, ja sogar richtig dicken Bockmist zu bauen. Auch wenn dies ernste Konsequenzen hatte, wie nicht mehr in Tanzlokale gehen, nicht mehr hinterm Bus herrennen, nicht mehr darauf hoffen, sich 'ne Nordwand zu genehmigen (obwohl...), die Frauen nicht mehr wie vorher ansehen, und so weiter und in beliebiger Reihenfolge.

Ich war schon drauf und dran, den Tag mit der Nase in der Kaffeetasse zu verbringen, da brachte Maurice mir die Post hoch. Darunter waren eine Anfrage zum Wiedereintritt bei *Handicap-International*, ein Brief von meinem Ex-Arbeitgeber, wahrscheinlich irgendeine unterzeichnete Durchschrift der Entlassungsvereinbarung, und ein Abonnementformular für *National Geographic*. Eine Postkarte von Bertrand, der mir mitteilte, daß Hamburg voller Hamburger sei. Und Esthers bewußter Brief, auf dessen Eintreffen sie so großen Wert gelegt hatte. Wieso, begriff ich sofort, nachdem ich ihn gelesen hatte. Im großen und ganzen erzählte sie vage von den durchreisten Orten, den durchstreiften Gegenden, von den Fortschritten ihrer Forschung, vertraute mir jedoch vor allem an, sie habe ein «Abenteuer» gehabt. Und zwar mit einem Professor vom Schlag einsamer Bär und hartgesottener Junggeselle. Es sei so kalt dort oben, wo sie ihn kennengelernt habe, daß sie überhaupt nicht nachgedacht habe, so stark sei ihr Bedürfnis gewesen, sich einfach aufzuwärmen. Dann erklärte sie mir mit einer, so muß ich zugeben, gewissen didaktischen Eindringlichkeit, daß sie mir dies gestehe, weil es keine große Bedeutung habe, und daß es für sie gar nichts ändere – zum Beweis: Sie hätte es ja auch ebensogut verschweigen können. Unschlagbar. Das ist exakt die Sorte Argument, die mir jedesmal den Fuß weghaut und große Chancen hat, genau das Gegenteil zu bedeuten.

So war das also: Da saß ich in einer verrotteten Küche und rieb mir mein Manko an Bein, während meine Gattin mit Kanadiern bumste, die unter ihren derben Karohemden nichts anhatten. Ich verfolgte ein hypothetisches und böses Phantom und riskierte dabei an jeder Straßenecke mein Leben, während die Mutter meines Blödmanns von Sohn sich mitten im schönsten hypnagogischen Nirvana die Speckschwarte befingern ließ. Ich hatte den Arsch voll Ärger mit hysterischen Bürgersfrauen, Gangstern in der Immobilienbranche und Crackdealern, während sie mit wehendem Haar durch die gefrorenen Gräser an der Hudsonbai lief, verfolgt von einer heulenden Meute Wissenschaftler mit Ständern wie brünstige Karibus.

Gleichzeitig war mir das Ganze piepegal. Ich war mir nicht mal sicher, ob sie es gerade bereute, mir diese flüchtige Liebschaft gebeichtet zu haben, und ob ihr das den Rest ihres Aufenthalts im eisigen Ödland überhaupt verderben könnte. Also habe ich den Brief zerrissen und in den Mülleimer geworfen. Bei ihrer Rückkehr würde ich einfach behaupten, ich hätte ihn nie erhalten. Auf die Weise würde es keinen Schlamassel geben. Das verhinderte aber nicht, daß ich mich schlagartig sehr einsam fühlte, ohne Bein, ohne Job, ohne Karre, ohne Jugendfreund, ohne Kind und mit einer Frau, die sehr weit weg war. Mein kleiner privater Fluch braute sich zusehends über mir zusammen. Was würde mir nun passieren? Eine Steuernachzahlung? Würde Bertrand mir beibringen, daß ich Großvater werde? Stumpfkrebs?

Zwei Stunden später saß ich im supervollgestopften Büro von Sylvie Lasbats. Ich hatte eine Liste mit Fragen, über die zukünftige Cinemathek und so, vorbereitet. Und alles, was sich darum drehte. Wir haben den ganzen Morgen geredet. Und dabei zwölftausend Espresso geschlürft. Meine Nervenenden rollten sich zu Affenschwänzen ein. Sylvie wirbelte wie ein Kreisel zwischen ihrem Job, zweiundzwanzig Telefonanrufen in der Minute, den Rollschubfächern, aus denen sie Schriftstücke herausholte, den Tassen Kaffee, die sie im Gleichmaß eines Uhrwerks mit einer kleinen Büroespressomaschine zubereitete, dem schnellen Kämmen ihrer Louis-Brooks-Frisur und all den Tageszeitungen, aus denen sie Beiträge ausschnitt, um sie abzulegen. Es war noch eine dritte Person bei uns im Raum, nämlich ihr großer Macintosh, mit dem sie die ganze Zeit redete, insbesondere, um ihn aufzufordern, endlich mal den Arsch zu bewegen und ihr nur ja kein faules Ei anzudrehen. Es war wirklich dantesk, denn gleichzeitig beantwortete sie genau, sehr genau sämtliche Fragen, die ich ihr stellte.

Eine unförmige Masse an einzelnen Fakten und möglichen Fährten knallte mir dabei auf die Birne. Es hätte eines ganzen Trupps bis auf die Knochen treuer Sonderagenten des FBI und halb geisteskranker Arbeitstiere bedurft, um alles zu überprüfen, miteinander abzugleichen und die eventuelle Schwachstelle aufzuspüren. Bis dahin hatte ich die Komplexität und das Ausmaß von Lionels Unterfangen nicht erfaßt, der sich bei unseren Begegnungen stets ziemlich zurückhaltend zeigte, was diese Leidenschaft betraf, die sich als ständige Quelle eines wahren Sturzbachs an Scherereien jedweder Art erwiesen hatte. Eine Leidenschaft, die zu einem aufopferungsvollen Amt geworden war.

«Ist genau wie bei Langlois», hatte Sylvie gemeint. «Jeder dachte, er wäre ein Genie, und nur ein Typ wie er hätte diesen Job machen können, eine Art Napoléon des Kinos eben, und tutti quanti. Nur ein leidenschaftlicher Mensch, ein manischer Sammler, ein Theoretiker, ein Visionär hätte diese ganze Plackerei durchziehen können – also, im wesentlichen, das Gedächtnis der Filmkunst retten. Doch gleichzeitig dachten die ‹vernünftigen› Leute, das heißt die Politiker und Geldgeber, daß ausgerechnet er sich nicht mit dem Projekt, also mit dem Museum oder der Cinemathek befassen sollte, weil er zu schlampig, zu parteiisch und ständig am Brodeln wäre, ein glimmender Funke eben, wie eine dieser Kerzen, die nie ausgehen, selbst wenn man draufbläst. Er war halt alles und nichts, aber in jedem Fall kein Geschäftsführer.»

«Demnach ließen die da oben, höheren Ortes, ihn die Sache aufziehen, und später hätte man ihn zugunsten eines Beamten ausgebootet.»

«So ist es, im wesentlichen. Allerdings verhält es sich ja immer so.»

«Ich kann mir seine Reaktion gut vorstellen.»

«Darüber war er sich gar nicht so ganz im Klaren. Ein Blinder voller Hoffnung, wie alle, die sich für Retter halten. Er hoffte. Ein Poet. Hätte er auch nur einen einzigen Beweis für das Doppelspiel der Macht gehabt, dann wäre er imstande gewesen zu töten.»

«Hatte er denn nie einen Verdacht?»

«Nein. Obwohl er wußte, daß es da zwei oder drei Typen gab, die sofort bereit standen, ihn zu ersetzen, für den Fall der Fälle. Männer, die ebenso leidenschaftlich waren wie er, nur eben mehr Organisationstalent und Unterstützung von Sponsoren oder Institutionen besaßen. Vor denen hütete er sich gewaltig, versuchte es mit Zurückhalten von Informationen oder gab falsche heraus. Ich hab sogar erlebt, wie er sich mit einem Konkurrenten geprügelt hat, er hat ihm ordentlich was vor den Kopf gegeben, wir hatten alle Mühe der Welt damit, daß das Opfer keine Anzeige erstattet hat.»

«Darf ich den Namen des glücklichen Auserkorenen erfahren?»

«Oh, der ist kein großer Haudegen, ich kann ihn mir nicht vorstellen, wie er sich zehn Jahre später rächt. Außerdem ist er Schweizer.»

«Vielleicht hat er ja ein paar Hinweise für mich. Oder Greyerzer zu verkaufen.»

Sie sah mich merkwürdig an.

Na, dann raus damit, ein weiteres Mal. Die Szene aus dem zweiten Akt.

«Wonach suchen Sie eigentlich genau?»

«Ich denke, Lionel ist ermordet worden. Ich weiß nicht, wieso. Jedenfalls handelt es sich nicht um das zufällige Verbrechen eines Landstreichers, wie's so schön heißt. Falls ich eines Tages die absolute Gewißheit haben sollte, werde ich weiter sehen. Und sicher bei der Polizei vorbeischauen. Kommt aber drauf an... So oder so wird's Lionel nicht wieder lebendig machen.»

Ihr Gesicht verschloß sich. Sie dachte eine ganze Weile nach, plötzlich erstarrt über ihrem Schreibtisch, der so vollgepackt war wie der eines Staatssekretärs für Sozialversicherungsfragen.

«Das ist verrückt. Das ist unmöglich. Ich würde sogar sagen, daß es vollkommen idiotisch ist.»

«Alles ist möglich.»

«Nicht in diesem Milieu. Künstler. Meistens sanfte Bekloppte. Die verbringen ihre Zeit damit, sich gegenseitig zu beleidigen und als Totengräber zu beschimpfen, aber das ist wie Sport. Die verbringen ihre Zeit mit Träumen, im Konzeptionellen, im Surrealen.»

«Wissen Sie, Caravaggio war auch ein Mörder.»

Sie schaute mich mit einem komischen Blick an. Alles in allem war ich einer der ältesten Freunde Lionels, ich hatte gute Chancen, genauso bescheuert zu sein wie er.

Fürs erste hatte ich durch mein Gespräch mit diesem Energiebündel mit Topffrisur vor allem diverse Informationen erhalten, die darauf zielten, mich davon zu überzeugen, daß sich eher Lionel hätte gehenlassen und jemanden abmurksen können. So ganz allmählich verlor ich wahnsinnig den Mut, nicht jeder ist zum Detektiv geboren. Ehe ich Sylvie schließlich zum Mittagessen einlud, fragte ich sie noch nach der Adresse des Schweizers. Lausanne. Ich kannte mich in Lausanne nicht aus, wußte aber, daß ich schon mal Lust gehabt hatte, mir das Museum der Art Brut anzusehen. Die Sammlung Dubuffet. Bei so einem Namen, habe ich mir immer gedacht, muß dieser Künstler doch was auf dem Kasten haben.

Während der Vorspeise, Chicorée mit Gänseleberstückchen – ja, doch, zum Teufel mit Geiz und Krampfadern! –, habe ich sie dann mit der Cinemathek traktiert. Jemand, der Filme aufspürt, kauft, anhäuft, selbst wenn es sich um experimentelle handelt, bekommt zwangsläufig Ärger mit den Urhebern oder den Rechte-Inhabern. Ganz zu schweigen vom Krieg mit den anderen Sammlern. Diese Werke sind häufig einmalig, da deren Urheber nicht unbedingt das nötige Kleingeld hatten, Kopien davon ziehen zu lassen. Sylvie hat mir versichert, bis auf wenige Ausnahmen, vor allem was den ganzen Bereich des Underground-Konzeptfilms sowie die Sachen auf 8-Millimeter und Super-8 betreffe, die meistens Positivfilme seien, habe Lionel das Negativ und Zuschüsse erhalten, um sich eine frische Kopie zu beschaffen. Kodak und Agfa hätten ihm mehrere Male finanziell geholfen, um von Super-8-Filmen Zwischennegative zu ziehen. Das habe, über die Jahre gesehen, davon abgehangen, ob der Künstler bereits «wahrgenommen» wurde.

Einer von Warhols Kumpel etwa, der Dichter Gerard Malanga, besaß auf diese Weise einen richtigen Schatz an kleinformatigen Werken, eigenartige Dinger, fast schon Familienfilmchen, in denen splitternackte Epheben mitten in Rosenbeeten Gertrude Stein rezitierten. Es gab auch Verrrückte, die aus den Vereinigten Staaten ganze Koffer voller Filme mitbrachten, die einen so erstaunlich wie die anderen, ohne daß man je wußte, ob es sich dabei um Geschenke, Leihgaben oder schlicht und einfach um Diebesgut handelte. So führte etwa ein gewisser Piero Heliczer Filme von Warhol, dem Warhol der frühen Jahre, vor, solche heißen Eisen wie *Couch* beispielsweise, und wenn man Andy kannte und dazu noch hörte, wie dieser Typ sich brüstete, mit Andy verkracht zu sein, konnten einen schon ernste Zweifel beschleichen. Zum Glück vergaß man damals derartige Probleme recht schnell, als man Pieros eigene, äußerst bescheuerten Filme entdeckte, Sylvie erinnerte sich an eine Ode auf Jeanne d'Arc, die ihre Reisigbündel wirklich wert war. Heliczer hatte sogar diese ärgerliche Angewohnheit gehabt, seine Filme rückwärts vorzuführen, was keiner der Zuschauer bemerkte, die sich nicht mal an dem brutalen Knattern der Tonspur störten. Und wenn der Vorführer sie richtig herum vorführte, gab ein Großteil der Anwesenden hochtrabend vor, anders herum sei's besser gewesen.

Sylvie lachte, während sie all diese Erinnerungen aus jener Zeit erzählte, wo sie, ob im American Center, im Musée d'Art Moderne oder an anderen verrufenen Orten der Hauptstadt, nicht eine dieser Vorstellungen versäumte. Genau dort war sie auch Lionel begegnet und hatte sich so innig mit ihm angefreundet, daß sie sich ihm peu à peu mit Leib und Seele verschworen hatte und zu guter Letzt seine Sekretärin geworden war.

Und bei Taglioni mit Hummer – o ja! – erzählte sie mir schließlich von Giovanni Martedi, dem es Lionel beinahe verdankte, verrückt geworden zu sein. Dieser Künstler war der Alptraum aller Cinematheken, denn jede Vorführung eines seiner Werke «bereicherte» den Film – dank der ganzen Risse, Kratzer oder anderweitigen Pannen, die eintreten konnten. Wie etwa jener im Mülleimer entdeckte Film, den Martedi mit vergammelten Nudeln oder Kaffeesatz aufpeppte, bevor er ihn durch den Projektor laufen ließ. Sammel du mal solche Objekte. Wenn es sich nicht gleich um Filme ohne Vorführgerät handelte, bei denen der Filmemacher vor den Zuschauern einfach Zelluloidstreifen abwickelte, oder um Filme ohne Filmmaterial, wo man, häufig über Stunden, das von der Projektionslampe erzeugte helle Rechteck anstarrte.

So hat sie mir zwei Stunden lang die Birne vollgequatscht, aufgedreht und mit lebhaftem, fröhlichem Blick, weil es sie ungemein freute, all diese Erinnerungen Revue passieren zu lassen. Sie erzählte mir vom allerersten Werk, das Lionel als Kopie erworben hatte: Tony Conrads *The Flicker*, ein Versuch über die Stroboskopie, ein Kultfilm, an den sich sämtliche Zuschauer ihr Lebtag erinnerten – und zwar wegen einer schweren, an Blindheit grenzenden Ophtalmie am Ende der Vorführung. Von seiner Leidenschaft für Stan Brackhage und Werner Nekes, die soweit ging, daß er deren filmisches Gesamtwerk erstand. Und, so fügte Sylvie hinzu, wenn du dir alle Filme von Nekes hintereinander anschaust, dürfte es dir die Neuronen hinreichend durchknallen, um dich bekloppt zu machen. Auch von seiner Markopoulos-Periode. Und von der Jagd nach Klassikern, den ungeheuren Schwierigkeiten etwa, sich eine Kopie von Maya Derens *Meshes of the Afternoon* zu beschaffen. Und zwar nur deshalb, weil das Centre Beaubourg auch eine besaß.

Für mich war all das chinesisch. Sylvie riet mir, ich solle nicht krampfhaft versuchen, es zu verstehen. Sie selbst habe niemals voraussehen können, daß sie sich von einem Moment auf den anderen, nachdem sie aus purer Neugierde ein paar dieser Filme gesehen habe, nur noch was anschauen und daß sie das sogenannte «normale» Kino nicht mehr ertragen sollte. Mittlerweile brachte sie das gewaltige Kunststück fertig, sich für all diese Filme aus der ganzen Welt, die in Frankreich herauskamen, um Verleihzuschüsse zu kümmern, ohne jemals einen einzigen davon zu sehen.

Wir waren beim Dessert, lauwarmes Süppchen aus Früchten der Saison. Erst da hat sie mir eine Liste von fünf Namen genannt, Leute, mit denen Lionel tödlich verkracht war oder die er radikal beschissen hatte. Plus einen: Serge Palka, Chefredakteur der Revue *Off-Movie*, des maßgeblichen Organs aller Liebhaber des Experimentalkinos, bei dem Lionel jahrelang gearbeitet hatte, bis er wie ein gemeiner Lump rausgeschmissen worden war. Seither hatte er jede Gelegenheit genutzt, öffentlich wie privat, um Palka niederzumachen. Sylvie gab sogar zu, wäre sie an der Stelle des Chefredakteurs gewesen, so hätte sie dem, der ihr dermaßen das Leben, die Psyche und die Zukunft ruiniert hätte, schon längst einen Killer auf den Hals gehetzt.

Eine mögliche Fährte. Ich hatte meinen Tag nicht vertan. Ah, ja, habe ich ganz vergessen. Wir hatten Côte-rôtie, einen ausgezeichneten Roten von der Rhône, getrunken. Und zu alledem bezahlte das CNC, die Nationale Filmbehörde auch noch die Rechnung. Oh, das war mal einer von den schönen Tagen, wie ich sie wirklich liebe.

Nachdem ich das Restaurant verlassen hatte, bin ich, da es nicht sehr weit war, in der Rue du Prony vorbei, um mir mal dieses berühmte, von Lionel so sehr begehrte Gebäude anzusehen. Es war ein Fünfziger-Jahre-Komplex, der stark nach Versicherungsgesellschaft aussah und zwischen zwei Haussmann-Kästen gequetscht dastand. Wirklich tadellos. Wenn auch etwas weit entfernt von den neuralgisch-kulturellen Zentren der Hauptstadt. Und wirklich in einem saublöden Viertel.

Ich ließ mich sacht durch die Stadt treiben. Pflanzte mein Holzbein auf den Asphalt. Im Gehen läßt es sich leichter Pläne schmieden. Eine Bestandsaufnahme meiner Ermittlung machen, wieder alles auf Null setzen, überprüfen, was als Frage weiter bestehen und als Antwort gültig bleiben konnte. Nachdem ich ein paar Bettlern und zwei Obdachlosen, die mitten auf dem von Hautevolee-Yorkshireterriern vollgebutterten Trottoir lagen, begegnet war, bekam ich langsam den Moralischen. In solchen Momenten stürzt man sich immer auf die Politik. Die innere. Im doppelten Sinn des Wortes. Man versetzt sich einfach in die Lage des Staatschefs. Man trifft Entscheidungen. Führt Selbstgespräche.

Ich ging einen kippen. Hinter seinem trockenen Weißen versuchte ein noch senkrechter Alki dem Kellner zu erklären, wieso es gar nicht nötig sei, daß die Koreaner sich gegenseitig was auf die Fresse gäben, man müsse bei so was nämlich immer nur auf die Natur bauen, zum Beweis: Zwei Tage zuvor hätten ein Orkan und Überschwemmungen die Arbeit weitaus besser erledigt. Und daß es wirklich ein furchtbares Chaos sei, weil hier in Frankreich der Verkauf von Autos gleichzeitig rückläufig wäre.

In meiner Straße war die Hölle los. Alles voller Feuerwehrwagen. Direkt vor unserem Haus. Zwei Mannschaftswagen der Polizei. Das wird die rachsüchtigen Dealer fernhalten, dachte ich noch einen kurzen Moment. Bis zu dem Augenblick, wo ich zwei meiner drei auf die Straße gehenden Fenster geschwärzt und voller Qualm erblickte, und dahinter jede Menge aufblitzender Lichtreflexe, die von den Helmen der Feuerwehrleute stammten. Verdammte Scheiße. Meine Wohnung.

Der Polizist hat mich in den Mannschaftswagen steigen lassen. Ich war erschöpft. Von den zwei Stunden, in denen ich auf das Desaster geglotzt und mir wegen der Zukunft Sorgen gemacht hatte. Das Wohnzimmer war teilweise verschont geblieben, und ich hatte das Allernötigste retten dürfen, das heißt, zwei große Plastiktüten, in denen sich sämtliche offiziellen Papiere befanden, die ich aufstöbern konnte, also Scheckhefte, diverse Ausweise und Bankkarten, Versicherungsakten und der ganze Krempel. Alles übrige, Küche und Schlafzimmer, war ausgebrannt. Und was von den Flammen nichts abbekommen hatte, war von den Feuerlöschern und dem Wasser ruiniert worden. Meine ganzen Klamotten und die von Esther; wenn sie das erfährt, wird das die Katastrophe, sechs Monate lang wird sie deshalb nicht mehr schlafen. Zum Glück hatte Bertrand seine Erinnerungen aus der Kinderzeit mit zu sich genommen, sonst würde auch er, bei seiner Rückkehr aus Hamburg, nervösen Durchfall bekommen. Tatsächlich habe ich schnell erfahren, daß ich mir gar nichts vorzuwerfen brauchte, weder hatte ich das Gas angelassen, noch war es ein Kurzschluß, und auch keine Implosion des Fernsehers. Irgend jemand hatte aus dem Treppenhausfenster im Nachbargebäude, von der gegenüberliegenden Seite des kleinen Innenhofs aus, ganz einfach einen Molotowcocktail direkt in die Küche geschmissen. Und dieser Lärm des zerberstenden Fensters und der Explosion hatte Maurice, den Hausmeister, herbeigelockt. Glücklicherweise war er da gewesen und besaß noch dazu ein feines Gehör, denn so hatte er die Feuerwehr auf der Stelle rufen können. Daher waren die Wohnungen oben drüber verschont geblieben, und die darunter würde lediglich Wasserschäden aufweisen und neu gestrichen werden müssen. Die nächste Versammlung der *Koprophagen* würde dantesk werden. Aber gut, war nicht mein Fehler, es handelte sich um ein Attentat, und ich war gerade in den Mannschaftswagen gestiegen, um zu erklären, welche Verbindungen ich zum internationalen Terrorismus haben könnte.

«Hat irgend jemand was gegen Sie?»

«Wie gegen jeden von uns, mehr nicht. Eigentlich nicht. Ich wüßte niemanden.»

Eins aber wußte ich plötzlich, daß nämlich meine Beinprothese, die schöne, die die Leute fast täuschte, eingeäschert war. Und daß ich jetzt zu der aus Holz verdammt war.

«Der Hausmeister hat mir erzählt, Sie hätten sich neulich mit ein paar zwielichtigen Typen geprügelt.»

«Geprügelt ist wirklich ein großes Wort. Haben Sie mein Bein gesehen? Für Kung-Fu ist der Zug abgefahren. Nein, dabei handelte es sich bloß um kleine Schutzgelderpresser, denen ich klargemacht hab, daß sie's besser bleibenlassen sollten. Ich kann mir nicht vorstellen, daß die sich so geracht haben. Außerdem wußten die nicht mal genau, wo ich wohne.»

«Sie werden mir trotzdem 'ne Personenbeschreibung abgeben müssen. Kommen sie morgen früh aufs Kommissariat. Es ist wichtig. Sie müssen Anzeige erstatten und so. Allein schon wegen der Versicherung, das geht dann schneller.»

«Ja, natürlich.»

«Haben Sie Familie?»

«Meine Frau ist für drei Monate in Kanada. Mein Sohn ist in Hamburg, der dürfte morgen zurückkommen.»

«Haben Sie irgendeine Bleibe, wo Sie hinkönnen? Damit man Sie erreichen kann, für den Fall der Fälle.»

«Nein. Wahrscheinlich ein Hotel. Ich sag Ihnen das dann morgen.»

«Sehr gut.»

Er sah mich geduldig an. Ging nicht allzu grob mit mir um, schätzte wahrscheinlich, daß so ein Zivilist, der gerade seine Hütte verloren hat, ganz schön im dunklen Qualm tappen dürfte. Und daß es eine gewisse Zeit braucht, um sich wieder abzukühlen. Wie das Kanonenrohr. Er wußte ja nicht, daß ich froh war, aus einer Vorahnung heraus den Morandi, Esthers Schmuck und meinen Fotoapparat gerettet zu haben. Und er konnte ja nicht wissen, daß ich bereits jenseits aller Dramen angelangt war – kein Bein mehr, keinen Freund, keine Karre, keine Arbeit, keine Frau und jetzt auch noch keine Hütte mehr. Und in Anbetracht dessen, was jetzt alles bezahlt werden müßte, auch keine Kohle mehr. Meine Abfindungen aus dem Aufhebungsvertrag würden dabei locker draufgehen. Wenn wir nämlich warten müßten, bis die Versicherungen mit der Knete rüberkämen, könnte ich Esther gleich bitten, noch ein Jahr länger bei den furzenden Elchen zu bleiben, und ebenfalls zu ihr reisen.

«Sie müssen sich schnellstmöglich mit Ihrer Versicherung in Verbindung setzen, sie auf der Stelle benachrichtigen.»

«Schon geschehen. Ein Sachverständiger kommt her. Er will sofort mit den Feuerwehrleuten sprechen.»

«Sehr gut.»

Sehr gut. Er verstand sehr gut, sehr gut zu sagen. Er würde ja auch an diesem Abend in seine Bude in der Neubausiedlung heimkehren. Was auch sehr gut sein würde. Für ihn. Und ich, wo würde ich jetzt wohnen? Bei Bertrand? Eher krepieren, die Studentenmansarden und ausgebauten Zwischengeschosse habe ich schon genug genossen. Véronique um ihre Gastfreundschaft bitten? Aua. Paranoisch wie sie war, würde sie denken, ich brächte die Gefahr mit in ihr Heim. Bei Onkelchen Albert? Allein die

Farbe der Steppdecke im Gästezimmer deprimierte mich schon im voraus. Nein. Das Hotel. Mit einem schön sauberen Telefon, um alle möglichen Leute in Aufruhr zu versetzen. Und einem blitzblanken Badezimmer. Ich bräuchte Ruhe und eine Strategie, um Esther die Neuigkeit so beizubringen, daß sie auch auf die Entfernung keinen Kollaps bekam. Ich bräuchte Zeit, um sie zu überzeugen, daß sie an ihrer Reise, ihren Studien nichts ändern sollte, ja, ganz im Gegenteil, wenn sie dann heimkäme, wäre alles wieder neu und blitzsauber.

«Sind Sie wirklich sicher, daß keiner so sehr was gegen Sie hat, daß er fähig wäre, Ihre Wohnung abzufackeln? Ihr Fall ist nämlich nicht alltäglich.»

«Nein. Ein Behinderter hat etwas weniger Feinde als die anderen. Er erregt eher Mitleid als Neid oder Haß.»

«Und die Typen von neulich?»

«Wär schon möglich, klar, aber ziemlich unwahrscheinlich. Wirklich. Kleine Blödmänner, die bloß alte Mütterchen und Einbeinige überfallen, weil sie von vornherein wissen, daß sie die beim Weglaufen abhängen können.»

Er hat sich schiefgelacht, obwohl er sich immer noch fragte, warum ich so entspannt war. Vermutlich schrieb er diese Reaktion dem akuten Schockzustand zu.

Ich hingegen, ich dachte vor allem, jetzt ist es soweit, das ist die Kriegserklärung. Und daß das hier weder Zufall noch die idiotische Rache übervitaminierter Halbstarker sein konnte. Ich war mir sicher, daß mich jemand auf dem Kieker hatte, der genau wußte, daß ich ermittelte, und der der Ansicht sein mußte, ich würde große Fortschritte machen. Es gab eine ganze Menge Leute, die unter diesem Gesichtspunkt in Frage kamen. In dem Haufen befand sich natürlich Bonelli, der seit kurzem mit mehreren Brandstiftungen in Verbindung gebracht wurde. Sollte ich diesem jungen, schönen und so aufmerksamen Polizisten etwas davon erzählen? Sicher nicht. Die Brandstiftung war eine

Warnung. Der Pyromane hätte seinen Molotowcocktail auch mitten in der Nacht werfen können, während ich den Schlaf des Nichtgerechten schlief. Er betrieb die Politik der verbrannten Erde, dieser Schweinehund. Außerdem dachte ich daran, daß Lionels Buch über Palmen und Kino ebenfalls verbrannt war. Ein Zeichen. Noch eins.

Als ich dem Polizisten dabei zusah, wie er sein Dienstprotokoll zu Ende ausfüllte, überkam mich ein komisches Gefühl – ich hatte den nächsthöheren Grad erreicht, wie ein Infanteriegeneral, der hocherfreut beobachtet, wie die Engländer als erste zu schießen beginnen. Ich hatte Mühe, mir einzugestehen, daß mir diese Kriegserklärung gefiel, sie stellte die Dinge klar: Ich hatte, ohne mir dessen bewußt zu werden, meinen dicken Finger genau auf die Stelle gelegt, wo es weh tun konnte. Demnach war ich doch keine so große Niete. Der Feind hatte einen Fehler gemacht: sich derart brutal zu manifestieren, war ein Zeichen von Dummheit, von Ungeduld oder aber einfach nur von Wahnsinn, mit jeder Menge verkohlter Denkfabriken im Schädel.

Noch vor achtzehn Uhr, der Schicksalsstunde, in der alles zumacht, was irgendwie offiziell ist, war ich ein gutes Stück weiter. Nach diversen Terminen und Gesprächen, um den Schaden nach Möglichkeit zu minimieren. Der Sachverständige der Versicherung hat mir den «mein armer Herr» gegeben. Er hat taxiert und beziffert. Er kam auf ein ordentliches Sümmchen. Hat mir aber (sic) sofort versichert, alles wäre annähernd von der Muttergesellschaft gedeckt. Wir erstellten eine flüchtige Liste all dessen, was ruiniert worden war. In dem aus dem Flammenmeer geretteten Aktenordner fanden sich die Rechnungen sämtlicher Haushaltsgeräte. Vor allem Bertrand würde sicherlich ausflippen, wenn er erführe, daß seine geliebte «Zanussi» mit integriertem Vorwaschgang in den Zustand einer Bratpfanne eingeschmolzen war. Außerdem konnte ich die Unterlagen des Fernsehers, der Hi-Fi-Anlage und der beiden Fotoapparate vorlegen. Auch wenn Esther einen bei sich in Kanada hatte. Anschließend kamen die Möbel dran. Hier wurde per Einstufung vorgegangen. Ich nahm die vierte in einer Skala von zehn. Der Typ hat nicht aufgemuckt. Dazu noch die Taxierung der Grundreinigung, der Renovierung und der bei den Nachbarn entstandenen Schäden. Der Sachverständige meinte fröhlich lachend zu mir, wenn er nur solche Kunden wie mich hätte, könnte er still und leise dicht machen. Und ich antwortete ihm, wenn es nur solche Kunden wie mich gäbe, hätte sein Laden schon längst all diejenigen aufgekauft, die Feuerlöscher und Feuerwehrautos herstellten. Eins beide, den Ball zum Mittelkreis.

Daraufhin rief ich bei der Firma an, die sich im Gemeinschaftseigentum um Renovierungen kümmerte. Die wollten in zwei Tagen anfangen. Wobei für den nächsten Tag ein Termin für Schätzung, Kostenvoranschlag und und und... vereinbart wurde. Ich war erschöpft. Der Hausmeister wollte mir die Post aufbewahren.

Heftig humpelnd und mit einem Stumpf so feuerrot wie meine Wohnung vier Stunden zuvor, habe ich mich mit meinen beiden Plastiktüten in der Hand zu Fuß aufgemacht.

Zunächst fuhr ich mit dem Taxi bei Bertrand vorbei, um ihm die Nachricht zu hinterlassen, daß ich ihn bei meiner Rückkehr kontaktieren wolle; und er solle nichts unternehmen, ehe er mich nicht gesprochen hätte. Weil, so fügte ich sibyllinisch hinzu, der Familienanrufbeantworter per Flammenwerfer in den Zustand einer Merguez-Wurst verbrutzelt wäre.

Wieder auf der Straße, schaute ich mich um und suchte an den Hütten in der Avenue nach dem Schild «Hôtel». Plötzlich ging ein ordentlicher Schlag Müdigkeit wie ein Amboß über mir nieder. Ich schlüpfte in die erstbeste Kneipe und bestellte mir drei Rum. Weiße.

«Ist das wirklich vernünftig?» fragte mich der Kellner.

«Es brennt», meinte ich.

«Das wird's aber nicht besser machen», warnte er.

«Nur Mut, laßt uns trinken», versetzte ich.

Im Monoprix, dem Kaufhaus direkt nebenan, kaufte ich eine Zahnbürste, ein T-Shirt, eine Unterhose und Socken. Dem Dringendsten abhelfen.

Der Rum hatte mir die Kräfte eines jungen Manns verliehen, also bin im Taxi zur Rue de Courcelles Nummer 15, Paris, 17. Arrondissement, gerast. Wahrhaftig! Alles wagen. Jetzt oder nie. Dieses Arrondissement konnte mir noch so widerstreben, ich wurde es dennoch auf eigenartige Weise nicht los. Modianos späte Rache. Damals haben wir diesen Kerl dermaßen für einen Gott gehalten, daß er auf seine alten Tage tatsächlich damit begonnen hatte, den Demiurg zu spielen.

Kein elektronisches Türschloß, dafür aber innen eine Gegensprechanlage. Farnell, schlicht und einfach. Vielleicht wohnte sie ja noch bei ihren Alten. Ich klingelte.

«Ja.»

Ihre Stimme. Etwas müde.

«Ich bin's, der Einbeinige.»

«Na und?»

«Ich möchte Ihnen eine Frage stellen, es ist wichtig.»

«Erst bin ich dran, Ihnen eine zu stellen. Es gibt eine Gruppe, die *Flesh for* irgendwas hieß. *Flesh for* was?»

«Flesh for Lulu.»

Das metallische Klicken der freigegebenen Tür.

«Fünfter. Es gibt 'nen Aufzug.»

Der Schock: Sie war vollkommen in Weiß gekleidet. Von wegen Gothika. Oder aber es existierten da thematische Variationen, die mir noch entgingen. Die Wohnung war altmodisch, randvoll mit alten verlebten Möbeln, Teppichen aus alter Zeit, vergoldeten kleinen Pendeluhren, Gemälden vom Kaliber Roland Oudot.

«Als meine Eltern gegangen sind, habe ich nichts angerührt. Ich fühl mich wohl in diesem Trödelladen. Die Sachen erzählen mir noch was über meine Kindheit.»

«Ich hab ja gar nichts gesagt.»

«Sie haben zwar nichts gesagt, aber Sie hätten mal Ihr Gesicht sehen sollen. Wie lautet Ihre Frage?»

«Darf ich mich setzen? Ich hab leichte Schmerzen.»

Sie wies mir das großgeblümte Sofa an. Kaum hatte ich mich draufgefläzt, mußte ich an mein eigenes, mit Ruß und Asche verschmutztes, denken, auf dem sie wie ein kranker Säugling geschlafen hatte. Beklemmung überfiel mich, mein Herz begann heftig zu pochen, die Ohren wurden so heiß, daß ich mich fragte, ob ich nicht gerade einen Schlag bekam. Ich nahm meinen Kopf in beide Hände, versuchte, mich zu konzentrieren, mich zu beruhigen. In Wahrheit brach ich zusammen. Bis dahin hatte ich nur dank der Zähigkeit meiner Nerven standgehalten, und genau in diesem Moment gingen sie mir in die Binsen.

«Ist Ihnen nicht gut?»

«Ich fühl mich nur mit einemmal so gigantisch erschöpft. Wird vorbeigehen.»

Ich hörte, wie sie herumwuselte und sich zu schaffen machte. Hörte das Klirren von Glas. Und einen quietschenden Korken.

Als ich die Hände wieder vom Gesicht nahm, saß sie bereits vor mir, wie ein Engel. Fehlten bloß noch die Flügel. Allerdings lag nicht jenes alberne Kathedralenlächeln auf ihrem Gesicht, sondern lediglich eine große Entschlossenheit, eine gewisse Kälte des Herzens. Da erkannte ich, daß sie nicht mit jungfräulicher Aufrichtigkeit bekleidet, sondern einfach nur das «Negativ» des intensiven Schwarz war, das ich bisher wahrgenommen hatte.

«Sie sind ganz weiß.»

«Genau wie Sie.»

«Trinken Sie das hier.»

Sie reichte mir irgendeinen grünen Likör. Ich nahm einen Schluck. Ein beißender Peitschenhieb. Und die Tränen schossen mir in die Augen. Ich hätte fast gehustet.

«Hoppla.»

«Das ist sechzigprozentiger Izarra. Mein Vater hat den gemacht, unten in Saint-Jean-de-Luz. Mir bleiben noch drei Flaschen. Sie sind der erste Einbeinige, der davon trinkt.»

Und ohne Vorwarnung begann sie sich schiefzulachen. Das nutzte ich augenblicklich aus.

«Man hat meine Wohnung in Brand gesteckt. Ich besitze nur noch diese beiden Tüten und eine Zahnbürste. Ich bin erschöpft. Meine Frau ist nicht da, mein Sohn ist nicht da. Ich hab die Bullen am Hals, die Versicherungen auf dem Buckel und einen ziemlichen Druck auf mir. Ohne in Paranoia abzudriften, bräuchte ich für zwei oder drei Tage ein Plätzchen, wo mich niemand aufstöbern kann, bis ich klarer sehe.»

«Hier?»

«Ich würde Sie dafür entschädigen.»

«Hier ist es aber auch sehr gefährlich.»

Sie betrachtete mich ausgiebig wie ein Entomologe, der gerade im Begriff ist, die Nadel in den armen Schmetterling zu spießen. Und dann lächelte sie vage.

«Einverstanden. Es gibt ein Gästezimmer. Aber ich sag's Ihnen gleich, Sie sehen selbst zu, wie Sie klarkommen, ich mach Ihnen weder was zu essen noch Konversation mit Ihnen. Drei Tage, nicht länger. Und danach brechen die Brücken ganz von allein ab.»

«Ich danke Ihnen.»

Später dann, bis die Nacht hereinbrach, haben wir uns angeschaut, ohne irgendwas zu sehen, haben uns ernsthaft über den Izarra hergemacht, ohne uns zu betrinken, und haben ein wenig miteinander geplaudert, ohne was zu sagen. Doch nach und nach tat sich die Finsternis auf. Yolande drängte mich zu erzählen, wie weit ich war, mit meiner kuriosen und furiosen Ermittlung. Wir schnitten auch die Möglichkeit an, daß unser beider Angreifer hinter der Molotowisierung meiner Wohnung stecken könnte. Sie schloß diese Hypothese jedoch aus: Falls Marco nämlich, also jener Typ, überhaupt in der Lage wäre, Benzin in eine Flasche zu füllen, ohne die Hälfte daneben zu schütten, dann brächte er's ihrer Meinung nach glatt fertig, daß ihm das Ganze auf der Stelle um die Fresse fliegen würde.

Ich redete und redete und redete. Am Ende beobachtete sie mich nochmals äußerst gründlich, so als gehörte sie zu irgendeinem Büro für psychologische Hilfe. Ihre Stimme klang ruhig, gesetzt. In ihrem Zuhause war Yolande anders, erwachsener als draußen, geduldiger und um ihre Worte bemüht. Und sie verpaßte mir die einzige triftige Frage. Wobei sie mich duzte, endlich.

«Lionel hat gesagt, du würdest es verstehen. Der anonyme Brief spricht von Rache. Was habt ihr, also ihr beiden, denn irgendwann mal, vor langer Zeit oder erst kürzlich getan, damit irgendein Wahnsinniger auf die Idee kommen kann, euch das Leben zu vermiesen?»

«Ich weiß es nicht. Ich wüßte nicht, was. Muß mal darüber nachdenken. Wir lebten ganz unterschiedliche Leben. Und wenn es ein Wahnsinniger ist, wie du meinst, wird das grundlegende Motiv ebenfalls vollkommen bescheuert sein. Oder paranoid. Und dann gute Nacht.»

«Sag das nicht, das ist vulgär.»

«Wieso?»

«Ständig gute Nacht sagen, ist vulgär.»

Und ausgerechnet eine Gothika in Negativ sagte so was zu mir, Scheiße auch, das hat mich umgehauen. Meine Augen fielen von alleine zu.

Also hat sie mir das Gästezimmer gezeigt. Ein großes düsteres Bett umgeben von Jouy-Leinentapeten. Wenn es etwas gibt, das ich hasse, dann sind es diese bedruckten Jouy-Tapeten, diese idiotische Verunstaltung der Wände à la Fragonard mit einer unerträglichen Wiederholung von Schaukeln und Bauern bei der Heuernte. Ich putzte mir die Zähne und ließ mich auf das Bett fallen. Kaum hatte ich mein Holzbein abgeschnallt, schlief ich auch schon wie ein Bär.

*

Als ich aufwachte, hatte Yolande die Räumlichkeiten bereits verlassen. Auf einem Zettel forderte sie mich auf, die Tür hinter mir zuzuknallen und erst nach achtzehn Uhr wieder aufzutauchen. Das war wenigstens deutlich. Ich machte mir einen scheußlichen Nescafé, nur eben, um bis zum Café an der Ecke durchzuhalten. Ich nahm ein Bad in dem Baderaum nach guter alter Art mit großen massiven Hähnen, Installationen aus verschraubten Eisenrohren und einer gußeisernen Wanne mit Klauenfüßen.

Ehe ich ging, machte ich noch eine kleine Runde durch die riesige Wohnung. Nichts war abgeschlossen, und die Räume waren allesamt antiquierte Säle eines Museums bourgeoiser Abscheulichkeiten. Ihr Schlafzimmer – das Bett perfekt gemacht mit messerscharfen Kanten, ein schwarzer Schleier über der Nachttischlampe und ein Gemälde von der Sorte ungarer Bacon an der Wand – roch nach Patschuli. Auf der blutroten japanischen Lackkommode lagen zwei Polaroidaufnahmen. Beim näheren Hinsehen traf mich fast der Schlag. Es waren zwei kaum unterschiedliche Versionen meines hellrosa Stumpfs, meines bleichen Restoberschenkels und eines Zipfels meiner Unterhose. Sie hatte sich das viele Blei in meinen Adern und Muskeln zunutze gemacht und mich in der Nacht fotografiert. Ich war zwar schockiert, aber, na ja, es war eben ziemlich *gothisch*, das Ganze, sie hatte eine Art Monstrum zur Hand gehabt und dies ausgenutzt.

Ich habe nichts angerührt, einfach nur die Türen wieder leise zugemacht, während ich den Eindruck hatte, sie würde noch immer in der Gegend herumgeistern, und mit angehaltenem Atem verließ ich schließlich diese Art von Friedhof.

Ich hatte Arbeit und die Gedanken anderswo.

Der Morgen ging im Kommissariat drauf. Der Flic vom Vortag hatte den Bericht bereits getippt, den ich nur noch geduldig durchlesen und unterschreiben mußte. Eine schwere Bürde. Knapper, doch präziser Wortschatz. Approximative Grammatik. Zu meiner großen Überraschung keine Rechtschreibfehler, auch wenn die Zeichensetzung zum Barocken tendierte. Wir haben uns ein wenig unterhalten. Seine Fragen waren dermaßen verschroben und bizarr, daß ich mich einen Moment lang fragte, ob er nicht doch wußte, was ich tat. Ob Véronique, als sie ihre Anzeige erstattete, nicht doch meinen Namen genannt hatte. Oder ob die ganzen Dateien miteinander vernetzt waren. Aber nein. Für ihn war ich ein Opfer. Jemand, dem irgendeiner was Böses wollte, und diesen Jemand mußte man dingfest machen, ehe er noch mitten auf der Straße auf mich schoß. Selbstverständlich war ich genötigt, besagten Marco zu erwähnen und zu beschreiben. Der Polizist konnte ihn sofort einsortieren, ein bei den Polizeidiensten bestens bekanntes Individuum, wie man dezent sagt, und dessen «Terminkalender» der Bulle augenblicklich überprüfen wollte.

Er erklärte mir auch, es gäbe noch eine andere Fährte. Bei der sogenannten Nachbarschaftsbefragung habe die Concierge des Gebäudes nebenan gemeint, sie habe einen dunkel gekleideten Mann mit grüner Mütze zu sehen geglaubt. Ob mir das was sage? Nein, Derrick, nein.

Er hat mich direkt gezwungen, Anzeige zu erstatten. Hat mich zwar geschmerzt, doch ich konnte nicht anders. Ich gab ihm Bertrands Adresse und Telefonnummer, damit man mich leicht erreichen konnte. Es drängte mich unheimlich, zu verschwinden, im Freien herumzuspazieren, den Geruch des Kommissariats zu vergessen, wieder über Yolandes Polaroidbilder nachzudenken, Esther anzurufen.

Anschließend bin ich wieder zu unserer Wohnung, wo ich mit dem Handwerker verabredet war. Auch dort hatte ich Mühe zu bleiben. Es stank nach schlecht ausgedrückter Kippe, lauwarmem Spülwasser, und beim Anblick der verkohlten Wände bekam ich den Drehwurm. Im Grunde war es gar nicht so schlimm. Die Bausubstanz war nicht betroffen, das Gemeinschaftseigentum nicht beeinträchtigt, es stand nur mächtig viel Reinigungs- und Malerarbeit an. Die Elektroinstallation, also die Steckdosen und die Auslässe an Decken und Wänden mußten ein bißchen auf Vordermann gebracht werden, doch alles Wichtige unter Putz hatte gehalten. Bei den ganzen Rohrleitungen genau das gleiche: bloß die Dichtungen erneuern und die Lötstellen überprüfen, was ja nicht die Welt war. Drei Türen austauschen. Trotzdem erschien mir der Kostenvoranschlag ziemlich happig. Ich bat den Renovierer, alles erst mal weiß zu streichen, wir, also meine Frau und ich, würden dann später weitersehen.

Dafür aber keine Klamotten, kein Bettzeug mehr, dreiviertel aller Möbel ramponiert, und die Hälfte meiner Bücherwand durch Ruß und Rauch ruiniert. Ich fragte mich gerade, ob dies nicht der Zeitpunkt wäre, einen von Esthers Träumen umzusetzen, nämlich nur noch vierzig Bücher ständig zu behalten, wie die Vierzig Räuber Ali Babas oder Fullers vierzig Killer, als irgend jemand an die Tür klopfte, als wollte er sie einrammen. Es war Bonelli. Der an den Ort des Verbrechens zurückkehrende Übeltäter. Mit Augen wie Lottokugeln betrachtete er die Schäden.

«O verdammte Scheiße! Was ist denn hier passiert? Rauchen Sie im Bett?»

«Irgend jemand hat Feuer gelegt.»
«Ich muß lachen, aber das sind die Nerven. Sie werden's ja sehen. Sie brauchen nur geduldig abzuwarten, bis man sie beschuldigt, selber gezündelt zu haben. Wegen der Versicherungen... Sie werden sehen, das wird lustig.»
«Was wollen Sie?»
«Hee! Seien Sie nicht aggressiv, ich komm einfach so, nicht wahr, niemand zwingt mich. Ich hatte ja Ihre Karte, Sie erinnern sich? Also, was Lionel Liétard betrifft, da hab ich mich an was erinnert, aber wenn's Sie nicht interessiert, steck ich's wieder weg, hm.»
Er wirkte noch immer genauso tobsüchtig, wenn auch etwas ruhiger. Er hatte sich die Schäden mit einer derart verblüfften Miene angeschaut, daß ich mir auch das andere Bein noch hätte abhacken lassen, wenn das Ganze keine Überraschung für ihn war. Außerdem konnte ich ihn mir nicht vorstellen, wie er sich eine grüne Mütze überzieht, um die Konkurrenz abfackeln zu gehen.
«Entschuldigen Sie, Monsieur Bonelli, Sie werden verstehen, daß...»
«Jaja, ich versteh schon, hab selbst genug hinter mir. Gut. Als ich den Liétard das letzte Mal sah, hat er mich hinter der Hand gefragt, ob ich ihm keine Knarre verkaufen könnte. Ich hab ihn zum Teufel geschickt, so was ist nicht mein Ding. Gab 'ne mächtige Brüllerei.»
«Hat er Ihnen nicht gesagt, wozu er die wollte?»
«Nein, so blöd war er nun auch wieder nicht.»
«Machte er den Eindruck, als fühlte er sich bedroht?»
«Was meinen Sie? Wozu braucht man so 'n Ballermann? Um sich die Hämorrhoiden zu behandeln? Um damit Miezen flachzulegen? Also dann, ich geh jetzt, ich werd Ihnen nicht noch mehr Zeit stehlen. Nur Mut, Kollege...»
Und dann ist er genauso hysterisch abgezogen, wie er gekommen war.
Ich kehrte ins Wohnzimmer zurück.

Allmählich beruhigte ich mich wieder. Zum Glück befanden sich sämtliche Schwarten über Hypnologie in Esthers Büro, im Krankenhaus. Und ich, ich hatte nach wie vor meinen kleinen Morandi. In gewisser Weise lief's gar nicht so schlecht.

Als ich aus meinem verwüsteten Nest kam, begegnete ich auf der Straße einem mißgestalteten Clochard, der auf einer verpißten Pappe lag. Und da tauchte ich erneut in meine Erinnerungen ab. Während ich zum Taxistand stapfte, dachte ich an «Bobosse» zurück, einen unserer leitenden Oberaufseher. Der Kerl war klein, hatte einen Klumpfuß und ein Gesicht von beachtlicher Häßlichkeit. Obendrein war er verwachsen und stets dunkel gekleidet. Er hieß zwar nicht Quasimodo, doch – Ironie des namenzuweisenden Schicksals – Thébaud. Somit besaß er eigentlich alles, um zum hundertprozentigen Watschenmann einer Horde von Schülern zu werden, die ständig nur darauf wartete, jeden x-beliebigen Sündenbock mordsmäßig hochzunehmen. Und zwar nur als Ventil für die Härte des Internen Gesetzes und die Unmenge zu leistender Arbeit. Tja, Fehlanzeige, wenn Thébaud den Pausenhof abschritt, stellten sich Hunderte von ebenso tollwütigen, wie pickligen Heranwachsenden ohne aufzumucken in Reih und Glied auf und betrachteten die staubigen Spitzen ihrer Latschen. Meistens übernahm er es, uns Klasse für Klasse die Stapel Zeugnishefte auszuteilen, damit wir sie von unseren Eltern unterschreiben lassen sollten. Diese Massen an Heftchen holte er jedesmal unter seinem Mantel hervor, und er beförderte dermaßen viele davon ans Licht, daß folgendes Gerücht umging: Sein Bukkel sei hohl, und gerade in ihm horte er jene verfluchten Heftchen. Welche die Schüler zu frisieren versuchten – eine Null ließ sich ja immer noch in eine Zehn umändern. Und eine Zwei in eine Zwölf, aber nicht in eine Zwanzig, man durfte es dann doch nicht übertreiben.

Trotz des Schreckens, den seine physische Erscheinung verbreitete, war Thébaud für diejenigen, denen es gelang, näher an ihn heranzukommen, ein zugegeben guter und gerechter Mann. In der Quarta war ich Klassensprecher gewesen, und ich kann dies bezeugen. Selbstverständlich gehörte er nicht gerade der Lachbrigade an, doch ich habe ihn nie als ungerecht und berechnend empfunden. Die anderen Aufseher, wie etwa Toboul, genannt «Das Schwarze Schwein», eine Art Mönch vom Schlag Torquemadas, rief bei uns bloß Überheblichkeit und Desinteresse hervor. Oder beispielsweise Samadet, der sich mit den Großen befaßte, den erhofften wir uns stets als Aufseher der sonntäglichen *colle*, um ihm mal richtiges Leben beizubringen, die Selbstsicherheit zu verhageln und einen destabilisierenden Klamauk zu organisieren. Dies war auch mehrere Male vorgekommen und als befreiend erlebt worden. Es gab noch einen anderen, Cavroix oder Gavroix, ich wußte es nicht mehr, jedenfalls wechselten wir bei diesem Typ den Bürgersteig, sobald wir ihn sahen: gebaut wie ein Oberfeldwebel der Fallschirmjäger, das Kinn so scharfkantig wie sein Bürstenschnitt, schwere Latschen mit gigantischen Sohlen, Sport-Schläger-Jacke, und der Gang von einem, der dem ganzen Cochinchina mal tüchtig das Fell über die Ohren ziehen will. Neben ihm kam Thébaud uns daher wie ein Haustier vor, eine ganz gewöhnliche Katze, die zwar oft kratzte, die man aber manchmal streicheln konnte.

Wie er verhalten lachte, wenn er ins Klassenzimmer trat, wo wir gerade methodisch und erfindungsreich irgendeinen denkwürdigen Scheiß ausgetüftelt hatten. Wie er lachte, wenn einer unserer Kumpel, als absolute Entweihung, in Alains Klassenraum gepinkelt hatte. Oh, und überhaupt, unser Lokalphilosoph: was hat man uns mit diesem Heini da auf den Geist gehen können, mit seiner Weisheit, seiner Klarheit und, vor allem, seiner Präsenz als Lehrkraft an unserem Lycée. Wenn wir Unterricht in jenem Klassenzimmer hatten, in dem DER MEISTER einst zelebriert hatte, durfte man nichts anrühren und mußte äußerst pfleglich umgehen mit den Tischen, deren Kritzeleien durch Kontamination zu Kunstwerken geworden waren – nicht einmal husten war möglich, aus Angst, die pißgelbe Farbe der Wände würde sich verändern, wir konnten von Glück reden, wenn wir gerade noch so atmen durften. Daher das Verbrechen der Majestätsbepinkelungen. Tja, und «Bobosse», der hatte sich darüber nur tot gelacht. Beweis für einen gut entwikkelten Geist in einem unglücklichen Körper.

Und ich? Besaß ich etwa einen ausgeglichenen Geist in einem humpelnden Körper? Ausreichend geradlinige Gedanken, um den Schlüssel zu einem Geheimnis zu finden, eine ebenso analytische Seele wie Miss Marple, eine ebenso intuitive Nase wie Sherlock, ein ebenso tüchtiges Ohr wie Marlowe?

Die Büroräume der Zeitschrift *Off-Movie* lagen mitten im Marais, Rue de Sévigné. In einer ehemaligen Kartonagenfabrik, Erdgeschoß, ein Innenhof voller großer Plastiktöpfe mit schütterem Bambus. Zwei Langhaarige mit getönter Brille plagten sich zwischen beeindruckenden Stapeln von Schriftstücken, Zeitungen und Videokassetten an ihren Computern ab, die der Zigarettenrauch häßlich beige gebeizt hatte. Und an den Wänden aufgereiht standen Säulen aus 16-mm-Filmdosen, deren unterste bereits stark verrostet waren. Serge Palka, um die Sechzig, hätte ein Klon von Einstein sein können, saß im hinteren Büro. Dort herrschte Ikea-Ambiente vor, war alles hell aufgeräumt, monomanisch. Und der Computer dermaßen der letzte Schrei, daß er zu brüllen schien. Hightech-Telefonanlage. Ein tadellos elegantes Stilglas und eine Flasche Weißwein auf einem silbernen Untersetzer. In einer Ecke des Raums stand immerhin eine Art stammlose Palme, sehr hübsch, mit schön gewienerten Blättern.

Der Chefredakteur ließ mich auf einem Stuhl nordischer Art Platz nehmen. Ich mußte mein Holzbein unter den Schreibtisch schieben. Mit verzerrtem Gesicht. So was beeindruckt dein Gegenüber immer. Wie üblich erklärte ich den Grund meines Kommens in so strategischen Worten, daß sie zu stumpfen Waffen wurden.

Seine dunkle, mächtige Stimme. Der Tribun des Underground.

«Damit das klar ist. Ich gehöre nicht zur der Sorte von Leuten, die sich über den Tod von jemandem freuen. Aber daß Liétard abgekratzt ist, raubt mir keineswegs den Schlaf. Im Gegenteil, seitdem penne ich wie ein Baby. Schon mehrmals hatte ich dran gedacht, diesem Unseligen endgültig das Maul zu stopfen. Ich hab häufig geträumt, ich würde ihn mit dem Spaten in Stücke hacken.»

«Soweit war's schon?»

«Das fällt eher noch in die Kategorie des Euphemismus. Damit das klar ist. Hätte ich ihn durch den Wolf drehen, ihn wie in *Der blutige Koffer* in Filmdosen stopfen und den ganzen Mist dann an Katzenfutterfabrikanten weiterverkaufen können, ich hätt's getan. Unglücklicherweise bin ich ein Sanftmütiger. Er hätte eher ein Feigling gesagt. Aber damit das klar ist, ich brüste mich keineswegs damit, der einzige in dieser Situation gewesen zu sein. Da gab es einen Haufen andere.»

«Aber woher kam denn dieser Haß?»

«Damit das klar ist...»

Er ging mir so langsam auf die Eier mit diesem ständigen phantasmatischen Appell an Klarheit.

«... Er war bei weitem der beste Mitarbeiter, den ich je hatte.»

«Ich weiß, ich hab ein paar Artikel gelesen... Die mit den Bezügen zu den Palmen...»

«Er war ein weitaus besserer Kritiker als ich. Und ausgerechnet weil ich ihm das andauernd gesagt hab, sind ihm die Sicherungen durchgeknallt. Als er dann angefangen hat, seine eigene Schiene zu fahren und sich in den Kopf zu setzen, er wär der französische Mekas, hatte ich eines Tages das Pech, ihm zu erklären, daß er nichts als ein kleiner französelnder Spießer-Mekas sein wird, weil Mekas ja zuallererst ein Künstler, ein Cineast gewesen war. Von da an herrschte Sturmwarnung 22, alle Mann in die Unterstände und zack, ging's auf meine Rübe. Aber man gewöhnt sich dran. Denn unser kleiner Mikrokosmos wußte das alles. Liétard tat mir nicht weh, er raubte mir einfach nur den Nerv, dafür aber wirklich total.»

«Und in puncto Arbeit, was beispielsweise die Cinemathek angeht, konkurrierten Sie beide da miteinander?»

«Ja, damit das klar ist...»

Hilfe! Wenn er's mir noch einmal an den Kopf knallt, hau ich ihm das Büro kurz und klein. Oh, aber ja doch, genau! Hier war alles «klar», selbst die Palme.

«... Ich besitze Filme, Kopien und sogar Negative. Ich rede hier von Rechten, aber auch von dem einen oder anderen Streifen selbst. Die mir die Künstler als Schenkung überlassen haben, weil sie sicher sind, daß ich die pfleglich aufbewahren und dafür sorgen werde, daß sie nicht abhanden kommen und nicht kaputtgehen. So bin ich beispielsweise der Treuhänder von vielen Werken der jungen französischen Generation der Siebziger, der *Paris-Films Coop* oder auch der Gruppe, die um Bulteau und Rodolphe Bouquerel entstanden ist.»

«Verzeihen Sie, aber diese ganzen Namen, mit denen...»

«Mögen Sie Burroughs... oder Pélieu?»

«O ja, sicher.»

«Nun, da verhält sich's genauso. Für das Kino ist *Asnaviram* von Michel Bulteau in etwa das gleiche wie *Kaddisch* von dem anderen Bärtigen da.»

Anscheinend machte ich ein Gesicht wie ein Mongole vor einer Schale frischer Milch, denn er kehrte rasch wieder zum Wesentlichen zurück.

«Wie dem auch sei, daß das klar ist...»

Den mach ich fertig, diesen Meister Proper!

«... Er war allen anderen um mehrere Längen voraus. Was die Cinemathek angeht. Aber eins wußte er: Hätte er Filme bekommen wollen, die ich treuhänderisch in Verwahrung habe, dann hätte er sich unter mein Joch beugen, auf den Knien den Gang nach Canossa antreten oder den Weg von Damaskus beschreiten müssen, der länger gewesen wäre als ein Marathon. Da Sie beide befreundet waren, müßten Sie ja wissen, daß er nicht unbedingt zu der Sorte Clowns gehörte, die so einfach die Hosen runterlassen. Zum Glück hatte er schon mit dem Material genug zu tun, das er bei der Hand hatte. Ein wahrer Schatz, muß man schon zugeben. Der ganze Markopoulos. Der ganze Kubelka. Der ganze Sharits. Er besaß sogar eine neue und restaurierte Kopie von David Rimmers *Variations on a Cellophane Wrapper*. Das sagt alles.»

«In der Tat...»

«Falls sich Ihnen die Gelegenheit bietet, sehen Sie sich doch mal die neun Minuten dieses Werks an. Da werden Sie die Bedeutung und die Schönheit eines guten Drittels dieser Filmkunst verstehen.»

«Ich versprech's Ihnen. Sobald es sich ergeben sollte. Und der andere da, in der Schweiz, dieser Peter Gromlin, haßte der ihn ebensosehr wie Sie?»

«Genauso. Aber nicht ganz aus denselben Gründen. Der Helvetier ist in der Lage, so unendlich viel Material zusammenzutragen und anzuhäufen, daß er aus geschmacklichen Erwägungen entschieden hat, sich bloß für Filme in Schwarzweiß zu interessieren. Ist zwar komisch, ist aber so. Einer von denen, die Lionel ohne weiteres verrückt machen konnten, der es für hirnrissig hielt, sich lediglich einem Teil des experimentellen Kinos zu widmen. Er hingegen stand für Globalität, für die historische Masse, die dokumentierende Seite, Babel und so.»

Ich merkte, daß ich durstig war, ein gutes Glas tödlichen Alkohol brauchte, und zweitens, daß dieser Typ, falls ich nicht aufpaßte oder falls ich ihm noch ein weiteres Fingerchen reichte, mir ewig den Kopf voll quatschen würde.

«Angeblich hat Lionel sich irgendwann mal mit Gromlin geschlagen. Ich werd Sie jetzt ganz brutal fragen: Glauben Sie, der Schweizer hätte Lionel aus Rache kaltmachen können?»

Palka lachte schallend los.

«Treffen Sie sich mal mit ihm. Sie werden begreifen, warum ich mich schieflache. Wenn der einen Film abstaubt, hat er schon das Gefühl, ihm weh zu tun.»

«Und Sie?»

«Was ich?»

«Haben Sie ihn nicht vielleicht getötet?»

Ich konnte einfach nicht mehr. Ich hatte einen Fehler gemacht. Damit das klar ist, dieser Typ nervte mich gründlich. Er hat mich angesehen, als ob ich ein Fernandel-Film sei.

«Hauen Sie ab.»

«Ihre Palme da, die sollten Sie mal rausstellen. Das ist eine *Schmulklak*, die mag Ambiente mit abgestandener Luft gar nicht.»

Und buchstäblich humpelnd bin ich abgehauen.

Ich kam voran. Ich kam so toll voran, daß ich auf der Stelle trat. Wie ein Großer habe ich mir im Stehen und am Tresen einen guten gemütlichen Wild Turkey reingezogen. Als ich ihn in einem Zug runtergekippt hatte und noch einen zweiten nachbestellte, trug mir das eine bistro-ontologische Unterhaltung ein.

«Na, so was», brummelte der Kellner.

«Wenn man loslegen muß, dann muß man eben loslegen.»
«Klar, nur werden Sie so nicht weit kommen.»
«Selbst zwei Meter wären schon sehr gut.»
«Na ja, so gesehen...»
Einer Sache war ich mir nun praktisch sicher: Die Fährten im Umfeld des Underground-Kinos würden mich nicht besonders weit bringen. Trotzdem hatte ich noch immer die Absicht, nach Lausanne zu fahren, um mich davon zu überzeugen, allerdings nur des Vergnügens wegen, den Genfer See zu sehen. Und um eventuell auf die berühmte Frage des Humoristen Pierre Dac antworten zu können, der sich mal überlegt hatte, wie vieler Tonnen Fleisch und Gemüse es wohl bedürfe, um mit der Brühe ein *Pot-au-feu*, eine deftige Rindfleischsuppe, zuzubereiten. In meinem Kopf geisterte jedoch eher die Vorstellung eines schönen, duftenden Fondues. Mit einem Schweizer Vinzelles oder einem Fendant.

Während ich die Rue Saint-Antoine zur Bastille hinterging, begegnete ich abermals einer Schar Bettler, krummbeinige, humpelnde, in unglaublichen Winkeln gekrümmte und gebrochene, auf dem Trottoir kniende oder um ihre Stöcke gewickelte Bettler. Rumänen, wie man so sagt. Angeheuert, geknechtet und ausgelutscht von einer darauf spezialisierten Mafia. Komisch war allerdings, daß sie, als sie mich erblickten und meine Behinderung bemerkten, mir nicht die Hand entgegenstreckten. Obwohl sie doch eigentlich auf mein Mitgefühl hätten bauen können. Auch ein Rätsel.

Wieder habe ich eine Taxe genommen, um zum Sohnemann zu fahren. Ein Wunder, er war da, zurückgekehrt aus den hanseatischen Nebeln. Sogar gebräunt. Er öffnete mir die Tür und musterte mich, als hätte er erwartet, mich rauchgeschwärzt, in immer noch qualmenden Kleidern und einer Kuttelwurst aus Guémené gleichend vor sich zu sehen. Bis zum Beweis des Gegenteils war er das, das blöde Würstchen.

«Aber Papa, ich war ganz verrückt vor Sorge! Ich bin zu Hause vorbei, was ist denn passiert?»
«Ich weiß nicht. Irgendein Irrer hat Feuer gelegt.»
«Aber warum nur?»
«Die Polizei ermittelt, mein liebes Kind.»
«Und Mama? Was hat die dazu gesagt?»
«Was meinst du?»
«Das ist doch schrecklich!»
«Darf ich reinkommen? Wir werden sie von hier aus anrufen. Zu zweit können wir's ihr besser erklären. Ihrem vergötterten Sohn wird sie glauben. Bei mir würde sie denken, ich hätte den Toaster angelassen. Ich zähl auf dich, damit sie ihr Seminar fortsetzt, Argument Nummer Eins lautet, daß bei ihrer Rückkehr alles wieder in Schuß sein wird.»

Und genauso haben wir es gemacht. Ohne herumzubrüllen, ohne uns gegenseitig den Hörer aus der Hand zu reißen, ohne unnötiges Drama. Davon abgesehen, haben wir sogar auf die Distanz Esthers unendliche Bestürzung gespürt. Ich bin mir sicher, daß sie einen kurzen Augenblick gedacht haben dürfte, ich hätte bei der Lektüre ihres Briefs und ihres Geständnisses vor blinder Wut und Eifersucht versucht, unser Liebesnest niederzubrennen. Doch diesmal ist Bertrand richtig klasse gewesen. Der Nordwind hatte ihm den Kopf etwas freigeblasen. Es ist ihm gelungen, sie zu beruhigen, vor allem was die Klamotten und die Möbel betraf. Ich hingegen hätte gebrüllt, daß mir ihre beiden Miyake-Kleidchen und ihr Nachttischchen im Directoire-Stil völlig schnuppe seien, ganz im Gegensatz zu meiner Prothese, die weder Régence noch von Starck war. Zu Tode betrübt hat sie entschieden, ihre Studienreise dennoch fortzusetzen. Sie machte sich Sorgen um mich und sagte, daß sie mich liebe. Auch ich liebte sie. So sehr. Auch ich küsse dich überall, mein Schatz.

Bertrands Fresse!

Ich beauftragte den Sohnemann damit, sämtliche Nachrichten zu sammeln, die bei ihm eingingen und mich beträfen, alles, was mit Policen von Versicherungen, der Polizei selbst, dem Renovierungsunternehmen zu tun hätte...

«Ich werde dich von Zeit zu Zeit anrufen.»

«Aber wo gehst du denn hin?»

«Weiß nicht. In Paris gibt's jede Menge besetzter Häuser, Métrolüftungsschächte, Quartiere der Heilsarmee. Mach dir mal keine Sorgen, nicht daß du deswegen noch durch deine Prüfungen rasselst.»

«Papa, wenn du glaubst, daß...»

«Ja, ich glaub's.»

Ich schaute auf meine Armbanduhr, es war sechs. In meinem Kopf hatte sich Yolandes Tür soeben geöffnet. Ich hatte bloß noch zwei Nächte, um hinter ein anderes Geheimnis zu dringen: das ihrer Leidenschaft für die Fotografie. Vielleicht würde mein bläulichroter Stumpf sich ja ganz einfach irgendwann auf dem Cover einer Gothik-Platte wiederfinden.

Ich war so umsichtig, mir eine Pizza zu genehmigen, ehe ich hinauf in den Fünften fuhr. Ich durfte nicht darauf zählen, daß Miss Schwärzlichkeit mir eine Dose Erbsen warm machte. Ich kaufte eine gute Flasche, Jura, Rebsorte Savagnin, und ein großes Stück Comté. Falls Yolande das Herz danach stünde.

Tja, Fehlanzeige. Sie machte mir auf, sagte guten Tag und schloß sich in ihrem Zimmer ein. Keine Spur von Animosität im Blick, bloß die marmorkalte Höflichkeit eines Hotelportiers. Sie war in schwarzer Spitze gekleidet, richtige Großmuttergewänder, wie man sie nur im Kino zu sehen bekommt, bei jenen unwirschen Omis, die wie Drachen über ihr Schloß herrschen, aber insgeheim ein Herz aus Gold besitzen.

Ich ging in die Küche, um ein Glas Wasser zu trinken, und öffnete zwei oder drei Schubladen, um nach einem Korkenzieher zu suchen. Ich fand auch einen, völlig verloren inmitten einer metallischen Familie aus Zwölfer-Schraubenschlüsseln, etlichen Zangen und anderweitigem Werkzeug direkt aus einem Museum für Volkskunst und alte Bräuche.

Das erinnerte mich an Valette, einen unserer Englischpauker. Noch ein Wahnsinniger, ein großer struppiger Typ, der Saturnin Fabre glich und dessentwegen wir zum S-Bahnhof Luxembourg pilgerten, um ihn dabei zu bestaunen, wie er rückwärts aus dem noch einfahrenden Zug sprang. Zwar immer haarscharf davor, sich die Fresse zu demolieren, doch er bediente sich dabei seiner beiden Mappen als Ausgleichsgewichte, fing sich wie durch ein Wunder wieder und brachte dann die Treppen mit dem Tempo eines 400-Meter-Läufers hinter sich.

Wenn er im Winter die Klasse betrat, warf er seinen Hut wie ein Frisbee auf den mächtigen Heizkörper, um ihn dann aber, brüllend vor Angst, augenblicklich wieder an sich zu nehmen, weil das bis zur Weißglut erhitzte Gußeisen den Filzdeckel wie Käsemasse verformte. Daraufhin hämmerte er wie ein Berserker gegen die Tafel, um seinem Kollegen, der jenseits der Wand wirkte, zu verstehen zu geben, daß er, Valette, nun mit seinem Unterricht beginnen wolle und daß der andere nicht zuviel Lärm machen dürfe: Dabei meinte er diese leisen Tack-Tack-Tocks mit der Kreide auf dem Schiefer, die ihn verrückt machten. Anschließend stellte er seine beiden Mappen auf dem Pult ab. Eine davon war eine Werkzeugtasche, die er geradewegs über seinen Heften und Notizbüchern ausleerte. Hammer, Kartoffelpresse, Steinschleuder, Schraubenzieher usw. ... Mit eben diesen edlen Gerätschaften brachte er uns die richtige Aussprache des *Inglisch* bei. *To hit,* und es folgte ein heftiger Hammerschlag. *To squeeze* (ausgesprochen *squiiiiiize*), und er schraubte wie wild an der Kartoffelpresse herum, und so ging's weiter vor unseren verblüfften und leicht verängstigten Mienen. Schließlich konnten sich solcherart Werkzeuge in den Händen jenes Tobsüchtigen ebenso gut in Folterinstrumente oder in unbekannte, aber doch wahnsinnig bösartige Flugobjekte verwandeln.

Valette mißtraute Noten und teilte im Falle eines Fehlers lieber Achtel- und Viertelstunden *colle,* Arrest, aus. Wenn wir schließlich auf vier oder auf acht Stunden kamen, leisteten wir diese an einem Donnerstagnachmittag (vier Stunden) oder eben am Sonntag ab. Offen gestanden, glaube ich, daß ich dadurch, auf die Dauer, verdammt große Fortschritte «in» Shakespeare gemacht habe. Wogegen wir in der Prima eine gewisse Madame de Grémont in Mathe hatten, eine zarte und blasse junge Frau, der wir schnell begreiflich gemacht haben, daß uns ihr Fach absolut nicht interessierte und daß wir im Abi bloß eine Eins (bei der Bestnote Zwanzig) bräuchten, um nicht durchzufallen. Angesichts dieser Verweigerung war sie stets den Tränen nahe, aber nicht etwa, weil sie an die Wohltaten der trigonometrischen Wissenschaft glaubte, wie Champion, der Physikpauker, der es abgelehnt hatte, unser Hexenmeister zu sein, sondern ganz einfach nur, weil sie sich zu Tode langweilte. Wir ließen sie schlichtweg fürstlich in Frieden und dechiffrierten während der Mathestunden unsere Übersetzungen aus dem Lateinischen. Wahrscheinlich dürfte es das Schauspiel all dieser auf den Tischen aufgeschlagenen Lateinlexika gewesen sein, was sie so deprimierte. Wir zogen Tacitus dem Thales vor. Für sie war das genauso furchtbar wie die russischen Raketen auf Kuba.

Ganz allein den Savagnin zu genießen und den Comté

aufzuknabbern hat mich schnell ermüdet. Also ging ich mir die Zähne putzen und haute mich in die Falle. Ich schlüpfte unter die Leinenlaken. Leinen aus Jouy natürlich.

Eine Stunde später war ich schweißgebadet. Wegen der stickigen Atmosphäre dieser Pralinenschachtel. Ich zog die Vorhänge zur Seite und öffnete das Fenster. Die Rue de Courcelles – leer und beinahe anästhesiert: die sprichwörtliche Ruhe des siebzehnten Arrondissements. Mit Sicherheit konnte man gerade hier die Löwen, die im Parc Monceau herumstreunten, nicht brüllen hören. Ich streckte mich erneut splitternackt auf dem Bett aus. Eine leichte eiskalte Brise streichelte mir den schmerzenden Stumpf. Zur Zeit nahm ich ihn doch sehr in Anspruch. Früher war ich ein Arbeiter gewesen, den Arsch fest auf dem Stuhl. Und nun zum Landvermesser geworden, der die Gehsteige mit seinem Holzbein absteckte.

Kaum war ich wieder eingeschlafen, hörte ich, wie die Tür meines Zimmer aufging. Ich rührte mich nicht, erblickte aber, zwischen den Lidern, im schwachen, von draußen kommenden Licht Yolande, bekleidet mit einer Art langem Nachthemd aus dunklem Voile, der rein gar nichts verbarg von ihrem schmalen, phantastischen Körper, den Brüsten und Hüften einer zarten Hexe. Behutsam setzte sie sich auf den Bettrand. Sie hatte eine Tube dabei, aus der sie sich eine große weiße Nuß in die hohle Handfläche drückte. Am Geruch erkannte ich so etwas wie Nivea oder Brandsalbe. Dann begann sie, sanft mein armes Stück Bein zu massieren, diese ungleichmäßige Rundung, in der mein Oberschenkel endete. Die Kühle der Salbe, die besänftigende Geduld ihrer Hände haben mir unendlich gut getan. Da es völlig undenkbar schien, daß Yolande glauben konnte, mich nicht aufzuwecken, mußte sie sich folglich auf eine gewisse morbide Art von meinem Stumpf angezogen fühlen – *morbido* bedeutet auf Italienisch weich.

Und ich vermutete auch, daß bei all dem Liebe mit im Spiel war.

Also bewegte ich das andere Bein und schlug die Lider auf. Sie sah mich an. Ihre Augen. Dunkel auf dunklem Hintergrund. Ihre Hände auf meinem Schenkel in wohltuenden Liebkosungen. Ich war ein Behinderter von sechsundfünfzig Jahren und gab mich den agilen Händen einer jungen Frau hin, die dreißig Jahre jünger und deren Körper von einem schwarzen Nichts verschleiert war, eine zuvorkommende und stumme Witwe, eine sanfte Spinne der Nacht. Ich schaute auf das Fenster, dachte an Esther, versuchte, mir meine Wohnung wieder in Erinnerung zu bringen und mir ihre künftige Ausstattung vorzustellen, Form und Farbe der Wandschalter und Steckdosen, solchen Blödsinn eben, ich habe sogar versucht, sämtliche Varianten des Zeichensatzes *Stone* aufzusagen... doch nichts half, ich begann still und leise, aber ganz ganz unweigerlich, einen Ständer zu kriegen. Es war der Friede. Die Erfüllung. Es hätte hier enden können. Yolande massierte meine Wunde und entdeckte mich in jeder Hinsicht so wie ich war: völlig außer mir. Schon allein als phantasmatische Situation fiel dies in den Bereich des «Radikal Ungedachten». Eine effiziente Korrektur sämtlicher seit ein paar Tagen begangener Fehler.

Doch da beugte sich Yolande über meinen Körper und streichelte nun mit der anderen Hand mein Geschlecht. Massierte mich somit zweimal. Und dann richtete sie sich auf und entledigte sich ihres unheilvollen Schleiers. Dann kam sie.

*

Es waren die Müllwagen, die mich am Morgen weckten. Acht Uhr. Ich war allein. Ich schaute mir die Wände an. Nie wieder, so wußte ich, würde ich Jouy-Leinen mit denselben Augen sehen. Demnach konnte eine Situation zwar tragisch, aber niemals verzweifelt sein. Ich machte mich nur schnell präsentabel, schirrte mich wieder an und verließ mein Zimmer, ging die Wohnung ab und realisierte schnell, daß Yolande bereits fort war.

In der Küche fand ich die Kaffeemaschine randvoll vor. Und auf dem Tisch eine Nachricht: «Seien Sie so nett und gehen heute abend ins Hotel. Und ein schönes Leben noch! Ich habe keine Lust, mir ein Bein abzuschneiden, um zuzulassen, Sie wiederzusehen. Y.»

Seien Sie so nett, seien Sie so nett, aber so nett will ich doch überhaupt nicht sein. Niedergeschmettert setzte ich mich und trank einen halben Liter Kaffee, wobei es mir nicht gelang, meine Gedanken zu konzentrieren. Und dann habe ich ganz allmählich begriffen, daß sie recht hatte, daß es sinnlos war, sich weiter zu verbeißen. Ich besaß nichts mehr, und auf keinen Fall könnte diese allzu junge Frau was auch immer ersetzen. Eine Liaison zu haben war der beste Weg, noch ein Defizit mehr zu schaffen. Also warf ich mich in die Brust, nahm all meine schmerzenden Neuronen zusammen und beschloß, sofort nach Lausanne zu fahren. Und wenn ich schon in ein Hotel mußte, konnte ich mir auch genauso gut eins mit vier Sternen aussuchen. Auf die Unbehaustheit des Körpers folgte nun die der Seele. Die grünen Weiden des Kanton Waadt.

Dieser Geschichte mußte endlich ein Ende gemacht werden. Ich war bloß ein armseliger Ermittler. Ich hatte nichts mehr damit am Hut. Es versucht zu haben, genügte vollauf und verhalf mir dazu, wider alle Erwartung die Tapeten alter überlebter Wohnungen zu mögen.

Bevor ich diese Wohnung schließlich verließ, die in meinen Augen für alle Zeit *gotischer* als ganz gleich welche Kathedrale bleiben würde, machte ich noch einmal einen Rundgang, inspizierte sie, ging von einem Zimmer zum anderen, öffnete beiläufig die Schubladen und Schränke, atmete den Geruch dieses Heiligtums, verweilte bei winzig kleinen Details, einem in einer Ecke vergessenen Schuh mit hohem Absatz, einer altmodischen Pendeluhr, einem alten Heft, einem Buch über James Ensor, einer Platte von Roxy Music, einer Haube aus grünem Samt... Einer Haube aus grünem Samt, die mir irgendwie eine komische Grimasse schnitt und den Verstand ganz umgestülpt hat.

Gehorsam knallte ich die Tür hinter mir zu.

Meine Sachen ließ ich bei Bertrand und sagte ihm, ich würde am folgenden Tag wiederkommen. Er solle seine Mutter beruhigen und sie nur ja nicht verschrecken. Ich wolle mit einem Kumpel in die Schweiz fahren. Ich nutzte die Gelegenheit, um die Versicherungspapiere zu unterzeichnen, die am selben Morgen durch einen Boten bei ihm hinterlegt worden waren. Mein Sohn wußte nicht mehr, was er sagen, ja sogar denken sollte, er erteilte mir keine Lektionen mehr, vielleicht lernte er ganz allmählich. Das einmal dahingestellt, hätte ich ihm aber von meiner Nacht erzählt, dann hätte er mir einen Rückfall bekommen und wahrscheinlich einen epileptischen Anfall. Ich sah, wie er auf der Stelle hin und her hampelte, als verspürte er einen unwiderstehlichen Drang zur Toilette. Tatsächlich erkannte ich, daß er mir was zu sagen hatte, zweifellos irgend etwas Gewichtiges, Peinliches, Geständnishaftes.

«Leg los, spuck's schon aus.»

«Ähh... das heißt...»

«Leg los, sag ich doch. So, wie die Dinge stehen... Worum geht's, bist du aus der Politologie geflogen? Willst du mir deine Verlobte vorstellen? Hast du entdeckt, daß du ein passiver Anal-Perverser bist?»

Er wurde rot. Ich hatte etwas zu hart zugelangt. Ich bedauerte es schon.

«Entschuldige, ich bin auf hundertachtzig und red Unsinn.»

«Eine gewisse Véronique hat angerufen.»
«Aha. Und?»
Er zog exakt die Fresse eines Jungen, der gerade entdeckt, daß sein eigener Vater eine Geliebte hat, und der sich fragt, was ihn wohl erwartet, wenn seine Zukunft womöglich eines Elternteils beraubt wird. Er wurde menschlich, mit einem Schlag. Und er schien an seinem Vater zu hängen.
«Das ist die Witwe des Typs, auf dessen Beerdigung ich neulich war.»
«Du sollst sie so schnell wie möglich zurückrufen.»
Um das Küken noch im Keim zu ersticken, rief ich sie augenblicklich in seinem Beisein an.
«Véronique? Ich bin's, Nicolas Bornand.»
«Ah, gut. Ich hab schon mit der Polizei drüber gesprochen, wollte aber auch mit dir drüber reden, weil du...»
«Machen Sie schon. Ich fahr gleich nach Lausanne, ich hab nicht viel Zeit.»
«Vor ein paar Tagen hat mich eine Frau besucht. Diese Schlampe schien sich meinen Kerl gekrallt zu haben, aber deswegen ruf ich nicht an, du kennst sie, du bist ihr schon begegnet.»
Aufgepaßt. Nur ja keine Namen ausplaudern. Ob Chantal, Marion, Sylvie oder irgendeinen anderen.
«Eine gewisse Chantal von irgendwas, Chantal von Arsch... wahrscheinlich!»
«O ja, tatsächlich. Aber die spielt überhaupt keine Rolle, denk ich. Eine dumme Zicke, sonst nichts.»
«Na ja, jedenfalls hat die sich an was erinnert. Dir wollt Sie's nicht erzählen, ich weiß nicht, wieso, aber sie schien sich vor dir in acht zu nehmen. Sie hat irgendeinen Brief wieder gefunden, den Lionel ihr mal geschrieben hatte, um sich dafür zu entschuldigen, daß er am darauffolgenden Tag nicht wie geplant in Paris sein könnte. Wahrscheinlich eins ihrer widerlichen Treffen, bei dem sie das Tier mit den

zwei Rücken gespielt haben. Jedenfalls war der Brief in Concarneau aufgegeben. Von wo Lionel, wie er meinte, sich nicht fortrühren konnte, weil's um Leben und Tod gehen würde. Im ersten Moment hab ich geglaubt, das wäre die allerblödste Entschuldigung der Welt. Oder billiger Humor. Ich weiß nicht mehr. Deswegen hatte ich das Ganze auch vergessen.»

«Danke, Véronique. Für Ihr Vertrauen. Aber künftig beschäftigt sich ja die Polizei damit... Sie selbst haben's doch so gewollt, nicht wahr?»

Bertrand beobachtete mich mit Augen so groß wie Lottokugeln. Vor allem das Wort Polizei beunruhigte ihn, ein Wort, das allzu häufig in seine wattierte Welt vordrang.

«Verzeihen Sie, Nicolas, aber ich bin so verloren...»

«Das ist normal, Véronique, völlig normal. Versuchen Sie, nicht mehr daran zu denken. Lassen Sie die Staatsgewalt nur machen. Sie werden sehen, wie's weitergeht. Womöglich ist das Ganze von einer großen und menschlichen Einfachheit.»

Sie legte auf. Ziemlich abrupt. Ich hätte zumindest einen freundlichen Gruß oder eine Höflichkeitsfloskel erwartet. Die konnte ich mir hinters Ohr schmieren.

Concarneau. Dort war ich schon mal gewesen, im August. Die *Ville Close*, die befestigte Altstadt auf einem Fels im Meer, mitten in der Ferienzeit besuchen zu wollen, kommt dem Versuch gleich, am ersten Schlußverkaufstag durch die Galeries Lafayette zu bummeln. Allerdings kannte ich niemanden in Concarneau. Nicht mal einen «gelben Hund».

Ich fühlte mich mehr und mehr wie ein Radsportler beim Bahnrennen, der oben in der Kurve anhält und eine Ewigkeit darauf wartet, daß sein Gegner, der ebenfalls einen auf unbeweglich macht, endlich zu starten geruht. In genau diesem Moment rühren sich beide keinen Millimeter, obwohl sie doch genau wissen, daß die Ziellinie kaum hundert Meter vor ihnen liegt und daß es sehr schnell gehen wird.

Bertrand starrte mich noch immer an. Er versuchte zu verstehen. Bevor ich mich davonmachte, tat ich noch etwas, das ich schon seit langem nicht mehr gewagt hatte: Ich zerzauste ihm die Haare.

Drei Stunden später saß ich ihm Zug. TGV Richtung Schokolade und lila Kühe. Erster Klasse, bitte schön! Bei einem Leben in derart vollen Zügen, wenn ich so sagen darf, würde mein Bankkonto bald der «großen weißen Stille» gleichkommen. Ehe schließlich das rote Signal überfahren werden würde.

Den Zug mag ich für mein Leben gern, und wenn er das letzte Transportmittel sein sollte, in dem man in aller Ruhe lesen kann, so ist er vor allem das letzte, das dich in eine konstante Träumerei entführt. Im Gegensatz zur Métro. Das Schauspiel eines an dir vorbeiziehenden Draußen. Die dahingleitende Zeit. Das gemächliche Schaukeln der Wagen. All die sich wiederholenden Geräusche, das ganze Zischen, Schrillen und Kreischen, von der Geschwindigkeit, vom Öffnen der Verbindungstüren, der Drehzahl der Elektromotoren und, seit neustem, von schlecht eingestellten Walkmen und Mozart dudelnden Mobiltelefonen. Zur Zeit des H4 nahm ich den Zug zweimal pro Tag, und bei Arrest sieben Tage die Woche. Von zehneinhalb an hatte ich Anrecht aufs volle Programm. Auf die alten grünen Waggons, die nach überhitztem Desinfektionsmittel, dem typischen Cresyl-*Gestank* rochen, auf Dauerstreiks, unfallbedingte Verspätungen, Waggontüren mit Klinken, blank gescheuerte Holzsitze.

In der Station Saint-Michel hatte ich mal mit angesehen, wie ein Typ unter die Räder kam. So was prägt. Und ich werde mich mein Lebtag an jenes bemalte Metallschild erinnern, mit dem davor gewarnt wurde, nicht auf dem Trittbrett mitzufahren. Eine grünliche, schreckenerregende Zeichnung, die einen jungen Mann mit Rucksack darstellte, der von einer entgegenkommenden Bahn mit einem entsetzten Zugführer drin erfaßt wurde. Der erregende Realismus dieses Bildes hatte meinen Albträumen während meiner gesamten Pubertät in regelmäßigen Abständen Nahrung gegeben. Ich, als erbärmlicher Freudianer, glaube aufrichtig, daß das Aufkommen der sich automatisch schließenden Türen mein Unterbewußtsein zwangsläufig verändert hat.

Auf den Sitz mir gegenüber geflätzt, las ein dicker Herr begierig in einem Buch über die *Großen Geheimnisse des Mittelalters*. Im Lycée Henri-IV hatten wir auch solche Geheimnisse der Alten Zeit. Und in der Hauptsache jenen mythischen unterirdischen Gang, der den Tour Clovis mit dem Panthéon verbindet. Jedes Jahr wurde in der Abschlußklasse Philo 2 in geheimer Abstimmung derjenige bestimmt, der für den Fortgang der Erkundigungen verantwortlich sein sollte. Ihm blieb es überlassen, die Exploration fortzuführen, den bisherigen Plan zu verändern oder zu verbessern und die Sache an die nachfolgenden Generationen weiterzugeben. All dies mußte jedoch im Dunkel großer Geheimhaltung bleiben. Wir hatten damals eine regelrechte Untersuchung angestellt, um herauszufinden, wem von unseren Artgenossen diese ganz besondere Ehre zuteil geworden war. Monino hatten wir stark im Verdacht gehabt, einen quietschfidelen und etwas schlampigen Langhaarigen mit stechendem Blick und beachtlicher Intelligenz, doch er hatte darüber nie ein Wort verloren und den Ehrenkodex der «Archäologen des Unmöglichen» streng beachtet. Wir hätten ihn schon dabei erwischen müssen, wie er unter dem Portalvorbau, in dem die vier Innenhöfe des Lycées zusammenstießen, klammheimlich hinter der famosen und gewaltigen Eisentür verschwunden wäre. Am komischsten war, daß wir Jahre danach erfahren haben,

Monino sei Ethnologe geworden. Das späte Gefühl, recht gehabt zu haben.

Diese berühmt-berüchtigte Tür, die hatte auch ich häufig überwunden, sowohl allein als auch in unserer Truppe. Es war riskant, da absolut verboten. Doch wir wollten nun einmal als erste diesen berühmten Gang zum Panthéon finden, der angeblich von Gracchus Babeuf gegraben und zur Zeit der *Commune* vermint worden war. Diese Höllenpforte führte zu großen unterirdischen Heizungsräumen, bevölkert von mächtigen glühendheißen Kesseln und einem beängstigenden heillosen Durcheinander aus altem Schulmaterial. Staub, Schatten, Gefahr. Vielleicht auch Ratten. Oder der Geist Alains. Jedenfalls sind wir eines Tages von «Bobosse» höchstselbst erwischt worden. Eine Episode à la Gustave Doré. Daß unser hauseigener Quasimodo hinter einem Heizkessel auftauchte und uns brüllend überraschte, war ein echter Horrorfilm und weitaus furchterregender als die beiden H_2D, die Arrest-Sonntage, die er uns daraufhin aufgebrummt hatte. Unsere Nachforschungen waren erfolglos geblieben. Und dieser Monino, mit seinem gleichgültigen Gehabe des Geheimnisträgers, nervte uns nur noch mehr.

Hinter der Station Montbard habe ich wieder an Yolande gedacht. Ich roch noch ihren Duft an mir. Diese deutlichen Bilder unseres Clinchs... ich wußte, sie würden lange Zeit in mir wohnen. Und ich sah wirklich nicht, was sie eines Tages ersetzen könnte. Yolande war zu einem Extra-Saal in meinem kleinen persönlichen Kuriositätenkabinett geworden. Mit ihrer grünen Haube, verdammte Scheiße.

In Frasne sind Polizei und Zoll zugestiegen. Die Schweizer haben immer ihre liebe Not mit Typen, deren Haut nicht so ganz denselben Farbton wie der Schnee in den Berner Alpen besitzt. Mein Gegenüber ist hier ausgestiegen und hat seine Ausgabe von *Le Monde* auf dem Sitz liegenlassen. Zwar verabscheue ich diese Zeitung, aber ihre Lektüre nervt mich so, daß ich locker bis Lausanne beschäftigt sein würde, ohne wieder in mein geistiges Bermudadreieck Lionel-X-Yolande abzutauchen.

Die Bahn fuhr genau in dem Moment wieder los, als ich gerade angewidert von einem langen, heuchlerischen Artikel über Kriminalität abließ und mit einem flüchtigen Blick die Todesanzeigen in Angriff nahm. Und da machte ich an Ort und Stelle einen Looping. Die vollständige Familie, zehn Zeilen, der Verband der Auktionatoren, das *Institut de France*, die gesamte Blase eben betrauerte bitterlich das Ableben Yves Pallands, das sich durch einen tragischen Unfall in seinem sechsundfünfzigsten Lebensjahr ereignet hatte. Die Beisetzung sollte im allerengsten Kreis stattfinden, doch die Totenmesse würde am kommenden Tag, um fünfzehn Uhr, in Saint-Thomas-d'Aquin gelesen werden.

Noch einer.

Von der Mannschaft der Prima B 3. Ein Typ, mit dem ich vier Tage zuvor noch gesprochen hatte. Das war langsam ein bißchen viel. Die Fährte um das Underground-Kino büßte mit einem Schlag ziemlich viel an Plausibilität ein. Ich wußte nicht so genau, weshalb, aber mein Gespür sagte mir, daß all diese Toten in einem rätselhaften Zusammenhang mit jener famosen Klasse von vor vierzig Jahren standen. Ich kam nicht umhin, an meinen eigenen Unfall zurückzudenken, an jenen Wagen, der mir das Bein zerquetscht hatte und in die Nacht davongerast war. Und an ein anderes Unglück, diesmal eins mit dem Herzen, bei Lionel. Und der andere, der ertrunken war. Lescot, geblendet durch die Explosion seiner Autobatterie. Vélimberts überraschender Selbstmord. Und all diejenigen, die ich nicht hatte erreichen können. Es wurde dringend erforderlich, das Ganze zu überprüfen. Dringend. Während ich in diesem verdammten Scheißzug festsaß, der keinen weiteren Halt mehr einlegen würde vor diesem verdammten Scheiß-Lausanne. Dringend, von wegen.

Also habe ich in aller Eile in meinem brünstigen Gehirn eine kleine Liste erstellt: Schleunigst bestimmte Personen kontaktieren. Schnell wieder mit Taron darüber reden. Wegen Concarneau weitersehen. Nichts vergessen. Das tödliche Detail nicht mehr durch die Maschen schlüpfen lassen. Ganz genau! Das war der springende Punkt. Vom unablässigen Schaukeln des Zugs gewiegt, versuchte ich herauszufinden, was zu jener Zeit die Urszene, die fundamentale Neurose, der Urschrei gewesen sein könnte. Im Henri-IV, unter Leuten der «feinen» Gesellschaft, gab es keine Traumata wegen irgendwelcher Versetzungsriten, Neulingstaufen oder andere Sündenbockgeschichten. Keine grauenvollen Geschichten mit Mädchen. Keine Homogeschichten, zumindest meines Wissens. Keine Vergewaltigungen, nichts mit Duschen, nicht mal nach dem Turnen. Niemals hatte ich irgendwas von Diebstählen oder Erpressungen gehört. Ein paar in die Fresse, das ja, am Ausgang, im allgemeinen wegen politischer Motive. Da konnte ich wirklich nichts erkennen. Auch keine Rivalitäten, und wenn doch, dann kindische wie etwa diejenige, in der sich die Sexta 1 und die Sexta 2 Jahr für Jahr gegenüberstanden, um in jeder Pause den Krieg zwischen Sparta und Athen nachzuspielen: Feindseligkeiten, die von dem ungeheuren und unergründlichen Monsieur Battut, jenem ehrwürdigen Greis mit weißem Haar geschürt wurden, den wir seiner großen Strenge und seiner mächtigen Statur wegen über alles mochten.

Sicher gab es auch hartnäckige haßgeprägte Feindschaften, die aber meistens nach Schulschluß mittels großer Reden, regelrechter rhetorischer Wortgefechte ausgetragen wurden, doch nichts, woraus sich nach so langer Zeit noch mörderischer Haß schüren ließe. Nichts, um daraus den monomanischen Geisteszustand eines Serienkillers zu zimmern. Es sei denn, der Mörder wäre ein Ehemaliger des Lycée Louis-le-Grand.

Soweit war ich also beim Eintreffen in Lausanne. Über dem Genfer See lag genauso dichter Nebel wie in meinem Kopf. Ich löste sofort eine Rückfahrkarte, mein Besuch in der olympischen Hauptstadt beschränkte sich auf zwei im Bahnhof zugebrachte Stunden. Ich nahm zwei große Gläser Vinzelles zu mir, ein Weißer, der zwar die Plomben angreift, aber die Synapsen stählt, und postierte mich dann vor einen Telefonapparat. Als erster Peter Gromlin, um mich bei ihm zu entschuldigen, daß ich nicht kommen würde.

Er wirkte nicht gekränkt, bloß bekümmert, weil mir somit der Katalog seiner sechstausend Sammlerstücke entging, all die Stan Brakhage in Schwarzweiß, hat er mir erklärt, einschließlich des absolut seltenen *Fire of Waters* (bravo, dachte ich), einen verkannten Martial Raysse von 1972, *Joaquin's Love Affair* (wunderbar, fand ich), und eine perfekte Kopie von Keith Sonniers *Lightbulb and Fire* (grandios, wirklich), die Lionel ihm schon seit langem abkaufen wollte. Kurzum, ich spürte, daß er für Stunden abgefahren war, vor allem, als er mir von sanften Spinnereien zu erzählen begann, den einmaligen Kopien oder den geretteten Filmen wie *Injun Fender* von Robert Cordier, der doch für immer als verschollen gegolten habe. Wirst schon sehen, der verklickert dir noch die ganze Liste, sagte ich mir. Ob ich ihm nun gegenüber saß oder nicht, spielte überhaupt keine Rolle.

Nichtsdestotrotz gelang es ihm, mir folgendes zu gestehen: Obwohl er Lionel wegen der berühmten Auseinandersetzung dauerhaft böse gewesen sei, habe er ihn doch unendlich respektiert und sei vielleicht als einer der ganz wenigen in diesem Milieu der Ansicht gewesen, Lionel und niemand sonst müsse sich dauerhaft um die famose Cinemathek kümmern. Gromlin besaß eine dünne, zarte und doch präzise, ja preziöse Stimme, ganz und gar nicht den Tonfall eines auf Blut und Rache versessenen Killers. Ich fragte ihn noch, wo er zur Schule gegangen sei. Einfach so, man konnte ja nie wissen, von wegen Übereinstimmungen, Zufällen und so. Im Lycée Ramuz von Versoix, hat er geantwortet.

Danach genehmigte ich mir ein weiteres Glas Vinzelles. Der Kellner versuchte sofort, die kleinsten Anzeichen von Trunkenheit an mir auszumachen, um der Sache umgehend ein Ende zu setzen. Und er ließ mich im voraus bezahlen. In der Schweiz ist es wahrlich recht lehrreich, für einen Zugewanderten gehalten zu werden.

Anschließend erfragte ich bei der Auslandsauskunft die Nummer des Lycée Henri-IV, Rue Clovis, Paris, Frankreich. Und bat den *Censeur des Études*, wie man früher sagte, den für disziplinarische Fragen zuständigen Studiendirektor um einen Termin, wobei ich erklärte, daß es äußerst dringend und, vager, das Leben mehrerer ehemaliger Schüler womöglich in Gefahr sei.

Ich erhielt einen für den kommenden Tag, zehn Uhr.

Danach, hopp, noch ein Glas Weißen.

«Sind Sie Franzose?» fragte mich der Kellner an der Bar.

«Sieht man das so deutlich?»

«Zu Hause haben Sie doch Ihren Chablis, Saint-Joseph und Cassis. Warum beharren Sie so darauf, den da zu trinken?»

«Er schmeckt. Er ist frisch. Man soll immer bei den regionalen Produkten bleiben, nur so kann man ein Land lieben. Nach Italien fahr ich, um Pizza zu essen. Nach Schottland wegen des gefüllten Schafspansens. In Portugal beschränk ich mich auf Vinho verde mit Stockfisch.»

«Aha.»

Und da holte er mir von unterm Tresen einen Teller mit Greyerzer Würfeln und einem Stück Brot hervor.

«In Frankreich reicht man ein hartgekochtes Ei.»

«Aha.»

Eine Viertelstunde vor Abfahrt nahm ich im TGV Platz. Und dort kamen mir dann, wild durcheinander, etliche Bilder wieder in den Sinn, Bilder meiner wie ein Würstchen gegrillten Wohnung und solche von einer Yolande so sanft wie eine grüne Haube mit Vanilleduft. Gedanken an Esther, bittersüße wie Rhabarberkompott. Und allerlei Überlegungen. Mir unbedingt eine Hose und einen leichten Pulli kaufen. Wo ich diesen Abend schlafen würde. Die Hotelrechnungen für die Versicherungen aufbewahren, man konnte ja nie wissen. Den Sohnemann beruhigen. In der Bank vorbeigehen, um ein kurzfristiges Darlehen zu beantragen. All das. Die kleinen Brüste von Yolande, der brünetten Hexe. Palland und sein «jäher Tod», wie man in Brüssel ein bestimmtes Bier zu nennen pflegt. Als der Zug anfuhr, hatte ich einen Kopf wie eine Zuckermelone.

Schließlich wurde ich wieder etwas ruhiger. Und bin dann bis zur Grenze eingeschlafen, wo die vereinigten Polizisten, Zöllner und Schaffner mich aufweckten, als sie sich gerade auf einen Typ stürzten, der in einer unbekannten Sprache zu toben begann. Ein Litauer, ein Kasache oder ein moldawischer Besucher, weiß der Himmel. Er hatte zwar seine Papiere und seine Fahrkarte, aber auch einen Koffer voller Fleisch- und Wurstwaren dabei. Jähe Bilder der deutschen Besatzungszeit. Er schaffte es einfach nicht, sich verständlich zu machen, und die Zollfritzen schienen die Würste aufschneiden zu wollen, um zu überprüfen, ob nicht doch Haschisch drin war, oder zusammengerollte Geldscheine. Die Sache wurde langsam etwas heftig, was die Beschimpfungen anging, und ich wollte schon einschreiten, um das ganze Volk zum Lachen zu bringen, als ein weiterer Zöllner mit einem Hund aufkreuzte. Der Slowene glaubte, dem müsse er nun die Würste und die Pastete rüberschieben. Grandios. Absurd. Der arme Köter in voller Schizophrenie. Die Zöllner in der Klemme. Und der Fremde verbittert. Ruhiger wurde es erst, als einer der Polizisten eine Wurst der gesamten Länge nach mit dem Messer aufschnitt und bloß gutes rosafarbenes und weiß gesprenkeltes Fleisch vorfand.

Nachdem die vernagelten Knobelbecher fort waren, schimpfte der Wurstschmuggler noch eine ganze Weile herum, wobei er einige peinlich berührte Reisende zu Zeugen nahm. In einem wahnsinnigen Kauderwelsch. Da kam mir Altagor wieder in Erinnerung. Ein Literaturfreak, den Monino in der Rue Valette aufgegabelt hatte. Der ehemalige polnische Bergmann und quasi Analphabet hatte sich irgendwann daran gesetzt, lesen zu lernen, und war schließlich unschlagbar in Latein, Griechisch und womöglich auch in Sanskrit geworden. Diese übermenschliche Anstrengung dürfte sein Gehirn allzu schnell umgestaltet haben. Jedenfalls hatte er mitten in einer existentiellen Krise alles aufgegeben und, von einer reichen Witwe ausgehalten, damit begonnen, eine neue Sprache zu erfinden, die er den «Absoluten Diskurs» nannte: sechs Stunden nebulöser Kollerlaute und unbekannter Vokabeln, die er auswendig wußte. Wir hatten es mehrfach nachprüfen können, besonders, wenn wir ihn ins Théâtre de l'Odéon begleiteten, wo er die Veranstaltungen der Lettristen zum reinsten Saustall aufmischte (er verabscheute Isidore Isou), indem er SEINEN Text vom Balkon hinunterbrüllte, mit Flugblättern um sich warf und sich schließlich von Leuten der *Garde Républicaine* einlochen ließ. In dem Moment mußten wir lauthals protestieren und brüllen: Altagor! Altagor! Klasse. Wir vergötterten ihn.

Darüber hinaus praktizierte er auch Vibro-Pulsive-Malerei – ein riesiges Gemälde in einer Minute, das dazu noch, ehrlich gesagt, dem ziemlich nahe kam, was der berühmte Mathieu, der Maler mit dem Schnurrbart, zustandebrachte. Sowie plektrophonische Musik: auf einen Sprungfederrahmen aufgezogene Gummibänder und zu Kringeln zugeschnittene Konservendosen, die er mit einem Hammer anschlug, während er wie ein Wilder dazu grölte. Herrlich. Für uns junge Schüler, die wir wie eingemacht im Klassischen steckten, war er das nötige Gegengift, die Vision einer möglichen Avantgarde und vor allem die Gelegenheit, intensiv abzulachen. Mit einemmal hoffte ich für ihn, daß er nicht eingesperrt worden war und sich in einem jener Häuser mit weißen Wänden und stillen Parks wiedergefunden hatte, bevölkert von betäubten Wesen, denen die Neuroleptika stärker zusetzten als die Schlagstöcke der Pfleger.

Bei meiner Ankunft im Gare de Lyon überwältigte mich der Eindruck, ich wäre in Lagos gelandet. Verglichen mit der Schweiz. Eine stattliche Menge von Bettlern und Obdachlosen. Es ging also weiter. Aus meiner eigenen Welt heraus, neigte ich dazu, nichts anderes mehr zu sehen. Für den Augenblick war ich selbst auch einer von ihnen, den Obdachlosen. Vielleicht würde ich in ein paar Tagen auf der Straße die Hand ausstrecken und jene guten Herrschaften um eine milde Gabe anhauen. Stets am selben Fleck. Wie Buldo, unser Lieblingspenner vom Place Maubert, mit dem wir nach der Penne diskutierten und der nach zehn Minuten anfing, uns in derart ulkigen und mörderischen Worten zu beschimpfen, daß wir uns am Ende Notizen machten.

 Während ich in der Schlange, mitten zwischen diesen Scheißrollenkoffern, auf ein Taxi wartete, kam mir die Idee des Jahrhunderts. Véronique. Sie für ein oder zwei Nächte um Gastfreundschaft bitten, ihr meine Situation erklären. Ihr begreiflich machen, daß ursächlich sie ja ein wenig für mein derzeitiges Unglück verantwortlich war, das schuldete sie mir doch wohl. Der leidlich zynische Hintergedanke dabei war allerdings, daß Lionel ungefähr meine Größe hatte. Und eine Garderobe besaß.

*

Vierzig Jahre später das Areal des Lycée Henri-IV zu betreten, fiel nicht unbedingt in die Kategorie «Madeleine», sondern eher schon in die des «Vierpfünder-Brots». Nichts hatte sich tatsächlich verändert. Kleine enge Klassenzimmer waren in sozialpädagogische Büros umgewandelt worden. Das Backsteinklo im Hof der Externen war inzwischen abgerissen und der Cour du Méridien bei weitem nicht mehr so staubig. Der Naturwissenschaftstrakt stand noch, allerdings flankiert von einem modernen Bau anstelle jenes toten Gangs, in dem Henri seine Schokoladenbrötchen verkaufte. Ganz hinten, bei der Turnhalle und dem «Kleinen Lycée», befand sich inzwischen ein Schwimmbad.

Ich war zeitig gekommen, um noch ein bißchen an diesem Ort umherzuschlendern. Nur sehr wenige Schüler waren anwesend, es wirkte etwas gespenstisch. Erst in dem Moment realisierte ich, daß wir ja Sonntag hatten. Wahrscheinlich konnte man mich deshalb so einfach empfangen. Doch wer waren dann diese Jugendlichen auf dem Schulhof? Sonntagsarrestler? Existierte so was noch? Internatsschüler? Gab es die noch immer? Besessene, die ihren Stoff paukten? War das möglich?

Meine Nacht bei Véronique war ziemlich kurz gewesen. Sobald ich zu reden begonnen hatte, wollte sie alles wissen, aufgekratzt und erschreckt zugleich. Sie fand sich in einem Roman von Jean Ray wieder, und ich hatte das Gefühl, eine Art Technoversion von Harry Dickson zu sein. Ich habe ihr nicht alles erzählt, weil ich keine Lust hatte, daß sie dem Bullenvolk alles weitertratschte. Ich wollte mich auf keinen Fall der Behinderung einer Ermittlung und sonstiger gerichtlicher Spitzfindigkeiten angeklagt sehen. Ich spielte ausschließlich das Opfer. Hinterher war's ein Kinderspiel, ich brauchte sie nicht einmal darum zu bitten, mir Klamotten ihres Verblichenen zu leihen. Sie brachte sie mir auf einem Tablett und meinte, das hätte Lionel sicher so sehr gefreut. Und mich erst. Das kleine Schlafzimmer war ein Ausstellungsstand von Ikea, verglichen mit dem bei Yolande.

Und so kreuzte ich mit einer Samthose und einem bordeauxroten Shetlandpulli bekleidet im Gymnasium auf. Ich benötigte eine gute Stunde, bis ich dem *Censeur* alles erklärt hatte. Ihn wiederum schien ich eher in Simenons Reich versetzt zu haben. Die Angelegenheit kam ihm derart spannend vor, daß er keinerlei Schwierigkeiten gemacht hat und mir den Königsweg zu den Archiven freigab. Außerdem wirkte er wahnsinnig beeindruckt von meiner Behinderung, ich kam ihm wie ein ehemaliger Frontkämpfer aus glorreichen Zeiten vor, und zwar jenen, in denen der Unterricht noch echte Unterrichtung war, einschließlich Schlägen mit dem Lineal auf die Finger und großer Klassenarbeiten alle drei Monate. Ich aber wollte bloß Informationen zur Klasse Prima B 3. Die Namen der Schüler und, soweit möglich, ihre Schulakten. Und die der Lehrer, falls die nicht als topsecret eingestuft waren. Der *Censeur* vertraute mich einer Art lokaler Ausgabe von Vergil an, mit dem ich die Hölle des Papierkrams besuchen durfte.

Noch waren nicht sämtliche Akten in EDV-Dateien übertragen worden, die Schriftkundigen, die sich zurück in die Zeit begaben, waren erst bei den Fünfundsiebzigern angelangt. Ich hatte Glück, im staatlichen Erziehungswesen verwahrt man Unterlagen fünfzig Jahre lang. Wegen der Sozialversicherung und der Renten. Anschließend geht das Ganze in Flammen auf, es sei denn, irgendwelche Nachfahren von Schülern oder Lehrkräften verlangten danach oder die betroffenen Personen wären berühmt oder sonstwie unumgänglich geworden. So hatten sie beispielsweise noch immer Alains gesamte Materialien! Verflucht, sogar nach vierzig Jahre kam man mir noch mit diesem Kerl da, ich war verdammt. Was die frühen Sechziger betraf, kein Problem, ich brauchte mir nur einen Weg durch den Staub der Regale zu bahnen und aufzupassen, die durch die Jahre nahezu bröckelig gewordenen Klammern und Bänder der Akten nicht kaputtzumachen.

Drei Stunden habe ich gebraucht. Als ich wieder ging, hatte der Schatten des Tour Clovis bereits vollständig auf die Kirche Saint-Étienne-du-Mont übergegriffen, und der Place du Panthéon lag im strahlenden Mittagslicht. Ich hatte noch ungefähr zwei Stunden Zeit bis zu Pallands Totenmesse. Also wandte ich mich zur Rue Mouffetard, um einen zu kippen. Die «Bar des Quatre Sergents», einst Hochburg unserer gymnasialen Flippersessions, glich sich nicht mehr. Doch am Place de la Contrescarpe gab es noch immer drei oder vier Penner. Und «La Chope» war ebenfalls treu auf dem Posten. Früher gingen wir dem Wirt mit stets demselben Kalauer auf den Wecker: nämlich daß er gar nicht erst zu studieren brauche, weil er sie ja schon hätte, seine *Licence*.

Ich nahm auf der Terrasse Platz. Hopp, einen Whisky und ein Bier, um ihm runterzuhelfen. Wie in den echten Romanen. Und ein Sandwich mit Paté und Cornichons, wie in den schlechten Filmen.

In der Sonne sitzend, holte ich meine Notizen wieder hervor. Der totale Wahnsinn. Meine letzte Hoffnung. Falls ich mit meiner Ahnung richtig lag, befand sich der Name des Mörders oder aber das mutmaßliche Motiv der jüngsten Morde hier drin, in der Aufstellung der Namen, Daten, Adressen. Sollte ich nichts finden, dann bedeutete das das Scheitern auf der ganzen Linie. Ich würde alles stoppen, in aller Ruhe auf Esthers Rückkehr warten und dabei die Renovierungsarbeiten und die Reminiszenzen an die körperliche Liebe in Gothik-Version im Auge behalten.

Die vollständige Liste der Pauker. In Englisch, Tamagnan, der vom Klassenbild. In Französisch und Latein,

Weyer, ja richtig, jetzt erinnerte ich mich, ein Typ, der einem Klon von Arthur Miller glich und der stets mit seiner Mappe unterm rechten Arm und einer Jazzplatte sowie einem Kunstbuch unterm linken ins Klassenzimmer trat. Nie dieselben. Auch eine Art, uns zu flüstern, daß wir die total Ungebildeten wären. In Mathe de Grémont, geborene Morec, vier Monate lang, gefolgt von Giammarchi, dem schreckenerregenden Korsen, der den Raum mit dem Ruf betrat: Eins plus eins? Die Klasse antwortete einstimmig: Zweieinhalb! Daraufhin brüllte er drohend: An die Arbeit! Dauvergne in Geo-Geschichte, Fritz in Turnen, Champion in Physik-Chemie, Petrolacci in Italienisch, der Typ, der in jenem Jahr Dante und Gadda mit uns durchnahm. *Quer Pasticciaccio Brutto de Via Merulana* in der Prima! Ich kann beweisen, daß das keineswegs *della pipifaxia* war.

Und so weiter mit Zeichnen (endlich konnte ich dem kleinen Ziegenbart einen Namen verpassen) und mit Bio, dessen Lehrkörper mir, namentlich gesehen, keinerlei Erinnerungen hinterlassen hatte. Was die Deutsch- und Spanischpauker anging, so blieben sie unbekannt im Bataillon, und zwar aus gutem Grund. Mein Vergil für einen Tag hatte mir versichern können, daß Tamagnan, Weyer, Fritz, Champion, «Petro» und Dauvergne inzwischen verstorben waren. Bei den anderen wußte er es nicht, die Angehörigen würden Todesfälle nicht unbedingt melden. Da müsse ich mich schon an die Rentenkasse wenden, um alles in Erfahrung zu bringen. Gute Nacht. Yolande fand es vulgär, wenn ich gute Nacht sagte.

Die Schüler hatte ich vollständig beisammen. Ihre Namen hatten in mir die Gesichter wieder wachgerufen, wenn auch nicht alle. Es würde eine Heidenarbeit werden, allesamt aufspüren und herausfinden zu wollen, was aus ihnen geworden war. Doch wahrscheinlich mußte ich da durch. Sollte die Hälfte als Opfer sonderbarer Unfälle den Löffel abgegeben haben, konnte ich wirklich weiter Chimären nachjagen, eine beweiskräftige Statistik erstellen und dann zu den Behörden gehen, um ihnen das Baby anzuvertrauen. Weil ich nämlich, für mein Teil, ein klein wenig die Schnauze voll hatte. Detektiv spielen war was für die Fangios, für Marathonläufer oder Bücherwürmer mit einer so unverwüstlichen Geduld wie eine Bayeux-Stickerin. Behinderte auf Trottoirs, die ermüden zu schnell.

Ruck, zuck stürzte ich den Rest meines Biers hinunter und suchte mir ein Taxi, um zur Saint-Thomas d'Aquin zu kommen. Es war Sonntag, der Verkehr flüssig, der Chauffeur Afrikaner, und er fuhr einen ruppigen Slalomstil, als befände er sich auf einer von stehenden Militärlastern verstopften Piste. So kam ich beinahe zu früh vor der Jesuitenkirche des 7. Arrondissements an, als die ersten Trauernden gerade hineingingen.

In Deckung hinter einem Auto, das an dem kleinen Platz parkte, konnte ich all jene unter die Lupe nehmen, die Yves Pallands Andenken die letzte Ehre erweisen wollten. Viele unbekannte Gesichter. Paare um die Sechzig. Normal. Ich erkannte Maurice Rheims am Arm einer hübschen Blondinen. Normal. Und dann sah ich Köpfe, die mir was sagten. Typen, die vierzig Jahre mehr auf dem Buckel hatten als zu der Zeit, in der ich sie schubste, um in ein Klassenzimmer reinzukommen. Ab und zu drängte sich ein Familienname, mehr oder minder kontrolliert, von alleine auf. Kreusen. Serge Kreusen, ein As in Geschichte, der hatte mal ein Referat über die Oktoberrevolution geschrieben, bei dem sich eine Menge offizieller Historiker von heute den Arsch aufreißen müßten. Giscard... Nein. Gisclard. Unser offizieller Beauftragter für *Signé Furax*. Da Externer, ging er mittags nach Hause und kehrte, gegen zwei, zehn Minuten vor Beginn des Nachmittagsunterrichts zurück, um uns zu erzählen, wie die radiophonischen Abenteuer unseres Lieblingshelden *Furax* und der wunderbaren Malvina weitergingen. Als geborener Schauspieler gab er uns sämtliche

Rollen, wir krümmten uns vor Lachen, auch wenn wir ihn in Verdacht hatten, er würde völlig neue Höhepunkte und Wechselfälle erfinden, die sogar noch den weiß Gott bescheuerten Witz der Komiker Pierre Dac und Francis Blanche weit hinter sich ließen. Außerdem brachte er auch sehr gut die Absage: «Und von wem stammt die Rundfunkbearbeitung? Na, von Pierre-Arnaud de Chassi *töff töff*, natürlich!»

Und dann entdeckte ich Marion Renouard. Was machte die denn hier, die blonde Hetäre? Sie hatte sich gerade aus einem Wagen gequält und lief nun auf die Kirche zu. Wie in einem drittklassigen Film notierte ich mir das Kennzeichen ihres Clio. Soweit war ich inzwischen. Der reinste Wahn. Vom Stadium des altbackenen Privatdetektivs ging ich nun zur neurotischen Pariser Politesse über. Pautrat, den habe ich auf der Stelle erkannt, und auch wenn er nicht mit mir in der Prima gewesen war, haben wir doch praktisch unsere gesamte Schulzeit zusammen verbracht. Genauso gut in Mathe wie in Basketball. Ich sprach ihn an, und trotz aller Überraschung behielt er diese Sanftheit bei, die ich von früher an ihm kannte. Er hatte Palland häufig wiedergesehen und sich einen Kurzaufenthalt in Paris – er war in der Pharmazeutischen Internationale – zunutze gemacht, um ihm die letzte Ehre zu erweisen. Wir waren irgendwie beruhigt, uns wiederzusehen. Na ja, schließlich bestattete man gerade wieder einen unserer Schulkameraden, und von uns beiden war's keiner.

Im Anschluß an Pautrat rang ich mich dazu durch, Kreusen zu begrüßen. Auch er war nicht weit davon entfernt, Tränen in den Augen zu haben. Während er nach meinem Holzbein schielte, stellte er mir die ewige und unvermeidbare Frage: *Was treibst du so?* Die implizit die niedere Version *Was genau machst du eigentlich?* wie auch eine hohe mit einschließt: *Hast du's im Leben zu etwas gebracht?* Er jedenfalls war Polizeikommissar und stand ein

Jahr vor der Rente. Kreusen – mit siebzehn fanatischer Kommunist und mit fünfundfünfzig aus dem aktiven Greiferdienst scheidender Bulle: das hat mich fertiggemacht. Aber gut. Schließlich war ich damals, im selben Alter, ja auch Dadaist gewesen und hatte meine letzten Jahre damit zugebracht, die Fahnen der schlechtesten Schriftsteller Frankreichs Korrektur zu lesen... Wir plauderten ein paar Augenblicke miteinander, und dann, ich weiß nicht, was in mich gefahren ist, bat ich ihn, mir einen kleinen Gefallen zu tun und für mich herauszufinden, wem der Clio mit dem Kennzeichen soundso soundso gehöre – bloß eine simple Geschichte um einen eingedrückten Kofferraum und Fahrerflucht. Ich gab ihm die Nummer von Bertrands Anschluß, während er mir versprach, er würde es noch am selben Tag klären. Die Polente arbeitete demnach auch sonntags.

Ich sagte Gisclard guten Tag, dann Manigne, der noch immer so ruhig und brillant wirkte, und schließlich lauschte ich beiläufig, innerlich gähnend, den Huldigungen und erbaulichen Bibelauslegungen, während ich Marion Renouards Nacken fixierte und mir sagte, es sei Zeit, daß die Katholische Kirche verschwände. Weil dieser ganze Schmus und Pomp, der vom Gewölbe widerhallte, wirklich nach Trödelladen roch.

Ich bin bei Betrand vorbeigegangen, er wohnte direkt nebenan. Er war ganz außer sich, Esther rief alle zwei Stunden an, um sich zu erkundigen, wo ich sei, was ich machte und was sich in puncto Wohnung tue. Vor den großen Augen eines liebenden (seine Mutter) und – um seinen Vater – besorgten Sohnes rief ich Kanada an, obwohl heftigste Chancen bestanden, die robuste Stubengemeinschaft dabei zu wecken. Ich hatte alle Mühe der Welt, sie zu beruhigen. Esther machte mir ganz den Eindruck, als fände sie keinen

Schlaf mehr. Es war ganz schön blöde, in der Wissenschaft des Schlafes voranzukommen, während man in der Praxis Rückschritte erleidet. Sie hatte sich erneut in den Kopf gesetzt, alles stehen- und liegenzulassen und nach Paris heimzukehren. Ich mußte hart kämpfen, Witzchen reißen, meine gute mentale Form demonstrieren, damit sie nicht noch in der nächsten Minute losstürmte, um sich ein Rückflugticket zu kaufen. Und dann der Rest: Liebst du mich? Aber sicher, mein Schatz. Liebst du mich noch immer? Aber sicher, mein Püppchen... Hast du meinen Brief erhalten? Öh, nein... welchen? Ich lieb dich, Nico, das weißt du doch, hm? Aber sicher, weiß ich das, ich lieb dich auch.

Bertrands Fresse. Als ob in seinem eigenen Schlafzimmer gerade ein Porno gedreht und er versuchen würde, sich währenddessen für die floatenden Fluktuationen der festen Kapitalwerte in Gestalt von Sprungfedern zu interessieren.

Da es seit langem abgesprochen war, konnte ich nicht mehr zurück, und so sind wir zum Essen ins Restaurant gegangen. Ein Japaner beim Boulevard Saint-Germain. Köstlich. Mein Filius glich einem jesuitischen Missionar, der zum ersten Mal ein Schwalbennest probiert. Natürlich hat er mich gefragt, wo ich denn hause, ich sagte es ihm, er gab keinen Kommentar dazu ab (was ich ihm auch nicht geraten hätte, diesem Fundamentalisten), wunderte sich aber, daß seine eigene Mama mich nicht danach fragte. Ich antwortete ihm, sie für ihren Teil vertraue mir eben. Das hat diesem jungen Hahn den Schnabel gestopft.

Anschließend bin ich von Ungeduld getrieben nochmals bei ihm vorbei. Der aus meiner Jugendzeit wieder aufgetauchte Kommissar hatte eine Nachricht hinterlassen: «Kreusen. Salut, Bornand. Die Zulassung deines Clio lautet auf den Namen Renouard, Marion, Mädchenname Morec, unehelich geboren am 18. April 1963 in Concarneau, wohnhaft in der Nummer 16, Rue Saint-Sabin, Paris, 11.

Arrondissement. Bis bald, freut mich, dich wiedergesehen zu haben.»

«Was ist mit dir los, du bist ja schneeweiß?» quiekte Bertrand.

Dazu bestand auch aller Grund. Der Name Concarneau knallte mir wie ein Amboß auf die Birne. Und dann auch noch Morec... Das sagte mir etwas. Ich holte mein Notizbuch heraus, blätterte es fieberhaft durch und fand: die Mathepaukerin, de Grémont, geborene Morec. Genau da krachte der Amboß auf einen Joghurt mit echten Stückchen drin.

In den Augen meines Sohnes dürfte ich wohl vollkommen transparent geworden sein. Ich schaute auf meine Armbanduhr. Zweiundzwanzig Uhr zweiundzwanzig. Ein Zeichen mehr. Zwar spät, aber doch an der Zeit, Marion mal einen kleinen Besuch abzustatten. Wenn man bedenkt, daß sie die erste war, die ich befragt hatte. Ich hätte ihn mir abbeißen können vor Wut!

Die Nummer 16 der Rue Saint-Sabin lag versteckt in einer seitlichen Sackgasse mit großen alten Pflastersteinen, gesäumt von Ateliers, im Stil schlampiger Künstlerbuden oder Rumpelkammern für eingelagerte Möbel, und zugewuchert von Sträuchern, Kletterpflanzen und anderweitigen Ausgeburten gartenbaulicher Anarchie. Nett. Einer von diesen Orten, für die ein ganzer Haufen von Parisern einen Arm oder ein Bein hergeben würde. Marions Atelier lag am Ende, zur Rechten. Goldenes Licht drang durch die weißlichen Stores, die die Glasfront verhüllten.

Mein Herz schlug heftig. Ich wußte nicht, wohin der Weg ging, aber in jedem Fall mit dem Kopf voran. Diese ungestüme junge Frau würde mich vielleicht mit dem Jatagan zerstückeln oder mir einen Schuß Strychnin verpassen.

Ich klopfte ans Fenster.

«Wer ist da?»

«Nicolas Bornand. Erinnern Sie sich?»

«Was wollen Sie?»

«Ihnen einfach ein Erinnerungsstück von Lionel übergeben, das er für Sie bestimmt hatte... Ich hab's heute gefunden.»

«Und was genau?»

«Weiß ich nicht, ist eingepackt. Ein Buch, allem Anschein nach...»

Sie öffnete. Ein Pyjama aus glänzender Seide. Das Haar zerzaust. Brutal stieß ich sie zurück in den Raum. Ganz weiß. Der Raum. Und sie auch ein bißchen.

«Aber, was ist denn in Sie.... ich warne Sie, ich schrei gleich.»

«Beruhigen Sie sich, Mademoiselle Morec, geboren in Concarneau und Tochter von Madame de Grémont, geborene Morec, meiner Studienrätin für Mathematik im Henri-IV, Schuljahr 63.»

Urplötzlich war ihr ganz und gar nicht mehr nach Schreien. Ihre Augen hatten zu funkeln begonnen, und sie wich langsam rückwärts zur Küchenecke, wo es sehr wahrscheinlich eine ganze Batterie an Messern zum Bullentranchieren, ein Gewehr für die Jagd auf Behinderte oder eine Keule zum Plattmachen von Schnüfflern gab.

«Nur sachte. Ich will Ihnen nichts Böses tun. Ich bin kein Flic. Ich will's nur wissen, das ist alles. Wie soll ich sagen?... Ich glaube, ich hab den ganzen Weg zurückgelegt, ich bin den Hang hochgeklettert, mir tut alles weh, ich komm zur Orientierungstafel... Und jetzt wär mir ganz lieb, man würde mir erklären, was ich von hier aus sehen kann. Das würde mir reichen.»

«Verlassen Sie meine Wohnung oder ich ruf die Polizei.»

«Nur zu, denen kann ich dann was über Herzanfälle erzählen.»

Ich sah, wie ihre Schultern ein wenig, ein ganz klein wenig absanken.

«Aber ich hab die Bullen noch nie gemocht. Und außerdem würde das Lionel nicht wieder zurückbringen. Und mein Bein auch nicht, im übrigen...»

Das hatte ich ihr aufs Geratewohl hingeworfen. Sie sah mich an, mein Bein, oder zumindest die Stelle, die es früher mal einnahm. Sie begann zu zittern. Ich wußte intuitiv, daß sie irgendwas versuchen würde, sobald ihre Nerven wieder an Ort und Stelle wären. Flüchtig schaute ich mich nach allem um, was in der Umgebung nach stumpfem Gegenstand aussah. Eine Vase. Ein Schürhaken, neben einem kleinen Holzofen. Eine Statue, Marke aztekisch. Das reinste Detektivspiel *Cluedo*. Und zwei Sekunden darauf wählte diese *Colonelle Moutarde* das Schüreisen. Doch der Spieler Bornand warf sich auf sie, mit seinem ganzen Gewicht, riß sie im Sturz mit, stieß dabei den kleinen runden Tisch mit einem Bein um, auf dem besagter *Rasparcapac* thronte – und so kam ich auf einer schönen Blondine zu liegen, die nun, ohne einen Ton, mit ihren Nägeln meine Augen suchte, um meine Behinderung wenn möglich noch beträchtlich zu vergrößern. Aber ein Blinder mit Holzbein... so was hat man noch nie gesehen. Demnach mußte eine Entscheidung her: der Kopfstoß. Ich spürte, wie ihr Nasenrücken krachte, ich sah das Blut spritzen und sagte mir, die Schöne würde für eine ganze Weile zwei große grün-schwarz-gelbe Augen haben. Und all dies binnen drei Sekunden.

Ich hatte Mühe, wieder hochzukommen. Den Schürhaken in der Hand, zwang ich sie, sich aufs Bett zu setzen. Ich warf ihr einen Lappen zu. Sie weinte, Tränen und Blut vermischt. Und dieser ganze Mist in vollkommener Stille. Die Nachbarn konnten in aller Ruhe einschlafen. Marion hatte offenbar überhaupt keine Lust, sie in dieses nächtliche Handgemenge hineinzuziehen. Ich setzte mich auf einen

Stuhl, in sicherem Abstand von dem verwundeten Kopf. Und dann wartete ich ab.

Gut zehn Minuten Gewimmer. Der Lappen färbte sich zusehends rot. Zittern des Körpers unterm Pyjama. Die Nase war nicht gebrochen. Sonst hätte sie nicht so schniefen können, wie sie es wiederholt tat. Das wußte ich aus Gewohnheit, eine richtige Wissenschaft der Jugendzeit: die Zinkenologie. Um so besser, es tut immer weh, weh zu tun, bloß zynische Killer und Geisteskranke können da anderer Meinung sein, all jene eben, die es fertigbringen, einen Preis für den Tod anzusetzen, der nun mal nicht an der Börse notiert wird. Selbst hinter dem schmerzlichen Tränenschleier blieben Marions Augen wachsam, rege, angespannt. Sie suchte nach irgendeinem Weg aus dieser Falle. Also war's an mir, überzeugend zu sein.

«Sie haben Lionel getötet. Dafür hab ich Beweise. Und zwar haben Sie ihn mit Kurare abgefüllt, kurz bevor er zur Vernissage ging. Wohin Sie ihn gelotst haben, indem sie sich für Yves Palland ausgaben. Denselben Yves Palland, den sie soeben eliminiert haben, wie genau, weiß ich noch nicht, wahrscheinlich auf dieselbe Weise.»

«Das stimmt nicht!»

«Wetten wir?»

«Yves Palland war ich nicht.»

«Dann warst du das mit Lionel.»

Sie hatte sich wie Frankreich anno 40 aufs Kreuz legen lassen. Dieser zornige Blick. Aber noch aufmerksamer als zuvor. Ihr wurde klar, daß hier, vor ihr, keine x-beliebige Nervensäge mehr saß, sondern ein echter Examinator. Wahrscheinlich hatte sie schlagartig das Gefühl, sie säße in einem nach Pisse stinkenden Kommissariat, mit einer Bürolampe voll in der Schnauze und lauter Polypen um sie herum.

«Das wirst du mir erklären müssen, Marion, wirst mir alles erklären müssen.»

«Und warum? Wer bist du eigentlich, du...?»

Die plötzliche Vulgarität ihres Duzens.

«Ja, wer bist du eigentlich? Der maskierte Rächer? Mit welchem Recht? Der Weltverbesserer für Arme? Der Sheriff? Du hast überhaupt keine Ahnung, du weißt gar nichts, und du erlaubst dir zu richten? Du, ein beschissener Behinderter?»

Ich antwortete nicht. Ich wartete lediglich ab. Weil ich einen Kloß im Hals hatte. Was sie nicht wußte, ich war genauso verstört wie sie, da ich dieses Spiel und diese Situation nicht mochte, nur redete ich mir ein, es gäbe keine andere, jedenfalls keine, die es mir ersparen könnte, mich plötzlich in der fiesen Rolle des Bullen im Dienst zu sehen.

«Sachte, Marion, sachte. Du hast noch eine Hintertür, eine einzige. Mich. Bei den vernagelten Knobelbechern und den Richtern sieht's da ganz anders aus, und das kann dann ziemlich leicht in der Klapse auf Lebenszeit enden, mit drei Tabletten jeden Morgen, den Gurten während der Nacht und einem Dutzend Typen, die im Flur herumsabbern, wenn du zum Pissen rauskommst.»

Jetzt war ich dran mit vulgärem Pöbeln, gleiches Recht für alle.

Sie verschloß sich wie eine Kamm-Muschel. Das reinste Gefängnistor. Der Blick glasig, die Nase rot. Das Haar stumpf. So ging es gut und gerne zehn Minuten weiter. Draußen kamen Leute, breit lachend, nach Hause. Ein reichlich begossenes Nachtessen. Ein letztes unbekümmertes Gläschen. Das Leben von Tieren. Ich hatte jede Menge Zeit. Je länger sie so niedergeschlagen blieb, desto deutlicher machte sie, daß sie alles Für und Wider nebeneinanderstellte. Wahrscheinlich würde sie mich um eine Zigarette bitten, wie in den Fernsehserien. Danach würde ich ihr

mein halbes Sandwich anbieten und die Handschellen vom Heizkörper losmachen. Ich blieb standhaft. Zehn Minuten sind lang. Im Grunde sind's Stunden. Ganz hinten im Zimmer, in einem großen Topf, bemerkte ich eine Zwergpalme. Lionel war in gewisser Weise bei uns.
«Darf ich rauchen?»
Sie hat eine wie auch immer geartete Erlaubnis gar nicht erst abgewartet und nach einem Päckchen auf dem Tisch gegriffen.
Das nutzte ich aus.
«Erklär's mir doch ganz einfach. Danach seh ich weiter. Aber ich versprech dir nichts.»
«Ich muß was trinken.»
Ich ebenfalls, dachte ich. Verdammt, einen Waschkessel Wodka. Während ich sie aus den Augenwinkeln überwachte, tat ich zwei Schritte, um an die Flasche Cognac zu gelangen, die ich bereits auf einer Art Küchentheke ausgemacht hatte. Cognac mag ich nicht sonderlich, aber Marion, die schien sich ganz gut damit auszukennen. Sie hat sich einen ordentlichen Schluck hinter die virtuelle Binde gekippt. Was sie zum Husten brachte und weitere Tränen auslöste, da die Alkoholdämpfe ihr den armen lädierten Zinken angriffen.

Daraufhin knetete sie sich die Finger. Neurotisch suchte sie nach der Kette von Lügen, die die Wahrheit ersetzen könnten. Oder aber sie fragte sich, wie sie sich aus diesem Saustall herauswinden, mich umrempeln, fliehen, verschwinden könnte, was natürlich einem Geständnis gleichkäme. Sie war ganz einfach dabei, sich einzureden, daß ich ihre einzige Chance war, konnte allerdings nicht hundertprozentig darauf bauen. Sie glaubte nicht ganz daran. Sie war verloren. Auch ich selbst sah im übrigen nicht, was ich sonst tun konnte. Die Bullen hätten sie bedroht, geschlagen oder irgendwelche realistischen Ansatzpunkte für eine Erpressung gefunden. Vielleicht suchte sie ja immer noch nach einem Weg, mich zu töten. Schließlich hatte sie schon zumindest einen kaltgemacht, der erste Schritt war überwunden. Wenn's für einen reicht, reicht's auch für zwei. Das hat mich geängstigt. Gleichzeitig wurde es offenkundig, daß sie auf keinen Fall der triebhafte Mörder oder der gemeine Serienkiller war. Also, was war das hier für ein tödlicher Saustall?

Eine gute Viertelstunde verstrich. Fünfzehn Minuten, die dauern. Stunden. Abermals wurde ich schwach, schließlich hatte ich keineswegs die Absicht, die ganze Nacht im elften Arrondissement zu verbringen, mir war danach zu schlafen, an Esther zu denken, an Yolande, an mein brennendes Bein.

Marion schlug mit der flachen Hand auf den Tisch. Ich schreckte hoch. Sie öffnete den Mund. Jetzt war's soweit. Die große Offenbarung aus dem zweiten Akt.

«Du sagst, du würdest mir nichts versprechen. Aber was hättest du mir überhaupt zu versprechen?»

Guter Zug. Nun war es an mir, meinen Turm zu plazieren. Um alles plattzumachen, was noch stand.

«Ich weiß nicht. Beschimpfungen von mir sicherlich. Und Beruhigungsmittel für dich auf Lebenszeit. Gewissensbisse, ebenfalls auf Lebenszeit. Selbstmord. Ich weiß nicht.»

Sie sah mich lange forschend an. Wieder liefen die Tränen. Sie schlug erneut auf den Tisch, allerdings schwächer, mit einem angewinkelten Finger.

«Ich hab Lionel getötet. Aus der Ferne. Das Kurare, das er in einer Kapsel geschluckt hat, sollte zwei Stunden später seine Wirkung entfalten. Das Ding löste sich erst im Dünndarm auf. Es stimmt. Ich hab Lionel getötet. Aus Liebe.»

«Ersparen Sie mir doch bitte derartigen Mist. Man tötet nicht diejenigen, die man liebt.»

«Aus Liebe für meinen Bruder. Er hatte mich darum gebeten, auf seinem Sterbebett, vor sechs Monaten. AIDS, ganz einfach, was sehr Modernes. Mein privater Heros wurde vom Heroin gelinkt. Er wog bloß noch siebenunddreißig Kilo und war von eiternden Geschwüren übersät. Er war vier Jahre älter als ich. Ich hab nicht gleich begriffen, wieso er mich darum gebeten hat, und weil ich mich strikt geweigert hab, hat er mir alles erzählt. Nun ja, alles, kann ich nicht sagen, Bruchstücke jedenfalls, genug, damit ich mich doch dazu durchrang und mich bereit erklärte, Lionel kennenzulernen, ihn für mich einzunehmen und so weiter... Aber mit Yves Palland, das schwör, hatte weder ich noch mein Bruder was zu tun.»

Na, so was. Palland war also eines natürlichen Todes gestorben, vielleicht als er erfuhr, daß ihm ein unbekannter Van Gogh vor der Nase weggeschnappt worden war. Und diesem ganz und gar normalen Herzanfall – wenn ich so sagen darf – war es zu verdanken, daß ich den Finger aufs Furunkel gelegt habe. Wenn der Zufall die Dinge nicht gut eingefädelt hatte, wollte ich mir auch noch das andere Bein ausreißen lassen.

«Warum sind Sie dann zu seiner Beerdigung gegangen?»

«Weil Lionel mir von ihm erzählt hat. Er hat sich seiner Hilfe bei den Versteigerungen von Filmen bedient, die in irgendwelchen Nachlässen gefunden wurden. Palland gab ihm Bescheid, wenn es im Pariser Auktionshaus Drouot oder anderswo was Interessantes gab. Ich wollte mir die Trauernden mal aus der Nähe ansehen. Weil auch ich viel getrauert und viel geweint hab.»

Sie kippte sich einen weiteren Cognac rein. Ich nahm die Flasche an mich. Falls sie sich die Birne vollsoff, wär's vorbei mit der Genauigkeit ihrer Äußerungen. Sie rieb sich dauernd die Kopfhaut mit der Gleichmäßigkeit einer manisch Kranken.

«Sie sind die Tochter von Madame de Grémont?»

«Ja. Das war ich. Sie ist 1965 vor Gram gestorben. Damals war ich zwei Jahre alt. Natürlich erinnere ich mich nicht an sie. Nur an ein unbestimmtes Gefühl, es schön warm auf ihrem Schoß zu haben. Aber für meinen Bruder, mit sechs, war das ein fürchterlicher Schlag.»
«Gestorben... vor Gram?»
«Man hat mir erzählt, es wäre zwei Jahre zuvor, im Jahr 63, losgegangen, als sie ans Lycée Henri-IV berufen wurde...»
Klick.
«Sie war schon nach vier Monaten wegen der Gewalttätigkeit ihrer Schüler in eine Depression verfallen...»
Bumm.
«Sie hat sich nie mehr davon erholt und ließ sich in dem Haus in Concarneau nach und nach zugrunde gehen.»
Das Puzzle fügte sich zusammen. Es gab noch immer Lücken, doch die Umrandung war vollständig. Allerdings hatte ich absolut keine Erinnerung an diese angebliche Gewalttätigkeit von Schülern. Mathe war uns bloß so was von scheißegal gewesen. Sonst nichts. Vielleicht sind mir damals ein paar Dinge entgangen. Aber das kam mir doch ziemlich dick aufgetragen vor, allzu dick für eine Urszene.
«Und in gewisser Weise ist es mit meinem Bruder nie wieder bergauf gegangen. Die Trauer hielt an, latent, aber sie war da, beharrlich da. Er hat sich stets wie ein gesellschaftlicher Außenseiter gebärdet. Immer haarscharf vorm Selbstmord, die Drogen beispielsweise...»
«Was machte er so?»
«Filme...»
Rums.
«Wie, Filme?»
«Als Künstler. Experimentalfilme.»
Peng.
«Und auf die Weise ist er auf Lionel gestoßen?»
«Ja, so ungefähr vor zwanzig Jahren. Damals war er

noch sehr jung, hatte aber schon ein paar Sachen auf Super-8 gedreht, total wahnsinniges Zeug, er wollte der Lautréamont des Kinos werden. Manchmal war's übrigens auch Artaud. Er hatte Lionel kennengelernt und beschlossen, ihm seine natürlich einmaligen Werke anzuvertrauen. Sie haben sich sehr nahegestanden, ein oder zwei Jahre lang.»

In dem Puzzle waren rechts jetzt die dicken Wolken fertig. Wolken, die sind immer schwer wieder zusammenzusetzen, genau wie Baumwände oder Weizenebenen. Ist es aber schließlich getan, hat man das Gefühl, die Hauptsache vollendet zu haben. Und genau in diesem Moment hofft man immer, daß bloß keine Teile fehlen.

Marion schniefte abermals und bat mich mit Blicken um die Schnapsflasche. Mit einer Kopfbewegung forderte ich sie einfach nur auf, weiterzuerzählen, und gab ihr zu verstehen, daß ich hier entscheiden würde, was das Gesöff betraf. Außerdem habe ich mein Glas geleert. Dann aber habe ich einen Moment tatsächlich geglaubt, sie würde sich die Haut von den Händen reißen. Und da schenkte ich ihr auch ein wenig ein.

«Was furchtbar war, damals hat sich Alain...»

«Alain?»

«Mein Bruder. Alain hat sich damals tödlich mit Lionel zerstritten, weil der einen seiner Filme verschlampt hatte. Und zur gleichen Zeit hat er erfahren, daß dieser Typ zusammen mit Mama auf dem Henri-IV gewesen war, und dazu noch mit den Drogen Bekanntschaft gemacht. Normal in diesem Milieu, zu der Zeit. War eben zuviel auf einmal.»

«Also hat er alles in einen Topf geworfen. Und beschlossen, sämtliche Schüler zu bestrafen, die seine Mutter getötet hatten.»

«So was in der Art.»

«Und wie viele hat er erwischt?»

«Weiß ich nicht. Allerdings war er völlig verzweifelt, daß er's nicht geschafft hat, Lionel zu beseitigen. Aus dem

Grund hat er, bevor er starb, mir auch den Schwur abgenommen, daß ich das übernehme. Er selbst hat mir auch das Kurare besorgt.»

«Da fordert man Sie also auf, jemanden umzubringen, und Sie tun es, einfach so, ohne Problem?»

«Und du, du haust auf eine Frau drauf, einfach so, ohne Problem?»

«Eine Frau, die meinen besten Freund getötet hat.»

«Das war dir in dem Augenblick aber noch nicht klar... Ich habe jemanden beseitigt, der meinen Bruder verrückt gemacht hatte. Und ich hab vorher keine Ermittlungen angestellt, um herauszufinden, wem ich damit noch wehtun würde.»

Plötzlich ist sie aufgesprungen. Sie hätte mich beinahe überrumpelt. Doch aus Reflex streckte ich den Arm aus und schnappte sie an den Haaren. Mit einem kurzen Ruck riß ich sie wieder zurück. Als sie sich erneut hinsetzte, stieß sie einen kurzen Klagelaut aus. Ein Wimmern des Schmerzes, nicht der Wut.

Ich richtete meinen Finger auf sie. Der RÄCHER. Der ALLERHÖCHSTE RICHTER. Ich schämte mich ein bißchen.

«So ist das immer, einfach zum Kotzen. Sie sind zum Kotzen. Vor allem mit Leuten wie Ihnen wird sich die Welt nie ändern.»

«Wer bist du überhaupt, daß du mir eine so saublöde Moralpredigt hältst?»

«Ich? Ich bin ein verletzter Mann...»

Das war ein wenig lachhaft, als Erwiderung. Aber es kam von ganz allein heraus. Mußte mich unbedingt wieder in die Gewalt bekommen.

«Und wann hat er damit angefangen, wann genau? Ich meine, wann hat er sich in den Kopf gesetzt, seine Mutter zu rächen... Ihre Mutter...»

«Vor fünfzehn Jahren. So zwischen zehn und fünfzehn Jahren.»

Das Puzzle würde unvollständig bleiben. Ein Teil für immer fehlen. Demnach war es nicht Alain, der damals über mich drübergefahren ist. Im Grunde war es so auch gut. Ich zog es vor, nichts zu wissen, mich nicht in der Situation des Auge um Auge, Zahn um Zahn wiederzufinden. Die Barbarei vermeiden. Ich hatte genug davon. Ich war schweißgebadet. Keine Lust, mehr darüber zu erfahren. Der vage Geschmack von Erbrochenem im Mund. Ich hatte meine Arbeit erledigt und ziemlich mächtig danebengehauen. Ich war eine Null. Blöde. Ein kleiner Schweinehund. Ich verabscheute alle Menschen. Mein Stumpf, das war ich. Was mich von den Schwachköpfen unterschied. Und von ihrem Beschwören der Geister.

Ich stand unter Mühen auf und haute Marion eine in die Visage. Die damit nicht gerechnet hatte. Die Ohrfeige des Jahrhunderts. Für eine ganze Weile würde ihr ein Technokonzert in den Ohren dröhnen.

Und dann bin ich gegangen.

Draußen entdeckte ich einen Himmel voller Sterne.

Als ich bei Véronique ankam, stand sie in der Tür, leichenblaß. Sie hat mir einfach nur mit gebrochener Stimme gesagt, Bertrand würde mich dringend bei sich zu Hause erwarten.

Als ich bei Bertrand eintraf, stand er in der Tür, tränenüberströmt. Man hatte ihn zwei Stunden zuvor benachrichtigt. Esther war bei einem Autounfall getötet worden, zwischen Halifax und Montréal.

Das erste, woran ich dachte, war, daß es mir recht geschah...

WORTERKLÄRUNGEN

Alain: Pseudonym von Émile Chartier (1869–1951); beliebter und gern zitierter Essayist und Philosoph, Vertreter eines humanistischen Spiritualismus.

Artaud, Antoine: Schriftsteller (1896–1948), einer der großen Neuerer der surreal. Lyrik und des absurden «Theaters der Grausamkeit», dessen Werk bis heute die Literatur beeinflußt.

Babeuf: Frz. Revolutionär (1760–1797), publizierte unter dem Namen *Gracchus*, wurde wg. Verschwörung hingerichtet. Gilt als einer der Urväter des proletarischen Kommunismus.

Bacon, Francis: Engl. Maler (1910) meist großflächiger Bilder mit alptraumhaften, krude-expressonistischen Szenen.

Battut: Gesprochen wie *battu*, dt.: geschlagen, verprügelt.

Beaune / Hospiz: Anspielung auf den renommierten Burgunder *Hospice de Beaune* (so nach dem berühmten Hospiz benannt).

Blanche, Francis: Schauspieler, Komponist, Sänger und vor allem Humorist (1921–1974); wirkte auch in zahlreichen Filmen mit.

Bobosse: Bosse, dt.: Buckel, Höcker; Diminutiv: Buckelchen.

Bourvil: Eigentlich A. Raimbourg, beliebter frz. Schauspieler (1917–1970) in meist burlesken, aber auch «ernsten» Rollen, z. B. *Die große Sause* oder *Vier im roten Kreis*.

Ça fa bien: Gelispelte Variante von *Ça va bien?* Alles klar?

Cabu: Frz. Zeichner im Umkreis von Wolinski, Bretécher, Reiser.

Carramba, wieder daneben, sagt ständig mit spanischem Operettenakzent der Papagei in *Tintin und das zerbrochene Ohr*.

Centre Beaubourg: An der Stelle der alten Markthallen errichtetes Museum (1977) vor allem der modernen Kunst, lange Sitz der frz. Cinemathek.

Charlebois: Alter frz. Name, häufig im Québec anzutreffen, daher auch spöttische Bezeichnung für Kanadier.

Colle: Zu dt. Leim, Schülerargot für Klassenarbeiten und Arreststunden.

Colonelle Moutarde: Eig. *Colonel*, Figur des Detektivspiels *Cluedo*, Dt. Oberst von Gatow, engl. Colonel Mustard.

Cour du Méridien: Hof des Meridian, so genannt wegen eines dort stehenden Globus.

Courteline, Georges: Eigent. Moineaux, frz. Erzähler und Komödienschreiber (1858–1929). Thematisierte voller Ironie die Absurdität des bürgerlichen Lebens und der Bürokratie.

Croque-Madame: Croque-Monsieur, zwei getoastete Scheiben Brot mit Schinken und Käse dazwischen, plus einem Spiegelei darüber.

Dac, Pierre: Sänger, Schriftsteller und vor allem aberwitziger Humorist und Kabarettist (1893–1975); erfand u. a. mit F. Blanche zahlreiche Figuren und Sendeformate, die meist «Kult wurden».

Damiens' Märtyrium: Die Vierteilung des Dieners R. F. Damiens (1715–1757), der Ludwig XV. bei einem Attentat mit einem Messer verletzte und vor der Hinrichtung gesagt haben soll: «Der Tag wird hart.» Hier Anspielung auf die Schilderung von de Sade, dem «Göttlichen Marquis», in P. Weiss: «Die Verfolgung und Ermordung Jean-Paul Marats ...» (I.12).

Demiurg: Bei Platon Gott, «Weltbaumeister»; Schöpfer der Sinneswelt.

Desoto: Gesprochen wie *des autos*, dt. «Autos».

ENA: *École Nationale de l'Administration*, die Elitehochschule für hohe Ämter im Staatswesen und der Wirtschaft, aus der fast alle frz. Politiker kommen, «Technokratenschmiede».

Fabre, Saturnin: Schauspieler (1884–1961), Star der Dreißiger und Vierziger Jahre in etlichen Filmen, z.B. *Pforten der Nacht*.

Fragonard, Jean-Honoré: frz. Rokokomaler (1732–1806); Schöpfer sehr farbiger, verspielter Gemälde, häufig Idyllen auf dem Lande; ideale Motive für Tapeten, Stoffe, Geschirr ...

Fritz: Auch im Elsaß recht gebräuchlicher Name; siehe auch die Novelle *L'ami Fritz* (Freund Fritz) von Erckmann-Chatrian.

Garde Républicaine: Gendarmeriekorps zur Bewachung von Regierungsgebäuden und besonderen öffentlichen Einrichtungen.

Großes / kleines Lycée: Gebäude der Ober-, bzw. Unterstufe.

Grouchy: Frz. Marschall (1766–1847), der am 18.6.1815 bei Waterloo zu spät kam und die Truppenverbindung von Blücher und Wellington nicht mehr aufhalten konnte.

Guémené: Ortschaft in der Bretagne.

Haussmann-Kästen: Typische bürgerliche Gebäude an den Pariser Boulevards, entworfen von Georges Eugène Baron Haussmann, Präfekt von Paris und Stadtplaner (1809–1891), Stadterneuerer von Paris unter Napoleon III.

Houlgate: Ortschaft in der Normandie bei Deauville.

Huhn im Topf: Von König Heinrich IV. soll der Satz stammen: «Jedem braven Bürger sonntags sein Huhn im Topf»; außerdem ein besonderes Gericht (mit Gemüse und Brühe oder Wein geschmort).

Hund, der gelbe: Anspielung auf einen Roman von G. Simenon (dt. *Maigret und der gelbe Hund*), der in Concarneau spielt.

Idiot mit Äffin: Anspielung an den großen frz. Sänger und Poeten Léo Ferré (1916–1993), der in den Sechzigern eine Äffin «adoptiert» hatte; und an sein wohl berühmtestes Lied *Avec le temps*, dt. *Mit der Zeit … geht alles dahin.*

Izarra: Baskischer Kräuterschnaps verschiedener Rezepturen.

Kalbskopf: Der auch bei Parisern selbst gebräuchliche Spottreim *Parigot, Tête de veau*, beruht auf deren Vorliebe für das gleichnamige Gericht. Spitzname für die Pariser.

Keelt, Arthur: «Österreichischer Gelehrter und Linguist (Klagenfurt 1902–Paris 1982)», dessen magisch-realistischen Roman *Die Amsel* (Le merle) J. B. Pouy herausgegeben bzw. «übersetzt» hat. (In Wahrheit ist Keelt ein Pseudonym von Pouy.)

Koprophagen: Griech. Kotfresser. Tiere, die sich von Kot ernähren; tritt auch bei Menschen als psychotische Erkrankung bzw. sexuelle Deviation auf.

Landru: Wurde 1921 wegen Mordes an zehn Frauen und einem kleinen Jungen zum Tode verurteilt und 1922 hingerichtet; s. Film von Chabrol (dt. *Der Frauenmörder von Paris*).

Langlois, Henri: Mitbegründer und Generalsekretär der frz. Cinemathek in Paris (1914–1977).

Lautréamont: Eig. Isidore Lucien Ducasse, Dichter (1846–1870) in der Nachfolge Baudelaires, übte nach seiner Wiederentdeckung durch die Surrealisten erheblichen Einfluß auf die Moderne aus.

Lebossé… Michard…: Bei allen frz. Schülern berühmt-berüchtigte Lehrbücher: Mathematik; Englisch; Französisch.

Lettristen: Anhänger der lit. Bewegung des Lettrismus, gegründet 1945 von Isidore Isou (1925), Organ «La Dictature Lettriste». Im Umfeld von Dada und Surrealismus verfolgten sie die Atomisierung der Sprache und die Neuzusammensetzung der Wörter zu sinnfreien Lautgebilden.

Louis-le-Grand: Das konkurrierende Renommiergymnasium, nur einen Steinwurf (Rue Jacques) vom Henri-IV entfernt.

Maison Coté-Ouest: Werbeslogan: «Maisons Coté Ouest ist ein internationales Magazin der Extraklasse für die schönsten Interieurs der Welt.»

Manifest der 121: «Erklärung über das Recht zum Ungehorsam im Algerienkrieg». Von zunächst 121 Intellektuellen, Künstlern usw. unterzeichnetes Manifest (ab Sommer 1960) zur Unterstützung von Angeklagten und deren Verteidigern in einem Militärgerichtsverfahren gegen sogenannte «Kofferträger» (Jeanson-Netz), Unterstützer der Algerischen Befreiungsfront.

Minc, Alain: Frz. Ökonom und Essayist (1949), Vertreter der Neuen Philosophie, der die Akzpetanz, bzw. die «positive» Auseinandersetzung mit den Phänomenen der Moderne (Globalisierung, Demokratieverständnis und Weltpolitik der USA, allg. Wiedererstarken des Nationalismus ...) propagiert.

Métrostation Charonne: Anspielung auf eine «Massenpanik» bei einer Demonstration gegen die OAS am 8.2.62, bei der in besagter Station neun Menschen erstickten und unzählige schwer verletzt wurden.

Minitel: Frz. Variante eines interaktiven, vom Fernsehen unabhängigen Bildschirmtextes; erfreute sich schon in den Achtzigern großen Erfolgs, wurde als elektronisches Telefonbuch von der Post gratis installiert.

Modiano, Patrick: Frz. Schriftsteller (1945), thematisiert die Identitätssuche des Ichs im Spiegel einer schmerzvollen oder rätselhaften Vergangenheit.

Neulings-/Grünlingstaufe: Mehr oder minder originelle, bisweilen sogar brutale Riten in Schulen, Internaten, Universitäten; bestehend in Streichen, Mutproben, beschämenden Aufgaben.

Null / Notensystem, frz.: Punktesystem von 0 bis 20; Schüleransicht: die 18 ist für den besten Schüler, die 19 für den Lehrer und die 20 für den Lieben Gott.

OAS: Geheimorganisation (1961–63) nationalistischer Algerienfranzosen und Angehöriger der frz. Algerienarmee, kämpfte mit Terror gegen De Gaulles Politik.

Oberaufseher: In frz. Schulen und Internaten besteht ein recht strenges, hierarchisches Aufsichtssystem.

Objekt klein a: Ein Begriffsmodell des frz. Psychoanalytikers und Schriftstellers Jaques Marie Lačan (1901–1981); verlorenes oder verborgenes, unbewußtes Objekt des Begehrens, *a* wie Alpha, Anderes, Anus ...

Opéra Bastille und Garnier: Die Opéra Bastille ist ein nicht unumstrittener Neubau als Erweiterung der alten Oper (von Garnier erbaut) am Place de la Bastille; Renommierprojekt unter Mitterand.

Oudot, Roland: Spätimpressionistischer Maler (1897–1981) von Stilleben, Lithographien.

Perche: Ländliche Gegend im westl. Pariser Becken, Heimat der Percheron-Kaltblüter.

Piaget, Jean: Schweiz. Psychologe (1896–1980); einer der Hauptvertreter der Genfer Schule (Entwicklungspsychologie).

Piquemal und Delecour: Beides bekannte frz. Kurzstreckenläufer (100 und 200 m).

Pomona: Röm. Obst- und Gartengöttin.

Philo-Abschlußklasse: Abschlußklasse des «humanistischen» Zweigs.

Rasparcapac: Aztekenidol aus «Tintin», dt. Tim und Struppi, *Die Sieben Kristallkugeln*.

Ravaillac, François: Der zum Laienbruder gewordene Diener (1578–1610), der Heinrich IV. ermordete und dann geviertelt wurde.

Rheims, Maurice: Kunstwissenschaftler, Auktionator und Schriftsteller (1910–2003), Mitglied der Académie française.

Sciences-Po: Politische Wissenschaften, gebräuchliche Abkürzung einer der Elitehochschulen für die höchsten Laufbahnen; für die Aufnahme in solche Schulen müssen erst «classes préperatoires», Vorbereitungsklassen für die Aufnahmeprüfung, absolviert werden.

Signé Furax: Beliebte und urkomische Radioserie von P. Dac und F. Blanche (1956–60: 1034 Episoden, die etliche Male ausgestrahlt wurden). Aberwitzige Abenteuer des Detektiven Furax (Wüterich), Parodie auf alle entsprechenden Genres (Detektivgeschichten, «Fantomas»...).

Stille, die große weiße: Anspielung auf einen Roman von L.-F. Rouquette (1884–1926), der in Alaska spielt.

Tertia bis Prima: Das frz. Gymnasium kennt nur sieben Klassen, dt. Sexta, Quinta, Quarta, Tertia, Sekunda, Prima und die Abschlußklasse.

Tod, jäher: Belg. Bier namens *Mort subite*, sehr süffig!

Tour Clovis: Der sogenannte Chlodwig-Turm, tatsächlich ein Kirchturm aus dem späten 12. Jh., steht im Areal des Henri-IV in der Rue Clovis.

Vorbereitungsklassen: für die Aufnahmeprüfung in den «Grandes Écoles», den «Großen» Elite-, Renommierhochschulen (s. ENA).

Ein Dachboden im Haus der Eltern. Der Filmschrank. Bertrand Bernat steht im Haus seiner Kindheit. Nach dem mysteriösen Selbstmord seines Vaters ist jetzt seine Mutter Opfer eines Einbruchs geworden. Erschlagen mit einer schweren Filmdose. Jemand interessiert sich für Papas Filme. Und dieser Jemand ist ein Mörder.

Jean-Bernard Pouy
Papas Kino
ISBN 3-923208-59-6

Nizza: Zoj Werstein, Wittgenstein-Fan, Anarchist, zudem Roma. Und hilfsbereit. Auch, als er im Krankenhaus auf Liliane trifft, der eine Autotür ins Kreuz geflogen ist, und ihr seine Wittgensteinausgabe leiht. Liliane ist am nächsten Morgen samt seinem so geliebten Buch verschwunden. Bei der Suche nach ihnen wird Zoj unversehens zum Hauptakteur in einer harten Auseinandersetzung mit einem Ring von Kindesentführern...

PRIX DE LA VILLE DE REIMS

Jean-Bernard Pouy
Engelfänger
ISBN 3-923208-57-X

Jean-Bernard Pouy
Die Schöne von Fontenay
Série Noire

In Enrics Schrebergarten vor Paris wird die Leiche von Laura, einer Schülerin vom benachbarten Gymnasium, gefunden. Das gibt Ärger. Enric beschließt, den Fall aufzuklären, da ihm die Flics sowieso ständig auf die Füße treten. «Verschroben, lakonisch und fesselnd. Nicht nur Krimi, sondern Gesellschaftsportrait *(Hamburger Abendblatt)*.»

TROPHÉE 813 DU MEILLEUR ROMAN FRANCOPHONE

Jean-Bernard Pouy
Die Schöne von Fontenay
ISBN 3-923208-48-0

Jean-Bernard Pouy
Larchmütz 5632
Série Noire

Die beiden «Schläfer» Benno und Adrien, sind auf Larchmütz, einem Bauernhof in der Bretagne, untergetaucht. Nach 25 Jahren werden sie von der «Orga» reaktiviert. Engagiert nehmen sie den Kampf wieder auf — beobachtet von Momone, der Kuh Nr. 5632 mit telepathischen Fähigkeiten. Aber was sind das für eigenartige Aufträge, die sie jetzt ausführen sollen?

PRIX POLAR MICHEL LEBRUN

Jean-Bernard Pouy
Larchmütz 5632
ISBN 3-923208-45-6

Kommissar Maurice Laice wurde erneut versetzt, diesmal von Montmartre ins 19. Arrondissement, ins «Chinatown» von Paris. Ein pittoreskes Quartier, wo rebellierende Jugendliche, asiatische Immigranten und bohemienhafte Bourgeois aufeinanderprallen.
Auf der Suche nach dem Mörder eines alten Chinesen, der beim morgendlichen Tai-Chi im Park Buttes Chaumont erschossen wurde, stößt der Kommissar auf die reiche Bildhauerin Kyu-Lee, die ein Doppelleben führt, und gerät in die Schußlinie.

Chantal Pelletier
More is less
ISBN 3-923208-66-9

Raymond Matas, ehemals revolutionärer Aktivist, hat die Seiten gewechselt und ist Flic geworden — einer der einsamen, redlichen Sorte. Am liebsten ißt und trinkt er gut. Als er eines Morgens die Ermittlungen in einem Raubmord an einem Juwelierehepaar aufnehmen muß, gerät sein mühsam im Gleichgewicht gehaltenes Leben aus dem Takt. Die örtliche Presse verdächtigt Matas' Sohn und bläst zur Hetzjagd. Nun beginnt ein Amoklauf quasi in Zeitlupe.

Patrick Raynal
In der Hitze von Nizza
ISBN 3-923208-67-7

Henri Burton will alles: Geld, Sex und Ruhm, und das sofort. Und er hält sich für einen ganz harten Typen. Zuerst beteiligte er sich an Gewalttaten der politischen Rechten. Dann scheint er die Seiten zu wechseln. Er wird Leibwächter von N'Gustro, dem Leader einer afrikanischen Befreiungsbewegung. Er mischt sich in die große Politik ein. Und N'Gustro muß es ausbaden.

Jean-Patrick Manchette
Die Affäre N'Gustro
ISBN 3-923208-64-2

Der junge Martin Terrier hatte einen Plan: in genau zehn Jahren wollte er als wohlhabender Mann in seine Heimatstadt und zu seiner Jugendliebe zurückkehren. Um dieses Ziel zu erreichen, trat er als Berufskiller in die Dienste einer «Firma». Jetzt will er aussteigen. Doch die Firma ist von seiner Lebensplanung wenig begeistert.

Verfilmt mit Catherine Deneuve und Alain Delon.

Jean-Patrick Manchette
Position: Anschlag liegend
ISBN 3-923208-65-0

In der «Série Noire» sind bisher erschienen:

Tonino Benacquista
Drei rote Vierecke auf schwarzem Grund
ISBN 3-923208-69-3

Didier Daeninckx
Bei Erinnerung Mord
ISBN 3-923208-56-1

Laurence Démonio
Eine Art Engel
ISBN 3-923208-40-5

Rolo Diez
Der Tequila-Effekt
ISBN 3-923208-70-7

Roberto Estrada Bourgeois
Ein Modigliani aus Kuba
ISBN 3-923208-39-1

Pascale Fonteneau
Die verlorenen Söhne der Sylvie Derijke
ISRN 3-923208-52-9

Sylvie Granotier
Dodo
ISBN 3-923208-54-5

Thierry Jonquet
Die Goldgräber
ISBN 3-923208-51-0

Jean-Patrick Manchette
Volles Leichenhaus
ISBN 3-923208-43-X

Jean-Patrick Manchette
Knüppeldick
ISBN 3-923208-44-8

Jean-Patrick Manchette
Fatal
ISBN 3-923208-47-2

Jean-Patrick Manchette
Blutprinzessin
ISBN 3-923208-49-9

Jean-Patrick Manchette
Nada
ISBN 3-923208-55-3

Jean-Patrick Manchette
Westküstenblues
ISBN 3-923208-62-6

Jean-Patrick Manchette
Tödliche Luftschlösser
ISBN 3-923208-63-4

Jean-Patrick Manchette
Die Affäre N'Gustro
ISBN 3-923208-64-2

Jean-Patrick Manchette
Position: Anschlag Liegend
ISBN 3-923208-65-0

Chantal Pelletier
Eros und Thalasso
ISBN 3-923208-46-4

Chantal Pelletier
Der Bocksgesang
ISBN 3-923208-53-7

Chantal Pelletier
More is less
ISBN 3-923208-66-9

Jean-Bernard Pouy
Larchmütz 5632
ISBN 3-923208-45-6

Jean-Bernard Pouy
Die Schöne von Fontenay
ISBN 3-923208-48-0

Jean-Bernard Pouy
Engelfänger
ISBN 3-923208-57-X

Jean-Bernard Pouy
Papas Kino
ISBN 3-923208-59-6

Jean-Bernard Pouy
H4Blues
ISBN 3-923208-73-1 (Sept. 2004)

Serge Preuss
Einverständnis vorausgesetzt
ISBN 3-923208-50-2

Patrick Raynal
In der Hitze von Nizza
ISBN 3-923208-67-7

Marcela Serrano
Unsere Señora der Einsamkeit
ISBN 3-923208-61-8

Jordi Sierra i Fabra
Tod in Havanna
ISBN 3-923208-42-1